FOLIO SCIENCE-FICTION

Alden Bell

Les faucheurs sont les anges

Traduit de l'américain
par Tristan Lathière

Gallimard

Titre original :

THE REAPERS ARE THE ANGELS

Alden Bell vit à New York où il enseigne au lycée et est professeur adjoint à la New School. Il est marié à Megan Abbott, auteur de romans noirs et lauréate du prix Edgar Allan Poe.

Pour Megan.

Dans chaque mariage
il tend à y avoir un aristocrate et un paysan.

JOHN UPDIKE, *Couples*
(traduit de l'anglais par Anne-Marie Soulac)

Je plains l'homme qui peut voyager de Dan à Bersabée,
en s'écriant : *Tout est stérile* — ce l'est, en effet ;
et le monde entier l'est aussi,
pour celui qui ne veut point cultiver les fruits qu'il offre.

LAURENCE STERNE,
Voyage sentimental en France et en Italie
(traduit de l'anglais par Léon de Wailly)

Parfois, la mort est préférable.

Simetierre

PREMIÈRE PARTIE

1

Dieu est un dieu roublard. Temple le sait. Elle le sait grâce à tous les miracles de pochettes surprises que lui réserve cette planète en ruine.

Comme ces poissons disco, près du rivage. C'était vraiment quelque chose, une pure merveille, sans commune mesure avec ce qu'elle avait pu voir jusque-là. La nuit était alors bien avancée, mais la lune était si lumineuse qu'elle projetait des ombres profondes sur tout l'îlot. Si lumineuse qu'elle y voyait presque mieux qu'en plein jour, comme si le soleil trahissait la vérité, comme si ses yeux étaient des yeux de nuit. Elle avait quitté le phare et gagné la plage pour admirer le disque lunaire au zénith dans toute sa pureté, s'était aventurée dans l'eau peu profonde pour laisser ses pieds s'enfoncer dans le sable, les vaguelettes lui chatouiller les chevilles. C'est alors qu'elle avait remarqué le banc de tout petits poissons, frétillant dans les flots comme des billes qui s'entrechoquent dans un cercle de craie, des alevins phosphorescents aux écailles argentées, avec quelques spécimens dorés ou roses. Ils étaient venus danser autour de ses chevilles, et quand elle avait senti le frottement électrisant de leurs corps minuscules, elle avait eu l'impression d'être à la fois au clair de lune et *dans* la lune. C'était pour elle un spectacle inédit. En quelque quinze ans d'errance sur la planète terre, elle n'avait jamais vu ça.

Et, si l'on peut affirmer que le monde court à sa perte, que les enfants de Caïn ont pris le pas sur une humanité juste et vertueuse, Temple sait une chose : malgré l'enfer qu'est devenue la vie sur terre, le mal qu'elle a pu commettre elle-même et la succession de désastreux coups du sort qui l'ont conduite sur cet îlot à l'écart des hommes, eh bien, c'est à tout cela qu'elle doit d'avoir assisté, sous la lune-claire-comme-le-jour, au miracle-des-poissons-électriques qu'elle n'aurait jamais vu sinon.

Eh oui, Dieu est un dieu roublard. Il fait en sorte que chacun assiste à ce qu'il est censé voir de ses propres yeux.

*

Elle dort dans un phare à l'abandon, au sommet d'un piton rocheux. À la base de l'édifice se trouve une pièce circulaire et un foyer où elle peut cuire du poisson dans une poêle en fer noircie. Dès le premier soir, elle a déniché la trappe dans le sol qui donne sur un local de stockage humide. Elle y a trouvé des bougies, des hameçons, une trousse de premiers secours, un pistolet de détresse et une boîte de munitions corrodées. Elle en a essayé une, sans succès.

Tous les matins, elle récolte des noix de caryer dans les fourrés et relève ses filets. Elle laisse ses baskets au phare, elle aime la chaleur du sable contre la plante de ses pieds. Le picotement des herbes hautes de Floride entre ses orteils. Les palmiers sont comme des buissons dans le vent ; leurs frondes sèches et friables, qui forment une jupe osseuse autour des troncs élancés, bruissent au gré de la brise.

Tous les midis, elle gravit l'escalier en spirale jusqu'au sommet du phare, s'arrêtant sur le palier à mi-hauteur pour reprendre son souffle et laisser le soleil lui caresser le visage à travers la vitre encrassée. Arrivée tout en haut, elle fait le tour de la passerelle ; son regard se perd dans l'océan sans limite, puis, une fois tournée vers la terre ferme, elle scrute la frange rocheuse du continent dévasté. Parfois, elle s'arrête pour observer l'hémisphère concave du dispositif optique, tel un chaudron penché, tapissé d'un millier de petits miroirs carrés.

Elle y voit son reflet fidèle, innombrable. Une véritable petite armée d'elle-même.

L'après-midi, elle feuillette les magazines ayant résisté à la moisissure qu'elle a trouvés à côté des bidons de kérosène. Les mots n'ont aucune signification pour elle, mais elle aime bien les images. Elles évoquent des lieux qu'elle n'a jamais fréquentés : foules tirées à quatre épingles saluant l'arrivée d'une longue voiture noire, individus en costume blanc alanguis sur des canapés, dans des maisons dont les murs ne sont pas souillés de sang séché, femmes en sous-vêtements étendues sur des étoffes immaculées. Un paradis abstrait, ce blanc : où pourrait-il exister ? Si elle disposait de toute la peinture blanche du monde, lèverait-elle parfois le pinceau ? Elle ferme les yeux et y réfléchit.

Il peut faire froid, la nuit. Elle alimente le feu,

s'enroule dans sa vareuse militaire et écoute le vent du large souffler dans la flûte creuse de sa haute demeure.

*

Miracle… ou augure ? Toujours est-il que le matin suivant l'épisode des poissons lumineux, elle découvre le corps sur la plage. Elle l'aperçoit lors de sa tournée matinale pour relever les filets, tombe dessus lorsqu'elle arrive à la pointe nord en forme de larme, près du banc de sable.

Au début, c'est juste une forme noire qui tranche sur le sable blanc et elle l'étudie de loin, en évalue la taille entre deux doigts qu'elle porte à hauteur d'œil.

Trop petit pour qu'il s'agisse d'une personne, à moins que celle-ci soit repliée sur elle-même ou à demi enterrée. Ce qui est possible.

Elle jette un coup d'œil à la ronde. Le vent qui balaie les herbes hautes au sommet de la dune produit un bruit apaisant.

Elle s'assoit, étudie la chose, guette un mouvement.

Aujourd'hui, le banc de sable a encore avancé. Il s'élargit sans arrêt. À son arrivée, l'îlot semblait très éloigné du rivage. Pour rester à flot lorsqu'elle avait franchi le bras de mer, elle avait dû nager en s'agrippant à une glacière vide, rouge et blanc. C'était il y a des mois. Depuis, l'île a gagné en taille : la saison a fait reculer les eaux chaque nuit un peu plus, la rapprochant du continent. Une avancée rocheuse pointe vers l'îlot depuis la côte, tandis que de grands fragments de corail émergés font de même en sens inverse. Tendus l'un vers l'autre comme les doigts de Dieu et d'Adam, ils voient la distance qui les sépare s'amenuiser jour après jour, à mesure que l'eau se retire et se fait moins profonde autour du banc de sable.

Mais pour l'instant, ça va encore. Les déferlantes s'abattent sur le récif avec fracas. Impossible d'atteindre la barre sablonneuse sans être mis en pièces contre les rochers. Pour l'instant.

Comme la forme reste immobile, Temple se lève et approche prudemment.

C'est un homme, le visage enfoui dans le sable, les pans de sa chemise de flanelle fouettés par le vent. À l'angle bizarre que forment ses jambes, un genou remonté presque au niveau des reins, on devine qu'il a l'échine brisée. Il a du sable dans les cheveux, et ses ongles sont bleuis ou arrachés.

Après un nouveau coup d'œil aux alentours, elle lève un pied et appuie un orteil contre le dos de l'homme. Pas de réaction ; elle réessaie, plus fort.

C'est alors qu'il se met à gigoter.

Des sons étouffés sortent de sa gorge, des grognements et des grondements forcés qui traduisent davantage la frustration et la rage qu'une réelle souffrance. Ses bras se mettent à balayer le sable comme s'il essayait de faire l'ange. Et des spasmes secouent les muscles de son corps qui se tortille et s'agite ; on dirait les mouvements répétés d'un jouet cassé qui ne parvient pas à se redresser.

Sac à viande, lance-t-elle.

Une main lui attrape la cheville ; elle la chasse d'une ruade.

Elle s'assoit à côté, prend appui sur ses avant-bras et pousse le torse des pieds pour retourner le corps, qui laisse une empreinte humide dans le sable.

Un bras remue toujours mais l'autre est coincé sous son dos, aussi s'agenouille-t-elle de ce côté-ci pour étudier le visage exposé.

La mâchoire inférieure est arrachée, et il manque également un œil. La peau est boursouflée, noircie et déchirée. Un lambeau retroussé et couvert de sable mouillé, au niveau d'une pommette, laisse apparaître l'os et le cartilage blanchâtres. Dans l'orbite à nu, un mélange poisseux de fluides clairs et de sang caillé fait penser à des œufs au ketchup. Un filament d'algue sort d'une narine, ce qui lui donne l'air presque comique, comme s'il avait été victime d'un sale tour.

Mais la régularité de ses traits est rompue par le maxillaire manquant. Même un truc hideux peut avoir l'air intègre quand il est doté d'une certaine symétrie ; en l'absence de mâchoire, le visage paraît plus large que haut, et le cou ridiculement long rappelle celui d'un cheval.

Elle fait aller et venir ses doigts devant l'œil intact, qui roule dans son orbite pour tenter de suivre le mouvement mais toujours avec un temps de retard. Elle les place ensuite là où devrait se trouver la bouche. S'il a encore quelques chicots fissurés en guise de dents du haut, il n'y a rien en dessous pour mordre. En offrant ainsi sa main, elle peut voir les tendons situés derrière les dents effectuer un mouvement circulaire. Des os laiteux font saillie à l'endroit où la mandibule devrait être attachée et des ligaments jaunes se tendent et se relâchent comme des élastiques, encore et encore, dans un effort futile de mastication fantôme.

Tu veux quoi ? demande-t-elle. Me mordre ? Tu mordras plus personne, m'sieur.

Baissant la main, elle se rassoit face à lui et l'observe.

Il tourne la tête dans sa direction et continue à gigoter.

Pas la peine de lutter. Ton dos est foutu. T'iras nulle part. Pour toi, c'est le bout de la route.

Elle soupire et pose le regard sur l'avancée rocheuse, dans le lointain, et sur la côte plate au-delà.

Qu'est-ce qui t'a poussé à venir ici, sac à viande ? T'as levé le nez et reniflé du sang de jeune fille ? Te le fallait, hein ? Je sais bien que t'as pas pu nager jusqu'ici. T'es trop lent pour ça, trop stupide.

Un gargouillis monte de sa gorge et un petit crabe bleu émerge de la trachée à nu, pleine de sable, avant de détaler.

Tu sais comment j'vois les choses ? dit-elle encore. D'après moi, t'as dû grimper sur ces rochers. Et là, une déferlante t'a emporté, et tu t'es fait lessiver jusqu'à l'os. C'est ce que je pense. T'en dis quoi ?

Il a réussi à libérer son bras coincé et tente de se saisir d'elle. Mais la main retombe trop court de quelques centimètres et creuse des sillons dans le sable.

En tout cas, t'as raté un truc, la nuit dernière. La lune était si grosse qu'en tendant la main, on aurait presque pu l'attraper et la décrocher du ciel. Et ces petits poissons tout électriques, qui me tournaient autour des chevilles… Sacré spectacle, m'sieur. Un vrai miracle, voilà ce que c'était.

Elle regarde l'œil qui roule dans son orbite et le torse tremblant.

Les miracles, ça t'intéresse peut-être pas. Mais même quand on les *mérite* pas, faut savoir les apprécier. On doit tous admirer la beauté du monde, même quand on est méchant. Surtout quand on est méchant.

Elle pousse un long et profond soupir.

Enfin bref, tu dois en avoir marre de m'entendre jacasser. C'est vrai quoi, je l'ouvre pour deux, dans cette affaire. Je *l'ouvre* pour deux, tu piges ?

Elle s'esclaffe de sa bonne blague, puis son rire s'éteint tandis qu'elle ôte le sable de ses paumes et se lève pour observer le continent au-delà de l'étendue d'eau. Elle se dirige vers un bosquet de palmiers, au-dessus de la plage, et fouille et piétine les herbes hautes jusqu'à tomber sur ce qu'elle cherche : un rocher, plus gros qu'un ballon de foot. Il lui faut une bonne demi-heure pour le déterrer à l'aide d'un bâton et l'extraire de sa gangue. La nature n'aime pas qu'on la dérange.

Elle porte ensuite le rocher jusqu'au rivage, où l'homme a quasiment cessé de remuer.

Quand il la voit revenir, il reprend vie, se tortille, frissonne, et sa gorge émet force gargouillis.

En tout cas, lui dit-elle, t'es le premier à venir jusqu'ici. Ça compte, non ? Ça fait de toi un Christophe Colomb des sacs à viande… Mais avec la marée basse, tu veux parier qu'il en viendra d'autres ? Que tout un troupeau de limaces dans ton genre va débarquer ? Y a de fortes chances, à mon avis.

Elle hoche la tête et reporte le regard sur le banc sableux.

Bon, dit-elle en soulevant le rocher au-dessus de sa tête avant de l'abattre sur le visage de l'homme à terre dans un craquement mouillé.

Les bras continuent à gigoter, mais elle sait que

cela dure parfois un moment. Elle lève et abat le rocher deux fois de plus. Pour être sûre.

Puis elle le laisse sur place, comme une pierre tombale, et retourne à son filet, y prélève un poisson de taille moyenne et le rapporte au phare, où elle le grille sur le feu et le mange assaisonné d'une pincée de sel et de poivre.

Elle gravit ensuite l'escalier jusqu'au sommet du phare, se poste sur la passerelle et observe le lointain continent.

Elle s'agenouille, cale son menton contre la rambarde en métal froid.

M'est avis qu'il est temps de déménager, encore.

2

Ce même soir, à la lueur du feu, elle sort par la trappe ce qu'elle a entreposé dans le local à son arrivée. La glacière, la cantine, le pistolet avec les deux bonnes cartouches restantes. Ensuite, elle emporte la machette gurkha et la pierre à aiguiser à la plage, s'assoit sur le sable et affûte le tranchant avec des gestes amples. Elle prend son temps, reste assise au clair de lune pendant près d'une heure jusqu'à sentir le fil de la lame sur sa langue. C'est une bonne lame courbe d'environ trente centimètres, dont le tranchant est situé sur l'arête interne. Elle siffle quand Temple fait des moulinets dans le vide.

Elle dort bien cette nuit-là, mais s'éveille juste avant l'aube et rassemble ses affaires.

Elle range machette, pistolet, cantine et panama dans la glacière, qu'elle traîne jusqu'à la plage. Puis elle remonte au phare pour lui faire ses adieux.

C'est toujours triste de quitter sa maison, et celle-ci s'est montrée accueillante. Temple se sent comme un petit pois au pied de cette canette géante. Elle emprunte l'escalier une dernière fois jusqu'à la passerelle et s'observe dans le millier de petits miroirs de la lumière morte. Ses cheveux sont longs et filasses, et elle les noue en arrière à l'aide d'un élastique.

Puis elle se penche et détache à mains nues l'un des petits miroirs qu'elle empoche en guise de souvenir du temps passé ici.

Pour tout dire, l'introspection n'est pas une chose dont elle raffole. Mais des secrets se tapissent au fond de l'esprit, et elle n'a pas envie d'en voir certains la prendre par surprise. Parfois, il vaut mieux jeter un bon coup d'œil en profondeur, même si l'on se sent mal à l'aise à fureter dans les coins sombres.

Une fois redescendue, elle sort et ferme la porte derrière elle avec le plus grand soin, histoire d'empêcher le vent de l'ouvrir et de tout fracasser à l'intérieur. Ça la réconforte de s'imaginer le phare intact longtemps après son départ.

Elle se poste au pied de l'édifice et lève le regard.

Adieu, bon vieux phare, dit-elle. Reste comme tu es. Prends soin de ton prochain occupant, mort ou vif, saint ou pécheur.

Elle hoche la tête. C'était la chose à dire, selon elle, un genre de bénédiction, de toast, de vœu d'anniversaire ou d'éloge funèbre ; et elle sait que les mots ont le pouvoir de rendre les choses vraies si on les dit bien.

*

Une fois descendue sur la plage, elle se dénude, entasse vêtements et chaussures dans la glacière avec tout le reste et referme le couvercle le plus hermétiquement possible en sautant dessus à plusieurs reprises. Elle la pousse dans les flots jusqu'à ce qu'elle se mette à dériver d'elle-même, puis la guide devant elle, à travers les déferlantes jusqu'à dépasser les vagues et le reflux.

Temple nage en direction du continent, en prenant soin de rester à bonne distance du banc de sable afin d'éviter que le courant la drosse contre les rochers. Elle serre la glacière dans ses bras et se propulse avec les pieds. Quand elle fatigue, elle s'arrête et se laisse flotter, un œil sur le rivage pour voir dans quel sens le courant l'entraîne. Une brise vient lécher la surface de l'eau, et hérisse sa peau humide, mais c'est toujours mieux que de nager en plein midi, quand le soleil au zénith vous cuit comme un lézard.

Elle n'a aucun moyen de mesurer le temps qui passe, mais comme elle ne nage pas vite, elle a l'impression qu'une heure s'est écoulée lorsqu'elle touche enfin terre, remorque la glacière sur la plage puis s'assoit sur un rocher, débarrasse ses cheveux de l'eau salée et laisse sa peau sécher dans le vent matinal.

La plage est déserte ; elle ouvre la glacière, en extrait une longue-vue miniature, grimpe une volée de marches en béton fissuré et atteint une aire d'arrêt d'urgence gravillonnée d'où elle jouit d'une vue dégagée. Il y a deux voitures garées le long de la route et plusieurs cabanes dans le lointain. À l'horizon, elle aperçoit quelques limaces. Elles n'ont pas perçu son odeur et se contentent d'errer à leur manière habituelle, saccadée et hasardeuse. Elle détourne la tête et braque à nouveau la longue-vue sur les deux véhicules. Une Jeep et un coupé rouge trapu à deux portes. D'après ce qu'elle en voit, toutes les roues ont l'air intact.

De retour sur la plage, elle se peigne avec les

doigts, et à travers les mèches qui lui barrent le front, elle distingue une lointaine silhouette sur le rivage. Pas besoin de la longue-vue : la démarche est révélatrice. Limace. Elle finit de se démêler les cheveux et les attache ensuite en queue-de-cheval.

Puis elle extirpe ses vêtements de la glacière et se rhabille.

La limace l'a repérée et avance vers elle, mais trébuche sans arrêt dans le sable.

Elle sort la longue-vue et l'examine.

La morte porte un uniforme d'infirmière. Le haut de sa tenue est vert hôpital, mais son pantalon est de couleur vive, comme un bas de pyjama. Temple n'arrive pas à en distinguer le motif, mais il pourrait s'agir de sucettes.

Elle replie la longue-vue et la range dans sa poche. Puis elle retourne à la glacière et en sort le pistolet, vérifie les munitions pour s'assurer qu'elles n'ont pas pris l'eau, et pend à sa ceinture la machette gurkha, rangée dans son fourreau, qui se cale contre sa cuisse à l'aide de deux lanières de cuir.

Quand elle a fini, l'infirmière est à vingt mètres, les mains tendues devant elle. Désir instinctif. Faim, soif, sexe : toutes les pulsions résiduelles se résument à un estomac qui gigote, qui marche.

Temple a un dernier regard pour l'infirmière, puis se tourne vers l'escalier en béton et monte jusqu'à la route.

Les autres limaces sont encore loin, mais elle sait qu'elles l'apercevront tôt ou tard, et qu'une poignée d'entre elles peut rapidement se muer en meute, puis en essaim ; aussi se dirige-t-elle droit sur les voitures et ouvre-t-elle la portière du coupé rouge. La clé est encore sur le contact, mais le moteur est mort.

Elle fouille ensuite la Jeep en quête de clés, sans succès, mais elle trouve un tournevis sous le siège du conducteur, dont elle se sert pour désosser l'allumage et faire sauter la platine du contact. Elle farfouille ensuite en quête de l'encoche située au fond du mécanisme, y enfonce la tête du tournevis et tourne.

Le moteur démarre après avoir toussé plusieurs fois, et les cadrans du tableau de bord s'illuminent.

OK, dit Temple. C'est la fille qui remporte le gros lot. Et un réservoir à moitié plein, en prime. Gare à vous, les grands espaces, je fais chauffer le moteur.

*

Le monde ressemble pas mal au souvenir qu'elle en a gardé ; tout cramé et blafard, comme si quelqu'un avait lessivé les couleurs à l'éponge et absorbé l'humidité pour ne laisser qu'une surface uniformément grise et desséchée jusqu'à l'os.

Mais elle est contente d'être de retour. De retrouver les structures érigées par l'homme — franchement épatantes quand on y pense. Ces grands bâtiments en brique avec tout un fatras de pièces, de cagibis et de portes, comme une fourmilière ou l'intérieur d'un nid de guêpes, une fois fracassée l'enveloppe de papier mâché. Quand elle était petite, elle a vu Orlando, et elle se rappelle s'être tenue au pied d'un édifice immense, terrifiant, et avoir pensé que la civilisation avait produit de petits génies pour travailler à sa préservation ; elle avait donné un coup de pied à la base du bâtiment, pour voir si tout le machin allait s'effondrer, et compris qu'il resterait à jamais planté là.

Dans la première ville où elle arrive, elle repère une supérette à un angle de rue et se gare sur le trottoir, juste devant. C'est en plein territoire des limaces ; des sacs à viande grouillent un peu partout, mais en ordre dispersé, ce qui tend à prouver qu'ils n'ont rien à se mettre sous la dent dans les parages. Et ils sont lents, certains en sont même réduits à ramper. Rien à manger depuis longtemps, en conclut-elle. Cette zone a été rayée de la carte, il va lui falloir pousser plus loin au nord.

Mais d'abord, elle entre dans la supérette. Elle y découvre un plein carton de ces crackers au beurre de cacahouète qu'elle aime tant, ceux qui ressemblent à de petits sandwichs avec du fromage orange vif à l'intérieur. Elle en ouvre un paquet qu'elle mange sur place, dans le magasin, collée à la vitrine pour étudier les limaces qui convergent vers elle.

Elle repense à son régime alimentaire sur l'île.

Y a pas un poisson dans tout l'océan qui vaille ces crackers, dit-elle.

Elle prend le reste du carton, un pack de vingt-quatre canettes de Coca, quelques bouteilles d'eau, trois paquets de Pringles, des boîtes de chili et de macaroni au fromage, ainsi que divers articles : une lampe torche et des piles, un savon au cas où elle aurait l'occasion de se laver, une brosse à dents et du dentifrice, une brosse à cheveux et tout un lot de tickets de loterie à gratter, parce qu'elle aime savoir à quel point elle aurait été millionnaire dans l'ancien temps.

Elle jette un coup d'œil derrière le comptoir en quête d'un flingue ou de munitions, mais il n'y a rien.

Remarquant alors que les limaces se sont rapprochées, elle dépose son butin sur le siège passager et reprend sa route.

Une fois sortie de la ville, engagée sur un long ruban d'asphalte à deux voies, elle ouvre un Coca et un autre paquet de crackers au beurre de cacahouète, qui ont un goût de paradis orange et cotonneux.

Tout en mangeant, elle se dit que Dieu a été vraiment malin de faire en sorte que les sacs à viande ne s'intéressent pas à la vraie bouffe pour qu'il en reste plein aux gens normaux. Il lui revient une vieille blague qui la fait sourire : celle du sac à viande invité à un mariage. À la fin de la fête, il y a deux fois plus de restes et deux fois moins de participants.

Elle glousse, et la route est longue.

*

Elle suit la route côtière pendant un moment, palmiers hirsutes à perte de vue et herbe haute des plages dans les fissures du bitume, puis elle met le cap sur l'intérieur des terres pour changer un peu. Des alligators. Elle n'en a jamais vu autant. Ils prennent le soleil sur le revêtement noir de l'autoroute et, en la voyant approcher, ils s'écartent sans s'affoler. Elle traverse d'autres villes, mais toujours aucun signe de vie normale. Elle commence à s'imaginer qu'elle est la dernière personne vivante sur la planète, au milieu de tous ces sacs à viande. Elle dénicherait une carte et sillonnerait le pays pour profiter du panorama.

D'abord New York, puis elle s'aventurerait jusqu'à San Francisco et ses rues en pente raide. Elle trouverait un chien errant ou dompterait un loup, et le ferait asseoir à côté d'elle ; il pencherait la tête à la fenêtre, et ils dégotteraient une voiture munie de sièges confortables, et chanteraient tout en roulant.

Elle hoche la tête. Ce serait la chose à faire.

Le soleil se couche, elle allume les phares et l'un d'eux fonctionne toujours, ce qui lui permet de voir la route devant elle, mais de guingois. Elle aperçoit de lointaines lumières, une lueur à l'horizon qui doit être une ville, et met le cap dessus.

Mais seul sur la route, de nuit, on commence à ruminer des pensées affreuses. Elle se souvient, il y a cinq ans peut-être, alors qu'elle sillonnait l'Alabama avec Malcolm assis à côté d'elle. Elle devait être très jeune en ce temps-là, car elle se rappelle qu'il lui fallait avancer le siège au maximum — mais, même ainsi, il lui fallait s'asseoir tout au bord pour atteindre les pédales. Quant à Malcolm, il était encore plus petit.

Malcolm restait silencieux de longs moments. Il aimait mastiquer ces chewing-gums qu'elle trouvait trop sucrés, en enfourner deux à la fois dans sa bouche. Elle l'entendait ensuite mâcher à son côté, puis c'était le silence, et il se contentait de scruter le grand néant noir à travers la vitre.

Il est où, oncle Jackson ? avait dit Malcolm.

Parti, avait-elle répondu. On le reverra plus.

Il avait promis de m'apprendre à tirer.

Je t'apprendrai. De toute façon, c'était pas vraiment ton oncle.

Pour chasser ce souvenir, elle baisse la vitre et

laisse le vent jouer dans ses cheveux. Comme ça ne marche pas, elle décide de chanter un air qu'elle connaissait autrefois par cœur, et qu'elle met un certain temps à reconstituer.

Oh la police bouffe l'avoine, bouffe l'avoine, et la gnôle bouffe le fer[1]
Oui la police bouffe l'avoine, bouffe l'avoine, et la gnôle bouffe le fer
L'avoine, c'est bon pour les mioches aussi, pas vrai ?
L'avoine, c'est bon pour les mioches aussi, pas vrai ?

La voiture rend l'âme sur une longue route de campagne, et Temple se gare pour soulever le capot et jeter un coup d'œil. C'est probablement la pompe à huile, mais pour s'en assurer, il faut se glisser sous le châssis et bricoler, et le moteur est encore trop chaud pour faire quoi que ce soit. En outre, elle n'a aucun outil pour farfouiller, mais elle remarque une maison à l'écart de la route, au bout d'un petit chemin de terre ; peut-être y trouvera-t-elle le nécessaire.

Elle scrute les lumières de la ville dans l'horizon enténébré. De nuit, il est difficile d'estimer les distances — à pied, elle peut sans doute l'atteindre d'ici au matin.

Mais quand même, cette maison. Elle pourrait bien abriter quelque chose de valable.

Elle s'est tenue hors jeu pendant longtemps et se sent audacieuse ; surtout, elle veut oublier ses souve-

1. Version déformée de *Mairzy Doats* (pour *Mares eat oats*, « les pouliches mangent de l'avoine »), chanson populaire de 1943 tirée d'une berceuse anglaise. (*N.d.T.*)

nirs nocturnes. Alors elle attache la machette gurkha à sa cuisse, cale le pistolet à sa ceinture — deux balles, en cas d'urgence uniquement —, prend la lampe torche et remonte le chemin de terre jusqu'à la maison, prête à défoncer la porte à coups de pied, sauf que c'est inutile car celle-ci est ouverte.

Une puanteur s'accroche à la maison, et elle la reconnaît. Chair décomposée. Celle d'un corps, ou d'une limace. Quoi qu'il en soit, elle décide de respirer par la bouche et de faire vite.

Elle trouve la cuisine, sa table en Formica rouillé, renversée, et son papier peint à motif de fraisier grimpant, décollé. À cause de l'humidité, des taches pelucheuses de moisissure vert-de-gris ont fleuri un peu partout. Elle ouvre les tiroirs un par un, en quête d'outils, sans rien trouver. Regarde par la fenêtre du fond. Pas de garage.

La cuisine a une autre porte, et quand elle l'ouvre, elle découvre un escalier en bois qui s'enfonce sous terre.

Elle reste un instant en haut des marches, à l'affût du moindre bruit dans la maison, puis descend lentement.

Au sous-sol règne une odeur différente, comme de l'ammoniaque ; elle balaie la pièce du faisceau de sa lampe torche et révèle une table au milieu, couverte de bouteilles, de brûleurs, de tuyaux en caoutchouc, et une balance à l'ancienne, munie d'un long bras latéral. Certaines bouteilles sont à moitié remplies d'un liquide jaune. Elle a déjà vu ce genre d'installation. Un labo de méthamphétamine. Une drogue très en vogue quelques années plus tôt, quand certains tiraient parti du chaos engendré par l'arrivée des limaces.

Contre le mur elle trouve un établi, et elle en extirpe un tournevis cruciforme et une clé anglaise, mais ce qu'elle cherche vraiment, c'est une pince.

Elle pose la lampe torche sur le plan de travail, et celle-ci roule et tombe au sol. Elle clignote une fois sans s'éteindre. Tant mieux : elle n'aimerait pas retourner à la voiture à tâtons.

En se retournant, elle voit quelque chose qui lui avait échappé. Près de l'escalier, il y a un cagibi — et juste au moment où elle remarque la porte, cette dernière, dans le faible halo de la lampe, frémit puis s'ouvre à la volée, comme si quelqu'un s'était écroulé contre le battant.

L'odeur de pourriture lui parvient alors, bien plus prégnante ; elle était jusqu'ici masquée par les relents d'ammoniaque du labo.

Ils sont trois à émerger péniblement du réduit : deux hommes aux cheveux longs et en bleu de travail, et une femme uniquement vêtue d'une combinaison de satin déchirée, qui dévoile une poitrine desséchée.

Temple avait oublié à quel point ils pouvaient sentir mauvais ; un mélange infâme de moisissure, de putréfaction, de fluides visqueux et de vieille merde. Elle voit des excréments liquides couler le long des jambes de la femme. Ils ont dû se nourrir récemment, et seront donc forts. Et ils se tiennent entre elle et l'escalier.

Elle pose la main sur le pistolet et réfléchit. Les deux dernières cartouches.

Ça ne vaut pas le coup.

Elle préfère dégainer la machette gurkha puis renverse le premier homme d'un coup de pied qui l'envoie s'écraser contre la dalle de ciment. Elle fouette l'air de son arme et l'enfonce dans le crâne du second, qui louche de façon absurde avant de tomber à genoux. Quand elle essaie d'extraire la lame, celle-ci est coincée, comme soudée aux os mouillés.

Elle sent alors la poigne vigoureuse de la femme se refermer sur son poignet. Et ses ongles ébréchés s'enfoncer dans sa peau.

Lâche-moi le bras, dit Temple.

Comme elle ne parvient pas à arracher sa machette du crâne de l'homme, elle lâche prise et regarde le cadavre basculer en arrière, la lame toujours fichée dedans.

La femme se penche pour lui planter ses dents dans l'épaule, mais Temple la frappe violemment au visage, un premier coup de poing, un deuxième, puis un troisième, pour brouiller les impulsions de sa cervelle.

L'autre homme s'est relevé et avance vers elle ; elle fait pivoter la femme pour la placer entre eux, et il les percute violemment, les bras tendus en une brutale embrassade d'ours, envoyant Temple heurter l'établi.

La puanteur la submerge quand ils s'écrasent contre elle, et les larmes qui lui montent aux yeux troublent sa vue.

Elle tâtonne derrière elle, à la recherche de quelque chose, n'importe quoi, pioche un tournevis qu'elle agrippe avec force et enfonce dans le cou de l'homme. Il desserre son emprise et titube à reculons, mais l'angle de l'outil est mauvais, il est planté à l'horizontale au lieu de remonter vers le cerveau ; l'homme se met à tourner sur lui-même en émettant des gargouillis et en claquant des mâchoires.

La femme, qui tient toujours Temple par le poignet, rouvre la bouche comme pour lui mordre la joue, mais Temple se débat une nouvelle fois et lui cogne l'avant-bras contre une arête de l'établi. Un os craque, et l'étau autour de son poignet se desserre.

Elle se baisse alors et se dirige vers le cadavre, lui pose un pied sur le visage pour faire levier et en arrache sa machette à deux mains.

La femme est juste derrière elle, mais qu'importe. Temple frappe fort et juste, la lame tranche les chairs du cou sans effort et la décapite.

Le dernier homme est distrait, occupé à griffer maladroitement le tournevis planté dans sa gorge. Temple se place dans son dos pour reprendre son souffle. Il a les cheveux longs et parsemés d'écailles de peinture, comme si la maison s'était écroulée sur lui. Elle lève la machette et l'abat avec force, deux coups rapides, comme elle a appris à le faire il y a longtemps : un pour ouvrir le crâne, le suivant pour fendre la cervelle.

Elle ramasse la lampe torche, glissante de sang et d'excréments. Puis elle trouve un morceau d'étoffe propre sur la combinaison de la morte, le déchire et s'en sert pour essuyer sa machette gurkha.

Le tango des sacs à viande, dit-elle. Une foutue saloperie, voilà ce que c'est.

*

Voyez-vous, le monde a sa musique et il faut prêter l'oreille, sans quoi on est sûr de la rater. Comme lorsqu'elle sort de la maison, que l'air nocturne sur son visage a la froideur d'un rêve et la pureté d'une terre fraîche, toute neuve. Comme si l'on débarrassait l'étagère d'une chose vieille, poussiéreuse et cassée pour faire de la place à un truc flambant neuf.

Et c'est votre âme, qui désire bouger et faire partie du grand tout, quel qu'il soit, être là, sur les plaines de suie où tombent les vivants et se lèvent les morts, tombent les morts et se lèvent les vivants, tel ce cycle de la vie qu'elle avait tenté d'expliquer jadis à Malcolm.

C'est un truc de la nature, lui avait-elle dit tandis qu'il mâchonnait un bonbon dur calé dans sa joue. Un truc de la nature, et la nature ne meurt jamais. Toi et moi, on fait aussi partie de la nature, même quand on meurt.

Tout est question d'âmes et de cieux immenses et d'étoiles qui scintillent comme des dingues où que l'on regarde, aussi décide-t-elle de prendre quelques affaires dans la voiture et de trimballer son barda tout du long, jusqu'à ces lumières à l'horizon. Et bientôt, elle aperçoit un panneau routier, et braque sa lampe torche dessus ; elle est incapable de déchiffrer les lettres qui ne ressemblent à aucun nom de ville dont elle se souvienne, mais le nombre indiqué est 15.

Et si cette empreinte de lumière dans le ciel est visible à 15 miles de distance, c'est qu'il ne s'agit pas d'une petite ville mais d'un endroit pour elle, où elle pourra faire la connaissance de quelques personnes, prendre des nouvelles de ce qui se trame sur la planète verte de Dieu, et peut-être boire un soda bien frais avec des glaçons dedans. Et 15 miles, c'est rien. Trois, quatre heures de paysages nocturnes et de réflexions profondes, en chassant les tristes.

Elle sera à l'heure pour le petit déjeuner.

3

Personne dans les rues hormis des limaces et des chiens errants. La ville est trop grande pour être clôturée et ses avenues trop tortueuses pour qu'on y patrouille, mais, raisonne Temple, si l'électricité fonctionne toujours, ce n'est pas pour les limaces. Les habitants doivent se planquer quelque part.

Elle grimpe au sommet d'un panneau publicitaire le long de la rampe d'un échangeur autoroutier et mange un paquet de crackers au beurre de cacahouète tout en étudiant l'horizon.

En remontant vers le nord, elle a traversé une station balnéaire où tous les bâtiments étaient élancés et peints dans des tons pastel. L'avenue principale était couverte de restaurants qui disposaient autrefois de terrasses aménagées sur les larges trottoirs — des lieux où des gens riches, vêtus de chemises crème, avaient dû siroter des cocktails. À présent, la plupart des vitrines étaient brisées, et l'incroyable éclat du soleil transformait en crocs acérés les arêtes de verre frangeant les béances enténébrées. La peinture pastel s'écaillait en flocons, révélant des parois de béton décrépi. Et devant certains restaurants, un empilement de tables et de chaises en fer forgé témoignait de barricades défensives qui avaient cédé depuis longtemps.

C'était une jolie ville, juge-t-elle, pour déserte qu'elle soit. Peut-être y retournera-t-elle un jour. Mais aussi une ville basse, sans le moindre bâtiment de plus de cinq étages. Contrairement à celle qu'elle observe à présent et dont le centre-ville, depuis sa position, ressemble à un château-fort perché sur une colline, avec ses flèches d'argent et d'acier majestueuses.

Elle descend du panneau publicitaire et marche quinze minutes pour rejoindre les gratte-ciel du centre ; leurs ombres s'étirant d'un trottoir à l'autre apaisent sa peau échauffée. Elle tombe sur une bijouterie et reste un long moment à contempler la vitrine. Des babioles poussiéreuses pendent à des cous artificiels en velours, et des bagues sont enfoncées dans de jolis petits écrins. Dérisoire. Ces objets ont un jour témoigné de la hiérarchie des valeurs d'une époque révolue. Elle a connu des gens qui collectionnaient ce genre de choses, qui les amassaient dans la perspective d'un retour glorieux à l'économie du colifichet. Ils les rangeaient dans de petites boîtes placées dans des boîtes plus grandes, elles-mêmes placées dans des boîtes plus grandes encore, et couvaient leur butin, tels des souverains envieux.

Mais il y a une chose qu'il ne déplairait pas à Temple de garder dans sa poche pour la manipuler de temps à autre : un pendentif avec un rubis en forme de larme, comme son île. Il est serti dans une monture en or attachée à une chaîne, mais si c'était à elle, elle arracherait le métal pour ne garder que la pierre, qu'elle ferait rouler entre ses doigts.

Tandis qu'elle l'examine, elle perçoit le reflet d'un mouvement dans la vitrine du magasin, une silhouette qui s'approche derrière elle.

Sans réfléchir, elle dégaine la machette gurkha et pivote sur elle-même, arme levée au-dessus de la tête, prête à frapper.

C'est là qu'elle voit le canon du fusil braqué sur son visage.

Holà, m'sieur, dit-elle en abaissant sa lame. Je t'ai pris pour une limace et j'ai failli te couper en rondelles. C'est quoi ces manières, d'arriver dans le dos des gens ?

Dès qu'il l'entend parler, l'homme baisse son arme.

Je t'ai prise pour l'un d'eux, dit-il. Tu es restée plantée là un bon moment, à rien faire.

Ben excuse-moi de faire du lèche-vitrine.

Il scrute les alentours, un type plutôt pas mal, la trentaine, d'après elle, avec des mèches blondes et raides qui lui tombent devant les yeux. Rasé de près, il a l'air sur le qui-vive, comme un chat ou un rongeur, le genre d'animal toujours ramassé sur lui-même pour détaler.

Le coin n'est pas sûr, dit-il à Temple. Viens avec nous.

C'est qui « nous », cheveux d'or ?

Là-dessus, il place deux doigts dans sa bouche, siffle, et une petite armée — peut-être douze gars en tout — accourt des angles des bâtiments ou des contre-allées pour venir l'encercler.

Un type, qui porte des lunettes, s'approche d'elle et entreprend de lui examiner les bras et le cou.

Tu es blessée ? demande-t-il. Mordue quelque part ?

Tout baigne. Lâche-moi.

Il lui prend la tête à deux mains et observe ses pupilles. Puis il se tourne vers le blond.

Elle semble OK. On procédera à un examen complet une fois de retour.

Pas si ça te plaît de respirer, dit-elle.

Viens avec nous, propose le blond. On s'occupera de toi. Tu seras bien.

Z'avez de la glace ?

Hein ?

Des glaçons, pour mettre dans les sodas ?

On a des frigos, oui.

OK, parfait. Passe devant, grand chef.

Ils la guident entre les hautes tours du centre-ville, font exploser la cervelle de deux ou trois limaces en cours de route.

Histoire de réguler la population, explique le blond, qui répond au nom de Louis.

Louis a pris la tête du groupe, et les autres marchent derrière en balayant le périmètre.

Temple les suit, mais garde ses distances, et conserve un écart fixe avec la troupe. Parmi eux, un type ne lui revient pas. Maigre, avec une tignasse graisseuse maintenue en place par une casquette de base-ball, et qui semble obnubilé par sa présence. Elle aperçoit, se reflétant dans les vitrines sombres, son regard lourd posé sur elle. Elle ralentit le pas et se place à l'arrière du groupe pour tenter de s'en débarrasser, mais il fait de même jusqu'à ce qu'ils se retrouvent côte à côte, en queue de peloton.

Moi c'est Abraham, lui dit-il. C'est quoi, ton nom ?

Sarah Mary.

Sarah Mary comment ?

Sarah Mary Williams.

T'as quel âge, Sarah Mary ?

Vingt-sept ans.

Il la détaille de haut en bas, ses yeux un rien moqueurs s'attardent sur chaque partie de son anatomie.

T'as pas vingt-sept ans, dit-il.

Prouve-le.

Mon frangin Moïse dit que j'ai le don de démêler le vrai du faux. Que je renifle les menteurs à cent mètres. C'est mon talent secret. Je t'ai reniflée, Sarah Mary.

Elle regarde devant elle en serrant les dents et pense à un grand verre de Coca rempli de glaçons avec une paille recourbée.

Alors, poursuit-il. J'te donne seize, dix-sept ans.

J'ai vécu quelques années. Le nombre précis, on s'en fout un peu.

Et d'où tu viens, Sarah Mary ?

Du sud.

Tu vois, c'est des trucs comme ça qui m'font dire que tu la joues pas franc-jeu avec moi. Y a que dalle, au sud. Rien qu'des rampants tout du long jusqu'aux Keys.

Elle sent peser son regard sur elle, qui tente de se glisser sous ses vêtements et d'appuyer contre sa peau.

Alors c'est quoi, ton histoire, Sarah Mary ? Tu fuis un petit ami ? Tu cherches quelqu'un pour veiller sur toi ? Tu peux tout m'dire, je ferai en sorte qu'il t'arrive rien.

Elle se mord la lèvre pour éviter de répondre et

trottine jusqu'à celui qui semble faire office de chef, Louis.

Où on va comme ça ? demande-t-elle.

Lève les yeux, dit-il.

Face à elle se dressent quatre tours identiques ; chacune occupe l'équivalent d'un pâté de maisons. Il y a des boutiques au rez-de-chaussée, et très probablement des bureaux dans les étages. Les quatre bâtiments sont reliés, à hauteur du cinquième environ, par des passerelles couvertes afin de créer un énorme complexe insulaire. On doit pouvoir y héberger sans problème un millier de personnes.

Louis en tête, le groupe contourne l'une des tours et s'engage dans une allée en béton qui descend vers un quai de chargement. Ils approchent d'une petite entrée près du portail en acier, vérifient qu'aucune limace ne les a suivis, puis Louis déverrouille rapidement la porte et fait entrer la troupe.

C'est votre forteresse ? s'enquiert Temple.

Une fois tout le monde à l'intérieur, il referme la porte, la verrouille et la barre.

C'est notre forteresse, dit-il.

*

On la confie aux bons soins d'une dénommée Ruby, qui la nourrit et lui donne de nouveaux vêtements prélevés dans un grand magasin barricadé situé au rez-de-chaussée de l'une des tours, et lui montre un endroit où dormir au quinzième étage, dans des bureaux convertis en appartements.

Ruby essaie de lui faire passer une robe vichy bleu ciel, mais Temple s'en tient à un treillis comme celui qu'elle porte, sauf que le nouveau n'est ni déchiré ni maculé de sang séché brunâtre. Ruby examine celui que lui tend Temple depuis la cabine d'essayage, et elle secoue la tête en tirant une langue roulée sur elle-même, à la façon d'un oiseau du désert.

Pauvre petite, dit Ruby. La route a dû être difficile jusqu'ici…

La route, ça va, rétorque Temple. Le problème, c'est plutôt les sacs à viande.

Oh, ce pauvre monde…

Ruby semble sur le point d'en dire davantage, mais sa voix s'éteint, comme si le désespoir avait eu raison d'elle.

Hé, lance Temple. Y a de la glace ici, non ? Je me disais qu'un grand verre de Coca frais, là tout de suite, ça descendrait tout seul.

Aussi Ruby lui apporte-t-elle un verre de Coca avec des glaçons, puis elles se rendent dans l'un des halls d'entrée pour y regarder jouer les enfants. Une balançoire et un toboggan en plastique y ont été apportés d'un grand magasin, et une marelle a été dessinée à la craie sur le dallage.

Nous avons aussi une école, explique Ruby. C'est ma sœur Elaine qui s'en occupe. Six matinées par semaine. L'éducation, c'est le plus important, bien sûr. Afin que nous puissions rebâtir, quand tout ça sera fini. Es-tu allée à l'école ?

J'ai appris deux ou trois trucs.

Je n'étais qu'une jeune fille quand ça a commencé. Tu n'étais pas encore née, j'imagine.

Non, m'dame.

Ce monde doit te sembler bien étrange.

Non, m'dame.

Non ?

Le monde, il n'est pas tellement méchant si vous ne luttez pas contre lui.

Ruby dévisage Temple et secoue la tête en soupirant. Une femme enveloppée, cette Ruby, avec un visage rond et des yeux qui se rident sur les côtés quand elle rit. Ses cheveux sont coiffés dans un style que Temple n'a jamais vu. Empilés sur le sommet du crâne, pour l'essentiel, mais avec des mèches qui tombent. Elle porte une robe longue informe et des sandales, et ses ongles de pieds et de mains sont vernis dans une jolie teinte bordeaux — pile la couleur, songe Temple, du sang répandu vingt minutes plus tôt.

Les sons que produisent les enfants en jouant se répercutent sur les parois de marbre de l'entrée. Ils sont une vingtaine, d'âges variés. Les fenêtres ont été peintes, et Temple imagine que c'est pour éviter que les limaces les voient et s'agglutinent à l'extérieur. De gros spots jaunes ont été installés tout autour de l'entrée pour renforcer les rayons du soleil qui passent à travers la fine couche de peinture marron.

Elle pense à Malcolm, l'imagine au milieu des autres enfants. Il aurait sans doute voulu sortir, et gratté la peinture des fenêtres pour jeter un coup d'œil à l'extérieur. Mais c'était il y a deux ans. Il serait plus vieux que la plupart d'entre eux, maintenant.

Combien vous êtes, ici ? demande Temple.

Sept cent treize, répartis dans les quatre quartiers. Ce qui fait de toi la sept cent quatorzième.

Quartiers ?

Les quatre bâtiments. Nous aimons les appeler des quartiers.

Tous les gamins sont là ?

Presque tous. Il est difficile pour les gens d'avoir des enfants, ici. Nous avons un médecin, mais l'infirmerie a des moyens limités. Et puis, les gens ont du mal à se montrer… optimistes.

Oh.

Ruby lui décoche un grand sourire, comme si elle faisait office de représentante principale de l'optimisme.

J'aime bien ton chapeau, dit-elle en désignant le panama de Temple. Nous n'avons pas de chapeaux comme le tien ici.

Merci. J'aime bien votre vernis.

Vraiment ? Tu en veux ? Ici, la plupart des femmes ne se donnent pas la peine de se vernir les ongles, et il nous en reste plein.

Ruby la reconduit au grand magasin, au rayon des cosmétiques, et lui montre un alignement de flacons en verre poussiéreux d'une centaine de coloris différents, avec autant de noms inscrits dessus décrivant leur teinte. Temple opte pour un rose et Ruby lui explique qu'il s'appelle barbe à papa ; elle n'a aucune idée de ce dont il peut s'agir, mais elle imagine des hommes aux barbes colorées.

Puis elles prennent l'ascenseur jusqu'au quinzième étage, où se trouve la chambre de Temple : un petit bureau où un matelas est posé à même le sol, assorti d'une table, d'une lampe et d'une plante artificielle.

La salle de bains est au bout du couloir, près des ascenseurs, indique Ruby sur un ton d'excuse. Nous sommes obligés de la partager.

Merci, dit Temple. Pour le soda, le vernis à ongles, la nourriture et tout.

Mais je t'en prie. Je suis ravie de te savoir avec nous. Nous prendrons soin de toi, Sarah Mary.

Temple n'ajoute rien. Elle tente de s'imaginer rester ici, dans cet endroit, avec ces gens, et se surprend à trouver l'idée pas trop révoltante. Elle se demande si elle n'est pas en train de mûrir.

Oh, une dernière chose, dit Ruby. Libre à toi d'aller où bon te semble, mais il est préférable d'éviter le quartier 4. C'est là que résident la plupart de nos hommes, de nos célibataires — ceux qui partent en patrouille, et qui t'ont trouvée aujourd'hui. Ce sont de braves garçons, pour l'essentiel, très respectueux et bien élevés. Mais parfois, quand ils sont en groupe, ils peuvent se montrer un peu durs. Je ne voudrais pas qu'ils te fassent mauvaise impression. Nous formons une communauté agréable.

Là-dessus, Ruby prend congé et Temple se retrouve seule. Elle localise les salles d'eau ; délaissant celle des douches collectives, elle entre dans celle d'à côté, privée, réservée aux personnes en chaise roulante. Elle pose sa machette gurkha sur le rebord du lavabo, se dénude et se récure comme il faut à l'aide du gant et de la serviette fournis par Ruby. Puis elle incline la tête au-dessus du lavabo et laisse ses cheveux tremper un long moment dans l'eau chaude savonneuse. Après s'être peignée, elle s'examine sous toutes les coutures dans le miroir.

Cheveux blonds, visage mince avec de longs cils bordant des yeux bleu vif. Elle pourrait être jolie. Elle s'efforce d'être plus féminine, reproduit les attitudes des filles qu'elle a pu voir, esquisse une moue en baissant la tête et en haussant les sourcils. Sa poitrine menue se résume à peu de chose et elle a les fesses plates ; mais elle a vu dans les magazines des filles sexy qui avaient la même silhouette, alors elle suppose que ça n'a rien de grave.

Elle enfile la nouvelle culotte fournie par Ruby. Un modèle en coton, constellé de roses. Ruby lui a également donné un soutien-gorge, mais elle ne le met pas.

De retour dans sa chambre, elle se vernit les ongles des pieds et des mains en rose barbe à papa ; négligente et impatiente comme elle l'est, elle déborde un peu partout. Elle s'étire ensuite pour laisser sécher le vernis et regarde le jour finissant par la fenêtre. Les lumières de la ville prennent vie sous ses yeux. L'éclairage urbain doit s'allumer automatiquement, se dit-elle. Mais, de-ci de-là, quelques vrais gens comme elle ont dû appuyer sur un interrupteur.

Elle vient se coller à la fenêtre et regarde la buée de son souffle se former sur la vitre, souhaite bonne nuit au monde ensoleillé et sent la pesanteur intense du sommeil l'accabler ; elle s'allonge alors sur le matelas, joint les mains et chuchote une prière, et écoute le murmure ténu du bâtiment jusqu'à ce que son esprit dérive et que les rêves l'emportent dans un vaste dédale à ciel ouvert.

*

Le lendemain, elle arpente le complexe, sourit poliment en réponse aux vœux de bienvenue que lui adressent les résidents. Ils sont contents de voir un nouveau visage, contents de voir leur effectif augmenter d'une unité — une brique de plus dans le rempart érigé contre la marée qui vient s'écraser sur eux depuis l'extérieur. Certains lui racontent d'où ils viennent, les plus âgés radotent à propos du monde d'avant. Elle a entendu maintes versions de cette histoire ; la plupart du temps il y est question d'enfants qui font du vélo dans des rues bordées d'arbres, par un bel après-midi. De pique-nique dans un parc. De courses à l'épicerie, où l'on croise des gens amicaux. Ou de virées en camping, où les piqûres de moustique sont l'unique souci.

Ces récits ont toujours paru suspects à Temple, imbibés de nostalgie. Sa propre expérience lui a appris que le degré de bonheur et de chagrin ne dépend pas de la créature qui s'en prend à vous, qu'elle soit moustique ou sac à viande.

Elle propose son aide en cuisine, où toute une armée de femmes prépare ce qui lui semble être un repas élaboré. Elles lui confient des œufs à casser dans un bol — poulaillers et potagers ont été installés sur les toits — mais quand elles voient le temps qu'elle met à ramasser toutes les coquilles tombées dans le récipient, elles la chassent gentiment, lui conseillent de se reposer et de prendre ses marques. Elle donnera un coup de main en cuisine une autre fois.

Le soir, elle se rend à la salle de conférence aménagée en cinéma, prend place dans le noir avec tous les autres et regarde un vieux film projeté sur grand écran. Cela parle de vaisseaux spatiaux et de planètes désertiques, et elle regarde, et sa voisine lui tend un bol de pop-corn dans lequel elle pique avant de le faire circuler.

Mais le lendemain, elle s'ennuie, a des fourmis dans les jambes. Elle se poste à une fenêtre du deuxième étage et regarde la patrouille sortir et s'enfoncer dans la rue, à la manière d'un serpent tactique. Elle aime la façon dont se déplacent ces hommes, comme un grand corps articulé.

La nuit venue, elle n'arrive pas à trouver le sommeil et arpente les couloirs silencieux ; son insomnie lui fait l'effet d'une maladie.

Quand elle n'en peut plus de ce silence, elle emprunte la passerelle jusqu'au bâtiment 4, où elle trouve les hommes occupés à jouer des médicaments aux cartes. Ils sont réunis au cinquième étage, dans un grand espace qui englobe deux niveaux et fait résonner leurs éclats de rire et leurs voix rauques. Le hall du siège d'une société, se dit-elle, une de ces entreprises monolithiques qui occupaient plusieurs étages du bâtiment.

Au début, les hommes la regardent de travers, comme si elle augurait l'embarras qu'ils éprouvent vis-à-vis d'eux-mêmes. Les rires tonitruants meurent l'un après l'autre, à mesure que les hommes s'aperçoivent de son arrivée. Puis elle dit :

Vous occupez pas de moi. J'arrivais pas à dormir, c'est tout. J'suis pas ici pour vous chercher des poux.

Le jeu reprend donc, d'abord de façon hésitante, mais alors que leurs soupçons s'évanouissent et qu'ils oublient son intrusion, le volume sonore et la vulgarité augmentent. Elle aime l'odeur de cigarette, le tintement des bouteilles d'alcool qui s'entrechoquent et les mots crus qui dégringolent de leurs lèvres hirsutes, comme des pierres d'une carrière. De nouveaux arrivants reviennent d'une patrouille de nuit ;

elle les observe franchir une porte blindée dans un coin de la salle, armés de pistolets, de fusils M16 et de fusils à pompe de calibre 20, pour en ressortir les mains vides. Puis ils se dirigent vers une table aménagée en bar, où un homme vêtu d'un tablier leur sert à boire.

Louis, le chef de patrouille, vient la retrouver.

Le jeu te plaît ? demande-t-il.

J'étudie comment ça marche, dit-elle. Ça ressemble au poker, avec un peu de clebs dedans.

Clebs ?

Un jeu auquel je jouais quand j'étais petite.

Tu suis ?

Comme je t'ai dit, j'étudie. Vous misez quoi ?

Stimulants. Somnifères. Quelques antalgiques. Du speed, essentiellement.

Hon-hon. Où une fille peut trouver ce genre de monnaie ?

Tu veux jouer ?

J'pourrais faire une manche ou deux.

Louis part d'un grand rire amical. Puis il fouille au fond de sa poche, lui prend la main et y dépose trois pilules bleues.

Eh, Walter, lance-t-il à l'un des hommes assis à la table. Fais donc une pause. La petite veut tenter sa chance.

Les hommes s'esclaffent et elle prend place en disant :

J'vois pas ce qu'il y a de tordant. Jouer aux cartes, c'est à la portée du premier débile venu.

Ooooh, font-ils.

Elle perd l'une de ses pilules bleues à cause d'une mauvaise première main, mais dix manches plus tard, on lui donne une pochette Ziploc pour ranger ses gains. Trois Nembutal, cinq Vicodin, douze OxyContin, sept Dexedrine — ainsi que quatre Viagra qu'elle utilise pour rembourser l'avance de Louis.

C'est quoi ton nom, déjà ? demande-t-il.

Sarah Mary.

Eh bien, Sarah Mary, tu m'impressionnes. Carrément.

Ah oui ? et si tu m'emmenais en patrouille avec vous tous, demain ?

Il s'esclaffe à nouveau, d'un rire joyeux et chaleureux.

T'es un sacré numéro. Mais vaut mieux nous laisser faire le sale boulot.

D'après ce que j'en ai vu, vous ne vous salissez pas trop les mains.

Sarah Mary, laisse-moi te payer un coup à boire.

Il l'installe au bar et lui commande un Coca avec des glaçons, et elle reste là un moment à regarder la partie, jusqu'à l'arrivée du rongeur malingre, Abraham, qui s'assoit à côté d'elle et recommence à la déshabiller du regard. Il est en compagnie d'un costaud qu'il présente comme son frère Moïse ; Moïse lui serre la main et manque de la broyer dans sa grosse paluche. Côte à côte les deux frangins font penser à l'avant-après d'un sérum de croissance. Moïse n'est pas d'humeur bavarde. Il s'assoit au bar et boit en regardant droit devant lui, comme s'il était capable de percevoir la face sombre de toute chose. Ce n'est pas le genre de gars à titiller, elle le sait. Elle a déjà vu des types comme lui, dangereux parce qu'ils sont revenus d'endroits que tous ces hommes chaleureux n'ont jamais vus ; les souvenirs qu'ils en ont rapportés les suivent partout, où qu'ils aillent, dans leurs yeux rougis et larmoyants, glissés jusque sous leurs ongles et dans la patine sombre de leur peau.

Moïse reste assis, le regard fixe, mais son frère Abraham veut causer ; il se met à lui raconter l'histoire de cette fille qu'un des autres gars a failli étrangler à mort parce qu'après l'avoir allumé, elle l'avait entraîné dans une des réserves mais avait refusé de se laisser prendre. Et quand il dit ça, sa langue glisse sur ses lèvres, et elle aperçoit la bave séchée blanchâtre accumulée aux coins de sa bouche.

Elle se lève et traverse le hall pour s'asseoir sur le rebord en marbre d'un bac à fleurs et suit la partie en s'efforçant d'oublier le regard d'Abraham qu'elle sent toujours posé sur elle, dévorant.

Quinze minutes plus tard, l'un des joueurs en accuse un autre de faucher des médocs de la mise, et une bagarre éclate, les deux types s'empoignant au-dessus de la table tandis que d'autres tentent de les séparer. La table finit par valser, une averse multicolore de pilules se répand sur les dalles de marbre et tous se précipitent en désordre pour ramasser ce qu'ils peuvent.

Temple en a assez vu. Elle quitte le grand hall et grimpe dans les étages, volée de marches après volée de marches — jusqu'à en perdre haleine —, et débouche sur un palier sombre et silencieux, où elle sent un curieux souffle qu'elle identifie comme le véritable air extérieur, et non l'atmosphère recyclée du système de ventilation. Elle remonte jusqu'à sa source : un trou dans la structure du bâtiment. Au fond d'un vaste bureau en *open-space*, une portion de vitrage a été défoncée du sol au plafond, sur environ deux mètres cinquante de large. Des sièges ont été placés devant le trou béant. Un belvédère.

Il n'y a personne dans les parages ; elle s'approche du trou puis, prenant son courage à deux mains, porte le regard vers les toits de la ville. Elle doit se trouver au vingt-cinquième étage, et le panorama lui donne le tournis, mais elle s'oblige à regarder. En contrebas, dans les taches de lumière jaune diffusée par les réverbères qui ne sont ni cassés ni grillés, elle les voit se mouvoir de façon léthargique, les morts, sans but ni cap défini. La plupart vont et viennent, même s'il n'y a rien à chasser — leurs jambes, à l'instar de leur estomac ou de leurs mâchoires, uniquement mues par l'instinct. Quand elle lève les yeux, le vent froid lui arrache des larmes et les lumières de la ville, démultipliées, se mettent à danser ; elle sèche ses joues, prend place dans un siège et contemple le paysage au-delà de la zone éclairée, où la noirceur déferle comme un océan. C'est un genre de paysage qu'elle connaît bien — au-delà des on-dit.

Elle a dû s'enfoncer dans le puits de ses pensées, car elle ne prend pas conscience de la présence de l'homme avant qu'il s'installe à son côté : un barbu massif qui arrache un grognement métallique à la chaise lorsqu'il s'y appuie. Moïse, le frère d'Abraham.

J'faisais que jeter un œil, dit-elle. (Elle regarde à la ronde et constate qu'ils sont seuls.) Rien de plus.

Le colosse hausse les épaules. Il sort un cigare d'une poche de sa veste, en mord l'extrémité, l'arrache et la crache dans le vide, craque une allumette contre son pouce et l'allume à courtes bouffées. Quand il en a terminé avec l'allumette, il la balance par la fenêtre d'une chiquenaude, et Temple voit la braise rougeâtre disparaître dans les ténèbres.

Elle l'observe, hésite à prendre ses jambes à son cou. Mais il ne lui prête aucune attention, occupé qu'il est à tirer sur son cigare en contemplant la nuit.

Elle finit par dire : Tu veux quoi, au juste ?

C'est la première fois qu'il se tourne vers elle ; on dirait qu'il vient de remarquer une coccinelle posée sur sa main ou un truc du même genre.

J'veux des tas de choses, dit-il. Mais rien qu'tu puisses me fournir.

Elle le dévisage un peu plus longtemps, estime qu'il ne représente pas de menace immédiate et se renfonce dans son siège.

Impec, alors, dit-elle.

Et, pendant un moment, les regards qu'ils portent sur la ville sont parfaitement parallèles.

Il tire une bouffée de son cigare et lui pose une question.

T'as déjà vu une limace sans jambes ?

Elle ne voit pas où il veut en venir, mais ne pense pas non plus qu'il serait dangereux d'y répondre.

Quelques-unes, dit-elle. Elles avancent sur les mains et les coudes, comme des sauterelles.

Hon-hon. (Il tire une nouvelle bouffée de son cigare et continue.) Tu sais, j'ai entendu parler d'une communauté, à Jacksonville, qu'aurait décidé de boucler un périmètre en faisant brûler le gaz d'une conduite, pour empêcher les limaces de passer. T'en penses quoi ?

Qu'ils doivent être tous morts à l'heure qu'il est.

Pourquoi ça ?

Parce que le feu, ça fait pas peur aux sacs à viande.

Sont trop stupides pour ça. Y foncent dedans. Ils ont dû se retrouver avec un tas de torches ambulantes qu'essayaient de leur bouffer les tripes.

Il hoche lentement la tête et elle comprend qu'il savait déjà, pour le feu et les sacs à viande. Qu'il s'agissait simplement de la mettre à l'épreuve.

Sarah Mary Williams, dit-il en prononçant chaque mot comme s'il les lisait sur une affiche au loin. Mon frère Abraham, il te croit pas quand tu dis venir du sud. Que veux-tu, il est soupçonneux comme tout. Moi, j'te crois.

Croyez ce que vous voulez, tous les deux. C'est un pays libre.

Le silence s'installe un moment. Elle inhale la fumée du cigare de Moïse, qui a un goût sucré dans ses poumons. Quand il lui semble qu'il n'ajoutera rien, elle se lève et s'apprête à partir. Il reprend alors la parole, sans un regard pour elle, comme s'il n'avait pas eu conscience de ses mouvements.

Ce trou, dit-il en désignant l'étendue de ciel nocturne dans la gueule de la paroi manquante. Il était déjà là, quand ils sont arrivés. Quelqu'un a dû sauter dans le vide. Quand ils se sont installés, ils l'ont juste agrandi pour faire un point d'vue dégagé.

Qui ça, ils ? T'es pas des leurs ?

J'suis vagabond par nature. J'ai connu des tas d'endroits. La terre sait s'montrer généreuse pour les gens comme moi. Abraham, il se plaît bien, ici. Moi, j'suis sûr de rien.

Comment ça ?

Là tout de suite, ce lieu, c'est une forteresse. Mais si ça prend un des gars, il peut ouvrir une baie de chargement en pleine nuit, et tout à coup, on s'retrouvera dans un mouroir.

Il choisit cet instant pour lever les yeux vers elle, leurs regards se retrouvent à la même hauteur bien qu'il soit assis et elle debout ; les volutes de fumée de son cigare l'obligent à plisser les paupières, ses doigts fourragent dans sa barbe pour en extirper des brins de tabac.

Tu sais à quoi je pense ? dit-elle.

Dis toujours.

Elle plonge la main dans la gorge béante et sombre, désigne du doigt l'étendue malade.

M'est avis que t'es plus dangereux que ce qu'il y a là-dehors.

Eh ben, petite, c'est marrant de t'entendre dire ça. Parce que c'est pile ce que je pensais d'toi.

Elle prend congé de l'homme toujours assis, ne se retourne qu'une seule fois avant de franchir la porte menant à la cage d'escalier ; elle remarque alors la façon dont la fumée de son cigare est aspirée en volutes par la brèche obscure dans la paroi de verre — comme si son âme, trop grande pour sa carcasse massive, s'échappait par les pores de sa peau pour retrouver, par des chemins détournés, les grands espaces où elle savait être sa vraie place, chez les violents et les morts.

*

De retour dans sa petite chambre, elle prend un Nembutal et s'endort presque aussitôt. C'est probablement le médoc qui l'empêche de comprendre ce qui se passe une heure plus tard, quand une clé joue dans la serrure de sa porte. Elle est terrée si profondément en elle-même qu'il lui est difficile de gravir l'échelle jusqu'au sommet, où les événements se produisent. La clé dans la serrure, le cliquetis, la poignée qui tourne et les grincements quand la porte pivote vers l'intérieur puis se referme. Elle remonte tant bien que mal vers la surface de sa conscience, y parvient et émerge juste au moment où l'on allume la lumière dans sa chambre.

Abraham, dit-elle.

J'viens te souhaiter bonne nuit.

Elle plisse les paupières et se frotte les yeux, aveuglée par la soudaine lumière. Il se tient penché et titube un peu, visiblement saoul. Le regard lubrique qu'il pose sur elle lui fait prendre conscience de ce qu'elle porte : tee-shirt et slip en tout et pour tout.

Sors d'ici, Abraham.

Il jette un coup d'œil alentour.

Hé, dit-il, c'est ta lame ? Très chouette.

Il ramasse la machette gurkha posée sur la table et la sort de son fourreau. Puis il effectue quelques moulinets en imitant des sifflements, tel un gamin qui joue avec une épée de bois.

Pose ça.

Il la replace sur la table, mais pas parce qu'elle vient de le lui demander.

Tu t'en es bien sortie aux cartes, ce soir. T'es une vraie dure, pas vrai ? Une de ces filles qu'ont pas froid aux yeux. T'aimes bien jouer avec les garçons.

Elle se redresse sur le matelas, dos au mur, toujours un peu vaseuse et l'esprit engourdi.

T'as tout compris, dit-elle.

Mais t'es quand même une fille avec tout ce qu'y faut.

Il contourne la table, vient se poster au pied du matelas et la domine de toute sa hauteur. Elle ramène les genoux sous elle, sans parvenir à s'agenouiller tout à fait. Il déboutonne alors son pantalon et en sort ses organes génitaux tout flasques. On dirait un bouquet de ballons d'anniversaire dégonflés.

Mets ça dans ta bouche, dit-il. Fais-la grossir.

Range ton attirail. Je plaisante pas, Abraham. Rhabille-toi, et vite.

Allez, Sarah Mary. Par ici, tout le monde est très famille. Toutes les filles veulent se caser. Nous autres, on a parfois besoin d'se soulager avant de retourner tuer des rampants. Dis-moi ce que tu veux, et tu l'auras. Médocs ? Alcool ? Fais-moi juste une petite faveur. Mets-la dans ta bouche un moment.

Range ton attirail, j'ai dit. J'suis pas partante pour ce genre d'idioties avec un gars comme toi. Sérieux.

Le brouillard dans sa tête commence à se dissiper, et elle le voit faire deux pas vers elle ; son entrejambe est si près qu'elle en perçoit la forte odeur de rance.

T'es si mignonne. Tout ce que je veux, c'est une petite giclette.

Ça suffit, dit-elle.

Elle serre un poing qu'elle abat sur son entrejambe. Elle a l'impression de cogner dans des abats tièdes. La chair claque et le choc l'envoie bouler en arrière ; son pantalon lui tombe sur les chevilles, et il se contorsionne au pied du matelas.

Mais les gémissements se muent en ce qui ressemble à un grondement ; il se redresse, le visage cramoisi, les yeux humides, les dents serrées.

Je voulais pas en venir là, dit-elle. Allez, Abraham, j'demande qu'à me faire une petite place ici. Va pas tout foutre par terre.

Il n'écoute pas. Une main plaquée sur ses parties, il tient la machette gurkha de l'autre.

Sale petite pute. J'vais te couper en deux.

Il fond sur elle et elle esquive en tendant la main pour dévier la lame, qui passe au-dessus de sa tête, mais elle sent un froid glacial enserrer sa main gauche et quand elle baisse les yeux, elle constate que la machette lui a sectionné la moitié du petit doigt. Le sang coule le long de son poignet et poisse sa main.

Il n'y a pas encore de douleur, rien que du froid — mais Temple sait que cela viendra plus tard, aussi, quoi qu'elle compte faire, autant s'y mettre tout de suite.

Elle est dos à la fenêtre et il revient à la charge, mais lorsqu'il lève la machette au-dessus de sa tête pour armer son coup, elle tend les mains, lui saisit le poignet et le tord en arrière jusqu'à ce que tout le corps d'Abraham bascule vers le sol ; alors, lui tenant toujours le bras relevé, elle abat son pied au niveau du coude et entend l'os céder dans un craquement de bois mouillé.

Il se met à pousser des hurlements puissants et gutturaux, le visage écarlate et les tendons de son cou saillants.

La ferme, dit-elle pour le faire taire. Silence, les gens vont t'entendre.

Mais comme il beugle toujours, elle le retourne et le gifle comme on le fait pour calmer les hystériques, bien qu'elle se doute que le problème tient moins à une crise de nerfs qu'à une épouvantable souffrance.

Elle se met donc en quête d'un objet à lui fourrer dans la bouche et trouve le soutien-gorge que lui a donné Ruby, un modèle rembourré et assez volumineux, qu'elle lui enfonce entre les dents.

Arrête ce boucan, dit-elle. Allez, ferme-la.

Elle plaque sa main gauche sur la bouche d'Abraham pour maintenir le soutien-gorge en place, et le sang qui s'écoule de son doigt coupé ruisselle sur sa joue, dans son œil et son oreille. Elle s'agenouille sur sa poitrine pour le contraindre au silence et continue à appuyer sur sa bouche tout en s'efforçant de lui laisser le nez dégagé, mais quelque chose cloche : dans la minute qui suit, il tourne au violacé, se convulse puis cesse tout mouvement.

Elle ôte la main de sa bouche et inspecte ses yeux aux paupières lourdes, qui commencent déjà à se voiler.

Oh la barbe, dit-elle. Pourquoi y a qu'un pauvre centimètre entre la vie et la mort ?

Elle se dirige vers le bureau, trouve un stylo à bille dans le tiroir, l'insinue pointe la première dans la narine d'Abraham, et l'y enfonce d'un bon coup du plat de la main, pour l'empêcher de revenir d'entre les morts.

Puis elle ôte l'élastique de ses cheveux, le serre le plus possible autour de son petit doigt coupé pour empêcher le sang de couler et s'assoit dos à la fenêtre, histoire de reprendre son souffle.

Elle secoue la tête.

J'aimais bien cet endroit.

4

Il est presque 4 heures du matin quand elle frappe à la porte de Ruby.

Que se passe-t-il ? demande l'intéressée avec l'instinct maternel, tous les sens immédiatement en alerte.

Va falloir me recoudre.

Temple entre dans la chambre, chargée d'un lourd sac de sport vert qui produit un cliquetis métallique lorsqu'elle le pose au sol. Puis elle referme la porte derrière elle et lève la main pour que Ruby puisse voir.

Oh mon Dieu, que t'est-il arrivé ?

J'ai été blessée.

Il faut qu'on aille trouver le docteur Marcus.

Pas question d'voir un toubib. J'ai déjà fait un tour à l'infirmerie où j'ai attrapé de la lidocaïne. Vous avez bien un nécessaire à couture. J'ai juste besoin d'un coup de main, deux ou trois points, et après je file.

Raconte-moi ce qui s'est passé.

J'promets de tout vous expliquer dès que j'me vide plus sur le tapis.

Ruby réexamine la main de Temple.

Viens en pleine lumière, lui dit-elle en la

conduisant jusqu'au lit, où elle la fait asseoir puis lui pose la main sur la tablette, sous la lampe de chevet.

Tenez, dit Temple en passant à Ruby la lidocaïne et une seringue.

Combien ? demande Ruby.

Aucune idée. Rien qu'un peu, j'vais avoir besoin de ma main.

Ruby lui fait une injection dans le gras de la paume, à la base de l'auriculaire.

Je ne comprends pas pourquoi le docteur Marcus ne peut pas s'en charger.

D'ici à demain matin, les gars du coin m'aimeront pas beaucoup. Des fois, les mecs font tout un foin de la fraternité. Z'avez une aiguille et du fil ?

Ruby se tourne vers le tiroir et farfouille dedans. Quelle couleur ? demande-t-elle nerveusement.

Peu importe, à mon avis… y sera noir de sang au bout d'une minute.

Oh, bien sûr. Quelle idiote je fais, je n'arrive pas à réfléchir.

Allez, c'est pas plus méchant que de repriser une chaussette.

Tandis que Ruby attrape fil et aiguille, Temple sent sa main s'engourdir. Elle récupère un magazine dans la pile sous la table de nuit et l'étale pour que s'y écoule le sang. Puis elle étudie soigneusement son petit doigt. Il est sectionné juste au-dessus de la première phalange, une coupure nette d'où l'os dépasse, à la manière d'une brindille jaunâtre. Elle se sert de son autre main pour tirer la peau sur l'os et la referme autour comme si c'était un prépuce.

Voilà, dit-elle à Ruby. Passez le fil là-dedans deux ou trois fois et faites un nœud. Ça ira très bien.

Pendant que Ruby s'exécute, Temple détourne le regard et observe le tableau représentant un potager accroché au-dessus du lit. Au milieu du jardin sont peints trois petits lapins et une gamine qui porte un bonnet. La douleur fuse malgré l'anesthésie. La tête lui tourne, mais elle serre les dents pour éviter de tomber dans les pommes. Elle sort un cachet de Vicodin de sa poche et le gobe.

Quand c'est terminé, Temple défait l'élastique enroulé autour de son doigt et attend la suite. Un peu de sang ruisselle à l'extrémité de la suture, mais pas trop. Elle enveloppe son moignon dans de la gaze et scotche le tout.

Beau boulot. Merci bien.

Je n'avais jamais fait ça.

Bon, faut que je…

Mais quand elle fait mine de se lever, la pièce tangue autour d'elle, elle a du mal à regarder droit devant et son cou devient tout flasque et branlant, incapable de soutenir sa tête.

Tout va bien ? s'enquiert Ruby, mais sa voix semble traverser une épaisseur de coton. Ou les queues duveteuses de tous les petits lapins de tous les potagers du monde.

Temple dit : J'vais m'asseoir une petite sec…

Et c'est alors que les ténèbres surgissent et l'avalent tout rond.

*

Lorsqu'elle reprend connaissance, elle est étendue sous des couvertures, dans le lit de Ruby, et un soleil éclatant pénètre par la fenêtre. Il n'y a personne d'autre dans la chambre.

Crotte, dit-elle en posant les pieds par terre. Sa tête flotte toujours dans de l'éther violet, et ses yeux semblent avoir un temps de retard quand elle s'efforce de regarder quelque chose. Il va falloir qu'elle se déplace lentement. Elle se lève, prend appui contre le mur, parvient à faire un aller et retour du lit à la fenêtre — et, pendant quelques minutes, elle se contente d'arpenter la chambre entre ces deux points jusqu'à ce que ses yeux voient clair et que sa tête soit solidement attachée à son corps.

Ruby entre.

Eh bien, on peut dire que tu as semé la zizanie, Sarah Mary Williams. Ils sont partis à ta recherche. Ils disent qu'ils veulent juste te poser quelques questions pour aller au fond des choses… mais je n'aime pas ce que j'ai vu dans les yeux de certains. Je connais cet air-là.

Elle ouvre la porte du placard et commence à fouiller dans les vêtements qui s'y trouvent.

Ils disent que tu as massacré cet Abraham Todd.

J'aurais rien fait si…

Inutile de me raconter. Les frères Todd ont le cœur le plus noir que j'aie jamais vu. Dieu te vienne en aide, je suis sûre qu'il méritait ce que tu lui as fait. Mais maintenant, son frère Moïse en a après toi, et ce type n'est pas assez bête pour se laisser dévier du cap qu'il s'est choisi. Ce qui veut dire qu'il faut te faire sortir d'ici. Enfile ça.

La main de Temple l'élance tant que Ruby doit l'aider à se dévêtir et à tout fourrer dans le sac de sport.

Qu'est-il arrivé au soutien-gorge qu'on t'avait trouvé ?

Temple ne dit rien et lève les bras pour que Ruby puisse lui passer la robe d'été en coton jaune qu'elle a sortie de son placard. Le bord en dentelle la gratte.

C'est pour quoi faire ? demande Temple.

Pour ne pas attirer l'attention. Tous ceux qui ne sont pas sortis te pourchasser sont habillés pour l'office.

L'office ?

C'est dimanche, ma petite. Et le dimanche, on va à l'office.

Cela fait bien longtemps que Temple ne sait plus quel jour on est.

Ruby la débarbouille ensuite à l'aide d'un gant de toilette. Elle prend une barrette, la serre entre ses lèvres et fait quelque chose avec les cheveux de Temple, puis elle y glisse la barrette et la referme.

Et voilà, dit Ruby. Tu es mignonne comme tout.

Temple s'examine dans le miroir. Il lui renvoie l'image d'une gentille fille proprette.

J'ai l'air d'un muffin. Où je suis, d'après eux ?

Ils pensent que tu as déjà quitté le complexe. Ils sont sortis te chercher dans les rues. Apparemment, quelqu'un a aussi dévalisé l'armurerie la nuit dernière.

Ruby louche du côté du lourd sac de sport de Temple, posé près de la porte.

J'ai pris un ou deux flingues, c'est tout.

Pas de problème, Sarah Mary. Tu vas avoir besoin d'aide. Je n'ai pas envie de t'imaginer dehors, avec toutes ces… choses. Je préférerais te voir rester ici, mais ce Moïse Todd n'en restera pas là. Allez, viens. Il faut juste qu'on atteigne l'ascenseur.

Temple se sert de sa main valide pour hisser le sac sur son épaule pendant que Ruby ouvre la porte et jette un coup d'œil dans le couloir.

Allons-y.

Sur le chemin de l'ascenseur, elles croisent une famille, homme, femme et petit garçon ; ils parlent des avions, expliquent comment ils tiennent en l'air, et se demandent si le gamin en verra un voler un jour. Quand elles les croisent, Ruby et Temple sourient et leur souhaitent une bonne journée.

Elles sont seules dans l'ascenseur. Ruby appuie sur un bouton marqué « P2 » et quand les portes de la cabine s'ouvrent, elles débouchent dans un parking désert rempli de voitures ; Temple suit Ruby au bout de l'une des rangées, jusqu'à une Toyota de taille moyenne aux phares arrière défoncés.

Je ne peux pas t'en donner une belle, explique Ruby. Mais ils mettront des semaines à se rendre compte que celle-ci a disparu. Elle roule et il y a le plein, j'ai déjà vérifié. Tiens, passe-moi ça.

Elle prend le sac de Temple et le pose sur le siège passager.

Maintenant écoute-moi bien, dit Ruby en prenant Temple par les épaules et en la regardant droit dans les yeux. Je connais des gens bien, au nord d'ici, à environ une heure de route. Ils prendront soin de toi ; dis-leur que tu viens de ma part. Il te suffit de suivre les panneaux jusqu'à Williston et de chercher un complexe barricadé, au bord de l'autoroute. Tu as bien compris ?

Pigé.

Tu seras prudente, entendu ?

Temple ne sait pas quoi répondre, mais a l'intuition qu'elle doit dire quelque chose.

Vous avez bien agi, dit-elle. C'est un acte de générosité pas ordinaire. Vous êtes quelqu'un de bien, genre une reine ou quelque chose comme ça.

Allez, file, dit Ruby, qui semble inquiète et au bord des larmes. Tes ennuis passés ne sont sûrement rien à côté de ceux qui t'attendent.

*

Elle roule plein nord pendant une heure, mais elle ne trouve pas l'endroit que Ruby a mentionné. Les panneaux ne lui sont d'aucune aide. Une fois à bonne distance de la ville, elle s'est arrêtée sur le bas-côté pour étudier un panneau et a trouvé le nom d'un patelin situé à quarante et un miles, ce qui lui a laissé penser qu'il pouvait s'agir de Williston, car ce devait être à environ une heure de route. Aussi a-t-elle mémorisé l'aspect du nom et suivi les panneaux, mais maintenant qu'elle est sur place, il n'y a rien qui ressemble à un complexe.

Il se met à pleuvoir et elle se gare sur le parking d'un centre commercial, coupe le moteur et écoute la pluie tambouriner sur le toit de la voiture.

La pluie, c'est la poisse. Il serait plus logique que la pluie existe pour nettoyer les impuretés du monde. Une purification pareille au saint déluge, qui viendrait balayer les morts et donnerait naissance à des pissenlits et des papillons partout à la surface dévastée de la planète. Mais ça ne marche pas comme ça. Non, la pluie se contente de tout rendre froid et humide et de vous faire frissonner dans le cou et, après, quand le soleil émerge de derrière les nuages, il y a simplement plus de boue et de pourriture qu'avant, et la puanteur s'élève comme un gaz de la terre et des pierres.

*

La pluie tombe à verse, et Temple préférerait attendre que ça passe à l'abri quelque part. Il y a un magasin de jouets de la taille d'un entrepôt dans le centre commercial, et l'enseigne colorée qui domine les portes vitrées a encore toutes ses lettres intactes — sûrement un bon augure.

Elle farfouille dans le sac de sport et en sort l'un des pistolets, un M9, dont elle extrait le chargeur pour s'assurer qu'il est bien plein. Puis elle gare la voiture sur le trottoir, pile sous l'enseigne, en face des grandes portes vitrées, et sort du véhicule.

L'odeur qui règne dehors est déjà pire ; un mélange d'ozone et d'ulcère purulent. La pestilence qui remonte à la surface et vient s'agréger en flaques de pourriture sur l'asphalte. Une pellicule se forme sur l'eau, une peau cireuse qui se déchire comme de la gélatine quand on marche dessus.

À l'intérieur, l'électricité est coupée, mais les façades vitrées laissent entrer une lumière grise dans la majeure partie du magasin. Elle longe les allées, effleure les emballages poussiéreux et tente de s'imaginer un salon familial rempli de poupées et petites voitures en plastique coloré, de jeux de construction magnétiques, de vaisseaux spatiaux bardés d'autocollants, de petits pianos dont les touches s'allument quand on appuie dessus. Comme c'est bête, l'imaginaire factice et jetable de tout ce fourbi.

Dans une allée, elle tombe sur un rayon de miniatures. Elle en choisit une, un avion de chasse, déchire l'emballage plastique et pose l'objet dans le creux de sa main. Elle se souvient du gamin, ce matin même, qui questionnait ses parents à propos des avions. Ça lui rappelle un épisode bien plus ancien.

Malcolm sur le siège passager, sur la route de Hollis Bend, qui désigne quelque chose à travers le pare-brise.

C'est quoi ? avait-il demandé.

Levant les yeux, elle avait vu la traînée blanche dans le ciel, comme un nuage longiligne, devancée par un minuscule losange métallique.

Un jet, avait-elle répondu. Un avion. T'en as déjà vu à la télé. Il doit venir de la base militaire qu'on a dépassée y a un moment.

J'en avais jamais vu en vrai.

Ben maintenant, c'est fait. Y en a plus des masses.

Pourquoi ?

Difficile à piloter. Doit falloir un sacré bout de temps pour apprendre, je suppose.

Comment y font pour rester en l'air ?

Quoi ? Réfléchis un peu. Les oiseaux aussi, y tiennent en l'air. Ils y arrivent très bien.

Ouais, mais ils battent des ailes. Pourquoi un jet, il a pas besoin de battre des ailes ?

Parce qu'un jet, il chevauche le vent.

Comment y fait ?

Il le fait, c'est tout, avait-elle dit. Il est construit pour.

Oh. Et quand y a pas de vent ?

Quand on bouge assez vite, on fabrique son propre vent.

Comment ?

Tiens, baisse ta vitre. Jusqu'en bas. Maintenant, mets ta main à plat, comme ça. Imagine que c'est ton aile. Garde la main comme ça et passe le bras par la portière.

Il l'avait fait, et sa main s'était mise à se balancer toute seule.

Tu sens ? Tu sens l'air qui veut te soulever la main ? C'est comme ça que les avions volent. Ça s'appelle l'aérodynastique.

C'est quoi ?

Le nom du truc que je viens de t'expliquer.

Oh. Comment ça se fait que tu connais ça ?

Je sais plus. On a dû me le dire un jour.

Et tu t'en es souvenue ?

Bien sûr. Et je te l'ai appris, et maintenant, c'est à toi de trouver quelqu'un à qui le dire. C'est comme ça que ça marche. Qu'on fabrique les civilisations.

Aérodynastique, avait répété Malcolm dans sa barbe. Aérodynastique.

OK gamin, referme ta vitre, maintenant, on se les gèle.

Elle est toujours perdue dans ses souvenirs lorsqu'un bruit lui parvient depuis le fond de la travée. Quand elle lève les yeux, elle découvre un sac à viande qui se traîne sur le lino dans sa direction. Il est vieux et desséché ; sa peau est toute flétrie et part en plaques autour de sa bouche et sur les articulations de ses doigts. Il est probablement coincé depuis des années dans ce magasin, sans rien à manger. Sa gorge émet un cliquetis sec, et quand il tente d'écarter les mâchoires, elle voit la peau fine de ses joues se déchirer. Il lui faut un long moment pour s'approcher d'elle.

Elle pointe le M9 sur son front et presse la détente. Pas de sang. Rien qu'un « pouf » poussiéreux quand la limace s'affaisse.

Lorsqu'elle ressort, il pleut moins fort. D'après sa montre, elle a passé près d'une heure à déambuler dans le magasin. Elle monte dans la voiture et range le jet miniature dans la boîte à gants. Puis elle avale une autre pilule, sans trop savoir laquelle, ce qui n'a guère d'importance, tout ce qu'elle veut, c'est éprouver autre chose que ce qu'elle ressent actuellement, peu importe de quelle manière.

*

Il est 22 heures passées, ce soir-là, lorsqu'elle tombe sur les chasseurs. Plus elle progresse vers le nord, plus les routes sont peuplées. Il lui semble qu'elle croise désormais un véhicule toutes les trente minutes environ ; chaque fois, les deux voitures ralentissent et chacun s'efforce de croiser le regard de l'autre, de faire un signe de la main, d'esquisser un sourire ou d'incliner son chapeau, d'adresser un salut militaire, ou n'importe quel hommage à cet autre nomade. Mais quand la nuit tombe, les rues se vident à nouveau. La nuit, la plupart des gens préfèrent se faire tout petits et attendre le retour du soleil.

Mais pas les chasseurs : elle aperçoit leur feu de camp depuis la route. C'est davantage un bûcher, en vérité, qu'ils ont allumé sur le parking d'une école élémentaire. Elle en fait le tour en voiture et distingue les têtes de trois hommes qui pivotent pour la suivre du regard, leurs corps penchés et immobiles.

Elle sort du véhicule et s'approche, en se composant un visage inexpressif.

Les trois hommes l'inspectent des pieds à la tête, mais n'esquissent pas le moindre geste. Ils font rôtir quelque chose à la broche, et les flammes font danser les ombres sur la façade de l'école. Un holocauste en miniature sur une terre effacée par la nuit.

L'un d'eux porte un chapeau de cow-boy, qu'il relève d'une pichenette.

Salut, princesse.

J'suis pas une princesse, dit-elle.

Ça saute pas aux yeux. T'es à la bourre pour le bal, sucre d'orge.

Elle porte toujours la robe d'été jaune que Ruby lui a fait revêtir, et se sent mal à l'aise.

Ils boivent quelque chose dans des tasses en métal, et mangent de la viande accompagnée de fayots dans des assiettes en fer-blanc.

J'viens du sud, dit-elle. J'cherche un patelin qui s'appelle Williston.

Williston ? Tu l'as loupé. C'est à environ trente bornes dans la direction d'où tu viens. T'es presque en Géorgie, là.

Mince, s'exclame-t-elle en se tournant vers l'horizon enténébré derrière elle. J'en étais sûre.

Clive peut te faire un plan, mais ça va être coton de te repérer en pleine nuit.

Pas la peine. J'vais continuer plein nord. Ça donne jamais rien de bon, de revenir sur ses pas.

Où, au nord ? demande ledit Clive. C'est pas prudent pour une gamine de se balader toute seule en pleine cambrousse. J'sais pas si t'as remarqué, mais on a un léger problème de zombies.

Elle hausse les épaules.

Y sont pas tellement gênants, dit-elle, suffit de se tenir loin de leurs dents.

Les hommes rient.

Pour sûr, dit Clive. Qu'est-ce qui t'est arrivé à la main ?

Une petite bagarre, explique-t-elle en cachant sa main dans son dos.

Écoute, dit celui qui porte un chapeau de cow-boy, si tu restais dîner avec nous avant de repartir ? On a même du whisky, si ça te branche. T'en dis quoi, guerrière de la route ?

Elle se retourne vers sa voiture, puis regarde la route devant elle.

Entendu, dit-elle. Mais pas longtemps, alors. J'aime pas traîner.

Ils sont chasseurs, lui racontent-ils, et ils voyagent en glanant ce qu'ils trouvent et sillonnent cette grande nation de long en large avant qu'elle sombre pour de bon. Il reste des choses majestueuses à voir, lui disent-ils.

J'ai jamais été plus haut que Greensboro, dit-elle. Doit y avoir des trucs plus au nord que je détesterais pas voir.

On a traversé tous les États du nord et même poussé jusqu'au Canada, dit celui qui s'appelle Lee, l'homme au chapeau de cow-boy.

Parle-lui des chutes, intervient Horace, assis par terre, en appui sur les paumes, les yeux rivés sur le ciel étoilé.

Ouais, dit Lee. Les chutes du Niagara. Un coin où les gens allaient pour leur lune de miel. Tu les as peut-être vues dans un film. Toute cette eau qui dégringole des falaises, un millier de fleuves qui tombent tous à la fois, comme s'il y avait une erreur dans l'écorce terrestre et qu'on avait arraché la moitié du lit d'un lac. Et l'énergie du truc, l'eau contre l'eau, si énorme qu'on prend des embruns sur les joues à près d'une borne de distance. Jamais rien vu de pareil. Tu vois, c'est le genre de chose qui reste, siècle après siècle, quoi que fassent les humains chétifs qui s'agitent à la surface du globe.

Ils lui tendent une tasse, et quand elle boit, elle sent le whisky irradier dans sa poitrine et former une petite boule chaude dans ses entrailles. Elle leur raconte alors son propre émerveillement, le miracle-des-poissons-électriques, qu'ils s'accordent à trouver extraordinaire.

Horace remplit son assiette de quelques cuillerées de haricots piochées dans une gamelle mise à chauffer au bord du feu, tranche un peu de viande sur la broche et tend le tout à Temple.

Tape dedans, dit-il. On n'en manque pas.

C'est quoi ?

Du rampant.

D'la limace ? Me dites pas que vous bouffez les sacs à viande…

Bien sûr que si, petite, dit Lee. Y a pas de mal à ça. Soit ils nous mangent, soit on les mange. Tu préfères quoi ?

C'est pas du poison ?

Pas si c'est bien préparé. Ça fait cinq ans qu'on

s'en nourrit. Avec toute cette bidoche sur pieds, un gars avec un fusil ou un arc, il a qu'à tendre la main.

Et la pourriture ?

On chasse que les plus frais, ceux qui traînent pas depuis longtemps.

Elle examine le contenu de son assiette, qu'elle penche à la lueur des flammes pour y voir plus clair. Les tranches sont grasses à l'intérieur et carbonisées en surface. Elle met le nez dessus.

Ça sent le romarin.

Les gars sourient. Horace semble à la fois un peu honteux et ravi.

Tu sais, dit Lee, c'est pas parce qu'on rôde à droite à gauche qu'on oublie les plaisirs de la vie. Horace est un foutu magicien, question cuisine. C'que tu sens là, c'est un mélange d'épices de sa fabrication.

Et puis mince, dit-elle. On vit qu'une fois.

Elle place une cuillerée de viande dans sa bouche et mâche, laisse les sucs imprégner sa langue et ses dents. Puis elle déglutit et lève les yeux vers les hommes qui sont penchés vers elle, dans l'attente de son verdict.

C'est bon, dit-elle, ce qui déclenche un concert de cris de joie. On dirait du porc.

Je l'ai toujours dit, s'esclaffe Lee, la seule différence entre l'homme et le cochon, c'est un bon assaisonnement.

Elle continue à manger et ils font circuler la bouteille pour remplir les godets, et quand ils voient une limace approcher dans le lointain, Clive lui montre à quel point il assure au tir à l'arc : il tend la corde, ramène la main jusqu'à sa joue et plante sa flèche dans l'œil du sac à viande.

Elle applaudit, admirative.

Horace sort une guitare et se met à chanter une chanson où il est question de lunes, de femmes et de solitude, et elle somnole en l'écoutant dans l'air épais et enfumé.

La tête lui tourne à cause du whisky, de la fatigue et de la discussion à propos de la terre fabuleuse de Dieu, et ils lui disent qu'elle peut s'allonger sur l'un de leurs matelas jusqu'au matin, vu qu'ils dorment à tour de rôle. Elle leur lance un regard soupçonneux.

Y a pas de lézard, Sarah Mary, dit Lee. On va pas te faire de misères. On sait où aller, quand y nous vient des envies. En plus, t'es des nôtres. Profite donc d'une bonne nuit de sommeil. M'est avis que tu voudras tracer de ton côté, demain matin.

Elle s'allonge alors et s'étire sur la paillasse, face au feu pour bénéficier de sa chaleur.

Elle commence à dériver, mais avant de sombrer, elle se rappelle une chose et se redresse sur un coude.

Au fait, dit-elle. Mon vrai nom, c'est pas Sarah Mary Williams. C'est Temple.

Ravi de te connaître, Temple, dit Lee.

Ouais, ajoute-t-elle. C'est mieux comme ça.

Sur ce, elle se rallonge et observe les étoiles, et quand elle ferme les yeux, elle les voit encore.

*

Quand elle se réveille le lendemain matin, il y a deux autres types, qui n'étaient pas là la veille. Ils sont adossés à un pick-up, et les chasseurs de Temple discutent avec eux. Elle se redresse, passe les bras autour de ses genoux relevés, et regrette de porter encore cette robe jaune ridicule.

Les deux arrivants, vêtus de jeans et de vestes assorties, ont chacun un fusil calé dans la saillie du coude, et le bavardage semble amical.

Lee se tourne vers elle et la rejoint. Il a l'air inquiet, et sa bouche remue beaucoup, comme si l'intérieur de ses joues le démangeait.

Qui c'est ? demande Temple.

Des types sympas, rien de plus, répond Lee.

Pourquoi tu fais cette tête, alors ?

Ils viennent de me dire qu'ils ont croisé quelqu'un sur la route. Un costaud. L'air pas commode, mauvaises dents. Paraît qu'il cherche une petite blonde, l'a pas dit pourquoi. Mais d'après ces deux types, ce serait pas pour lui faire la bise.

Où ça ?

Près de Williston.

Hon-hon.

Elle se lève et se dirige vers sa voiture.

M'étonnerait qu'il y ait beaucoup de petites blondes qui voyagent toutes seules dans le coin, dit Lee.

M'étonnerait aussi.

Elle ouvre la portière et fait coulisser la fermeture Éclair du sac de sport sur le siège passager, et en sort un pantalon et un tee-shirt. Puis elle remonte la robe d'été, qu'elle enlève par la tête avant de la balancer sur la banquette arrière.

Lee se cache les yeux et se détourne. Plus loin, les quatre autres observent cette jeune fille qui ne porte qu'une petite culotte en coton.

Tu veux bien me dire ce que t'as fait, pour que ce type te suive ?

J'ai tué son frère, répond-elle en enfilant le tee-shirt puis le pantalon.

Est-ce qu'il le méritait ?

Il méritait quelque chose ; la mort, elle s'est pointée dans le feu de l'action. C'est bon, tu peux te retourner.

Lee pivote et la regarde. Puis il scrute l'horizon, les yeux plissés.

Où tu comptes aller ?

Au nord. Point final. Il me suivra pas éternellement, et pour ce qui est de voyager, la patience, ça me connaît.

Ouaip. Il hoche la tête et donne un coup de talon au bitume, puis regarde à nouveau dans le lointain, les yeux plissés. Et il dit : Tu pourrais venir avec nous.

Il a facilement vingt ans de plus qu'elle, et pourtant, il a la fragilité extrême d'un gamin.

Lee, c'est vraiment gentil. Je tiens à vous remercier, toi, et puis Clive et Horace, d'avoir été aussi sympas avec moi. Ça tourne bien, pour vous trois. Vous voyez des merveilles dans ce pays immense. Mais moi, j'ai un problème de poursuite. Soit c'est moi qu'on traque, soit je cours après quelqu'un. Et d'après moi, ça serait pas juste de vous entraîner là-dedans, de vous détourner du cap que vous avez choisi.

Eh bien, dit Lee.

Ouais.

Je crois que t'as su te débrouiller, jusqu'ici.

Je crois aussi.

5

Sa main l'élance, et alors qu'elle farfouille dans le sac de sport posé sur le siège passager en quête de ses cachets, elle tombe sur le sac plastique qui contient l'extrémité de son auriculaire. Comme la route est droite, elle garde le cap tout en élevant l'emballage près du pare-brise pour en examiner le contenu.

Le plus incroyable, c'est qu'il ressemble encore à un doigt — le voici, tel un tour de magie, comme si, d'un instant à l'autre, tout le corps allait surgir de derrière un rideau pour venir s'y rattacher dans une gigantesque esbroufe de prestidigitateur. L'ongle est toujours verni en rose barbe à papa et la peau, autour de la partie sectionnée, commence à sécher et à se racornir.

Comme c'est étrange que cet appendice, qui a participé à toute son existence, soit désormais autonome. Elle s'apprête à le ranger dans le sac de sport mais se ravise et le met dans la boîte à gants.

*

Des lotissements. Ces magnifiques maisons couleur d'os, reproduites rangée après rangée selon une grille cristalline qui semble grandir avec la rigueur et la précision d'un schéma divin, avec des trottoirs en pente douce, des carrés de pelouse en friche et des portes de garage qui ressemblent à des sourires étincelants. Elle aime ça, la façon dont les maisons s'emboîtent comme autant de briques. Quand elle entend le mot « communauté », c'est l'image qui lui vient à l'esprit : des familles nichées dans des cubes de dimensions égales, unies par la même couleur de crépi. Si elle avait vécu à une autre époque, elle aurait aimé vivre ici, où tout est identique pour tout le monde, jusqu'aux boîtes à lettres.

Au milieu de ces jolies demeures, sur un boulevard à quatre voies séparées par un large îlot central de verdure planté de banians à intervalles réguliers, elle tombe sur un amas de sacs à viande, peut-être une vingtaine, qui se dandinent tous dans la même direction. Elle avance jusqu'au début de la file, au niveau d'un grand type qui s'efforce de les distancer. Dans ses bras, il tient le corps d'une vieille femme, de la taille d'un enfant.

Elle ralentit à hauteur du fuyard et baisse sa vitre.

Hé m'sieur, dit-elle, t'as ramassé une chouette foule. Ça va coincer si jamais tu fatigues avant eux.

L'homme tourne vers elle des yeux gris exempts de toute lueur de compréhension, et continue à avancer.

Allez, poursuit-elle, c'est une sacrée parade macabre qui te colle aux fesses. Fais donc le tour de la bagnole avec ta mamie, et installe-toi. Si t'aimes tant que ça la marche à pied, le moins que je puisse faire, c'est te donner un peu d'avance.

L'homme la regarde à nouveau. Un grand costaud, aux cheveux couleur paille qui s'agglutinent en mèches sales, un visage prognathe et des yeux lents, aux paupières lourdes, qui paraissent trop petits par rapport aux méplats de ses pommettes. Son front est maculé de ce qui semble être de la suie et il respire par la bouche, la lèvre inférieure pendante. Il commence à trébucher et à s'emmêler les pieds, et Temple a l'impression qu'il marche depuis un bon bout de temps. La vieille femme dans ses bras est morte, mais visiblement depuis peu.

T'es un idiot, pas vrai ? Un peu lent du ciboulot ? OK l'idiot, on va la jouer à ta manière.

Elle se gare un peu plus loin, coupe le moteur, sort le fusil à lunette AR-15 du sac de sport, chambre une cartouche et descend de la voiture.

Tandis que l'homme passe à sa hauteur sans s'arrêter, elle met un genou à terre, prend appui sur la carrosserie pour se stabiliser et ouvre le feu. La détonation ne claque pas comme celle des fusils plus anciens qu'elle a pu utiliser. C'est une arme militaire, et chaque coup de feu produit un son étouffé, rappelant l'échappement d'un moteur.

Les deux premiers, elle les touche à la tête d'une seule balle, ce qu'elle devine à la gerbe de sang et d'os et à la façon dont ils s'effondrent d'un seul bloc, morts avant de toucher le sol.

La troisième limace, une femme en chemise de nuit, est blessée à l'épaule, ce qui la fait pivoter sur elle-même, et il faut deux balles de plus pour atteindre l'arrière de son crâne.

Le coup suivant perfore le cou d'un sac à viande

obèse, qui lève les mains, tel un oiseau, afin d'endiguer le flot de sang. Puis elle fait mouche en plein front.

Elle tire jusqu'à ce que le chargeur soit vide, et se penche ensuite dans l'habitacle, où elle récupère sa machette gurkha pour exterminer ceux qui restent et s'assurer qu'ils ne se relèveront pas. Puis elle se redresse au milieu de la charpie et s'évente avec son panama, profite du souffle sur son visage et respire l'air pur qui circule entre les palmiers bordant la chaussée.

Près de la voiture, l'homme a délicatement posé la vieille sur le trottoir. Il s'accroupit à son côté, les yeux rivés sur Temple, indécis et misérable.

J'aurais dû te laisser crever, l'idiot, dit-elle. À quoi ça rime de te coltiner un plein wagon de limaces comme ça ? T'es pas destiné à survivre dans ce monde. Crétine comme je suis, j'ai sûrement contrarié les plans du bon Dieu pour toi.

Il lève les yeux vers elle, puis contemple le carnage qu'elle a laissé.

Tu peux parler ? demande-t-elle. Ou t'es de ces débiles qui disent rien du tout ?

Il tend la main vers le corps de la vieille femme et se sert de son poing pour dégager les mèches qui lui barrent le visage. Un faible gémissement lui échappe, inarticulé, comme lorsqu'un bébé vagit.

Elle est morte quand, ta mamie ? Y a pas longtemps, je parie. Tu ferais mieux de l'abandonner avant qu'elle se remette à gigoter. Parce qu'à ce moment-là, y sera plus question qu'elle te serve la soupe.

Elle va jusqu'à la voiture, ouvre la portière et monte. La journée est belle et la route s'offre à elle, la brise est fraîche sur sa peau et sa main ne la fait plus souffrir. Mais elle sait qu'elle n'arrivera pas à chasser cette image : celle d'un homme agenouillé à côté de sa mamie morte, pour arranger sa coiffure. Aussi ressort-elle du véhicule.

Crotte, dit-elle. C'est bon, l'idiot, mettons ta mémé en terre.

Dans un garage voisin, elle trouve une pelle, deux petits piquets de clôture et une balle de ficelle, et elle dépose le tout dans les bras de l'homme qu'elle conduit jusqu'à l'un des jardinets où le sol est meuble. Puis elle lui tend la pelle.

Allez l'idiot, commence à creuser. C'est ta mamie, pas la mienne.

Elle désigne le sol, et l'homme creuse. Il fait facilement deux têtes de plus qu'elle, et ses épaules sont voûtées comme s'il avait du mal à supporter le poids de son épaisse carcasse. Elle doit lui montrer comment manier la pelle, comment la tenir, mais quand il la plante dans la terre, elle s'enfonce profondément, d'un coup. Pendant ce temps, Temple dispose les deux piquets en croix et utilise la ficelle pour les attacher solidement.

Maintenant, faut la mettre dedans, dit-elle quand le trou est assez profond.

Elle désigne tour à tour le vieux corps osseux et la fosse.

Il soulève la dépouille, la dépose avec délicatesse sur le fond argileux puis se tourne vers Temple en quête d'autres instructions.

OK, hmm, maintenant, faut trouver des fleurs. Tout un tas.

Elle cueille une fleur des champs minuscule à ses pieds.

Comme celle-là, mais en plus grand. Y en a plein qui poussent devant la maison. Par là. Allez zou.

Il s'éloigne, et elle sort le pistolet qu'elle avait pris dans la voiture et descend dans la tombe. Elle se livre à un examen attentif de la femme, lui palpe les doigts et les poignets. Puis elle lui soulève les paupières et inspecte ses yeux. Ils sont révulsés, mais commencent déjà à pivoter très légèrement.

Temple tente de lui ouvrir la bouche, mais la mâchoire est crispée. Elle place ses doigts sous les narines de la vieille femme.

Sens-moi ça, mamie, dit-elle. Allez, ouvre le bec.

La tête de la vieille se relève un peu, et sa mâchoire s'entrouvre afin de se refermer sur les doigts de Temple. Celle-ci lui colle le pistolet dans la bouche, le pointe vers le haut et tire. Elle balance ensuite rapidement plusieurs mottes de terre dans la tombe, les arrange sous la tête de la vieille pour cacher le foutoir, et ressort du trou.

Quand l'homme déboule à l'angle de la maison, l'air effrayé, elle lui montre le flingue et le pointe sur un arbre voisin.

Pas de souci, lance-t-elle. J'ai juste essayé de me faire un écureuil. Il s'est barré. T'as les fleurs ?

Il en tient une poignée, des pâlichonnes aux tiges cassées, qui pendouillent sous le poids de leurs racines pleines de terre.

Ça ira, dit-elle. Ramène-toi et comble-moi ce trou.

Il s'exécute et elle observe ses gestes lents, qui ressemblent selon elle aux mouvements tectoniques du globe, glacés et inexorables, pleins d'une vigueur toute minérale.

Elle prend la croix faite à partir de piquets et la plante dans le sol, à la tête de la sépulture.

Ça permettra à Dieu de savoir où regarder quand il viendra la chercher, explique-t-elle. Maintenant, pose les fleurs là-bas. Allez.

Il dépose les fleurs au sol et se tourne vers elle.

Très bien, l'idiot, j'imagine que t'as plus de chances de semer les limaces, maintenant que tu t'es débarrassé de mamie. Dieu seul sait à quoi tu peux servir, mais d'après moi, c'est à toi de trouver ta place au milieu des saints et des pécheurs.

Arrivée à mi-chemin de la voiture, elle se rend compte qu'il la talonne ; ses pauvres yeux brumeux sont rivés sur ses jambes, et suivent l'ombre qu'elle laisse sur la chaussée.

Tu fais quoi, là, l'idiot ? Tu peux pas venir avec moi. C'est pas à moi de veiller sur toi. Je ne suis pas une gentille petite chose. Tu piges ? Écoute-moi bien : t'es mal tombé. J'te donnerai à bouffer aux sacs à viande dès qu'ils t'auront repéré. M'occuper d'un demeuré, très peu pour moi.

Elle regarde la voiture, puis se tourne vers l'homme.

Bon sang, l'idiot. T'as un destin, comme moi, comme tout le monde. Ta vie, ta mort, ça me regarde pas. C'est pas possible. Reste ici, maintenant, et arrête de me suivre.

Elle lève les mains pour lui signifier qu'il doit rester où il est, puis recule lentement jusqu'à la voiture. Elle monte, ferme la portière et lui jette un dernier coup d'œil ; il est planté au milieu de la rue, comme un tronc d'arbre.

Elle se met alors en route, les doigts crispés sur le volant — et la douleur lancinante dans sa main revient, et elle s'y accroche sans chercher à la dissiper, car il lui semble qu'elle l'a méritée.

*

Dans la montée suivante, elle tombe sur une station-service flanquée d'une supérette. Les pompes fonctionnent toujours, et elle fait le plein avant de partir en quête de vivres. Elle trouve des crackers au fromage, ressort et s'assoit sur le trottoir pour manger tandis que des limaces déambulent au loin, ignorant sa présence.

Elle se rappelle l'oncle Jackson, lorsqu'il les avait trouvés, elle et le petit Malcolm ; terrés dans une cuve de récupération d'eau de pluie, ils subsistaient en chassant l'écureuil et en ramassant des baies.

D'où tu viens comme ça, p'tit bout ? avait-il dit.

Elle se revoit alors, à peine dix ans, grondant, babines retroussées, à la manière d'un animal.

Féroce, hein ? Pas très convaincant. J'vois la lueur, gamine. T'en as dans le crâne, que ça te plaise ou non. Ma cabane est de ce côté, à environ huit cents mètres. Viens-y quand t'en auras marre de cet égout.

Il lui avait appris à tirer, à retenir sa respiration tout en visant — mais aussi à conduire et à démarrer une voiture sans clé de contact. Avec Malcolm, ils avaient eu droit à des céréales dans des bols en céramique.

Il avait demandé : Ça fait longtemps que tu t'occupes de ce gamin ?

Un peu.

T'es sa sœur ?

Elle avait haussé les épaules.

On a grandi au même endroit, avait-elle dit. C'était tout embrouillé. Personne savait trop.

Il avait hoché la tête.

Viens par là, avait-il dit. J'ai un truc pour toi. Un khukuri.

C'est quoi ?

Il avait farfouillé dans un coffre, dans un coin de la pièce, et en avait ressorti un objet enveloppé d'une couverture. C'était une lame incurvée dont le tranchant était situé sur l'arête interne, et qui rougeoyait à la lueur des flammes. C'était magnifique, et elle avait eu envie de le toucher. Elle pensait que la lame serait froide, et lui ferait courir des frissons dans les doigts.

C'est népalais, avait-il expliqué. Au Népal, y avait des guerriers qu'on appelait les Gurkhas. Très forts, très féroces. Endurants et indépendants. Comme toi. Ils portaient des lames comme celle-ci.

Comment ça s'appelle, déjà ? Un coucou ?

Khukuri. Mais si t'as du mal à t'en souvenir, tu peux appeler ça une machette gurkha.

Elle se souvient qu'un peu plus tard, Malcolm, son cadet de deux ou trois ans, dormait sur une pile de couvertures dans un coin ; l'oncle Jackson ronflait à l'autre bout de la cabane, à la lumière pâlissante des dernières braises du feu. Pendant ce temps, elle avait tourné et retourné la machette entre ses doigts, les yeux fermés, éprouvé son poids, son équilibre, appris à la connaître, plaqué ses joues, ses lèvres, contre le métal luisant.

C'était un cadeau. Le tout premier qu'on lui ait fait, aussi loin qu'elle remonte dans ses souvenirs.

Sur le parking de la supérette, elle se relève, retourne à la voiture et reste un moment assise au volant, à penser à un tas de choses disparues.

Au bout du compte, elle démarre, fait demi-tour et retourne au lotissement.

Il se tient toujours à l'endroit où elle lui a dit de rester, occupé à tirer sur ses mèches graisseuses en clignant des yeux, face au soleil.

Elle s'arrête à côté de lui et baisse sa vitre.

Tu comptes rester là longtemps, l'idiot ? demande-t-elle. C'est quoi exactement, ton plan, attendre que les limaces te donnent une raison de bouger ? J'ai jamais vu un crétin pareil — et pourtant, j'en ai eu mon compte, de bêtises pas possibles.

Ses gros yeux tristes se posent sur l'intérieur de la voiture. Elle tente de suivre son regard, mais ce qu'il voit vraiment est logé dans sa cervelle. Il a une tête de poêle à frire, un corps de végétal monté en graine, des yeux bovins et un esprit sans porte ni fenêtres.

Elle se penche pour ouvrir la portière côté passager, puis place le sac de sport sur la banquette arrière.

Allez, grimpe si t'as envie de grimper, dit-elle. Mais je te promets pas que tu vivras longtemps.

*

Il n'arrête pas de tirer sur ses cheveux et de se gratter le crâne, et elle comprend rapidement pourquoi.

T'as des poux dans la tête, l'idiot.

Dans la ville suivante, où les canalisations fonctionnent toujours, elle trouve une maison dotée d'un robinet de jardin et d'un tuyau d'arrosage.

À poil, l'idiot, dit-elle. Comme il ne comprend pas,

elle doit le lui montrer en dégrafant deux boutons de sa chemise. Ses yeux suivent attentivement les gestes de Temple. Allez, lance-t-elle, sois pas timide. Ton matériel, il a rien de nouveau pour moi.

Il se déshabille et reste planté au milieu du jardin en friche, les paupières closes, main crispée sur le torchon qu'elle lui a donné, pendant qu'elle l'asperge devant et derrière à l'aide du tuyau.

Maintenant lave-toi, dit-elle en mimant les gestes. Il déplace l'étoffe sur son corps, et s'efforce d'imiter ses mouvements. Plus fort, dit-elle. Cette crasse va pas partir toute seule.

Bien vite, elle perd patience, lui prend le torchon et lui frictionne les bras et le torse.

À toi de jouer pour le reste, dit-elle en désignant son entrejambe. J'suis pas ta nounou.

Il se frotte vaguement les parties génitales à deux ou trois reprises.

Ça ira, dit-elle. Y a plus qu'à trouver un endroit où te déposer, pis quelqu'un d'autre qui t'apprendra l'hygiène intime.

Quelques rues plus loin, sur une voie commerçante, elle déniche un salon de coiffure dont elle défonce la vitrine. Puis elle l'emmène au fond, où se trouvent les bacs, et lui montre comment se laver les cheveux. Pendant un long moment, il reste assis la nuque posée sur l'appuie-tête hémisphérique et laisse l'eau couler sur son crâne.

Un rinçage prolongé ne peut pas lui faire de mal, et Temple en profite pour se laver les cheveux, les démêler et en couper les pointes abîmées.

Quand il en a terminé avec le bac, elle le fait asseoir sur un fauteuil pivotant, face à un miroir, et lui rase la tête à la tondeuse électrique. Puis elle s'occupe de sa barbe et trouve un gel à l'odeur agréable qu'elle lui étale partout.

Admire-toi, m'sieur propre. Comme ça, au moins, tu n'empesteras plus la bagnole.

De l'autre côté de la rue, elle remarque un grand immeuble de bureaux, le plus élevé du quartier. Ils traversent, repèrent un point d'entrée et prennent l'ascenseur jusqu'au dernier étage. Puis ils arpentent des couloirs déserts jusqu'à ce qu'elle trouve ce qu'elle cherche : un escalier de secours qui mène au toit.

Elle grimpe au sommet d'un gros climatiseur en métal, et il s'assoit à côté d'elle. Elle sort sa petite longue-vue et scrute l'horizon alentour. Le soleil est bas dans le ciel, et les nuages orangés semblent brûlés sur les bords.

Profitons un peu de la vue. T'en dis quoi, l'idiot ?

Elle se tourne vers lui, un grand type, à la densité chevillée au corps, une épaisseur dans les traits et la silhouette. Ses yeux sont si enfoncés dans leurs orbites qu'on les croirait enfouis dans les profondeurs de la terre. La peau de son visage est usée, tannée.

Au fait, l'idiot, ça te fait quel âge ?

Il contemple le soleil qui descend derrière les nuages.

D'après moi, t'as facile trente-cinq ans. Ça veut dire que t'es né avant le début de ce foutoir avec les limaces.

Il pose une main sur son visage rasé de frais.

Je me demande si tu t'en souviens. Est-ce que ce passé hante toujours ta cervelle de piaf ? Tu te rappelles la première fois que t'as vu un sac à viande ? T'as remarqué qu'un truc clochait ? Ou tout ce qui se balade sur deux jambes, c'est du pareil au même, pour toi ?

Elle scrute ses yeux, qui n'ont pas l'air de regarder un point précis.

Tu sais quoi ? J'ai connu un autre idiot, dans le temps. À l'orphelinat où j'ai grandi. Mais celui-là, il avait mon âge, et il était pas muet comme toi. Il parlait, enfin, il baragouinait. Et il était tout maigrichon — né pour finir dans le bide d'une limace, si tu veux mon avis. Pas comme toi, qu'as plutôt l'air d'un ours. Carrément balèze, voilà c'que t'es. Enfin bref, Malcolm et moi, on aimait bien l'emmener avec nous. Surtout Malcolm ; il passait son temps à essayer de lui apprendre des trucs, genre faire des bulles dans son soda en soufflant dans une paille.

Elle baisse les yeux vers ses mains, le vernis rose sur ses ongles, le moignon du petit doigt de sa main gauche enveloppé dans de la gaze. Il lui fait mal, et cette douleur semble symboliser quelque chose.

En tout cas, dit-elle, j'ai pas envie de te parler de Malcolm. Oublie-le, d'ailleurs. Ce qu'on va faire, c'est trouver un endroit sûr où te déposer. Parce que me suivre partout, c'est l'idéal pour te faire bouffer. Voilà notre mission, l'idiot : te trouver une nouvelle maison.

Elle scrute l'horizon avec la longue-vue. Dans le lointain, elle aperçoit une voiture noire qui approche par la même route que celle qu'elle a prise pour arriver en ville.

Et voilà, dit-elle, je savais bien qu'un truc tournait pas rond. Faut savoir se laisser guider par ses tripes, c'est la leçon numéro 1.

Elle regarde de nouveau dans la longue-vue, et le véhicule disparaît derrière une colline.

Tu vois, possible que ça soit n'importe qui, mais tu sais c'que me disent mes tripes ? Que c'est mon vieux pote Moïse Todd qui a un compte à régler avec moi. J'arrive pas à piger comment il a pu me retrouver, mais avec ces gars du Sud, faut s'étonner de rien. Sont capables de rester assis à attendre qu'on tue leur frère, juste histoire d'avoir une vengeance à se mettre sous la dent. C'est comme une fichue vocation, chez eux.

Elle replie le télescope miniature qu'elle remet dans sa poche et jette un dernier coup d'œil au coucher de soleil, un spectacle assurément et indéniablement grandiose.

*

À la sortie de la ville, elle prend la route vers le nord et roule vite pendant une heure, en évitant les limaces qui errent sur la chaussée. Elle fredonne des chansons, et le costaud voûté dans le siège passager semble apprécier. Il ne sourit pas, elle ignore s'il en est seulement capable, mais ses yeux s'embrument, comme ceux d'un enfant presque endormi par une berceuse.

La ville qu'elle aborde ensuite est grande, et se dresse comme un organisme vivant. Couverte de végétation luxuriante, elle est retournée à l'état sauvage des temps anciens à l'ombre de chênes grêles. Des arbres pendent des barbes de mousse espagnole presque jusqu'au sol, de vénérables pavillons blancs qui flottent au vent. Depuis les artères principales, telles des ramures secondaires sur une branche, les rues à l'asphalte craquelé débouchent sur des ruelles en brique, de frêles abris à barbecue aux portes grillagées déchirées et aux toits effondrés sont nichés dans des passages derrière d'imposantes demeures coloniales blanches, cachées derrière des portails couverts de lierre, eux-mêmes dissimulés derrière des quartiers commerçants aux magasins tous semblables, bien alignés et agrémentés de leurs parkings à ciel ouvert. Dans le centre-ville une place a dû être le théâtre d'un assaut final. Une énorme fontaine en marbre, asséchée depuis longtemps, est remplie de corps éviscérés, noirs et squelettiques. Au milieu une statue d'ange en marbre pointe ses ailes encore intactes vers le ciel et un homme mort est pendu à son cou, comme s'il avait voulu voler avec lui jusqu'au paradis, sauf que son corps a disparu en dessous de la taille, ce qui lui donne l'air d'une marionnette absurde et profane posée sur un objet sacré.

La population de limaces est dense. Temple doit ralentir pour ne pas les percuter, tout en continuant à avancer afin d'éviter qu'elles s'agglutinent.

Le centre-ville, envahi, offre un spectacle grotesque. Certains déambulent par deux ou trois, parfois main dans la main comme des amants, ils avancent d'un pas lourd et lent, la poitrine couverte de sang séché, et trébuchent sur les vestiges osseux de cadavres déjà consommés. Leurs gestes sont dénués de sens, mais ils semblent prêter l'oreille, avec un instinct primitif, à leur vie antérieure. L'un d'entre eux, tout de noir vêtu et flanqué d'un col de prédicateur, lève les bras au ciel comme pour en appeler au Dieu des choses mortes, tandis qu'une femme pourrissante en robe de mariée, assise jambes écartées au pied d'un mur, se frotte la joue de son ourlet en dentelle. Ici, les monstrueux et les pervers, comme Temple n'en avait jamais vu. Un sac à viande manchot, niché contre le ventre ballonné d'une victime récente, mâchonne les viscères mis à nu tel un porcelet qui tête sa mère. Là, les désespérés et les maudits, poussés à dévorer autre chose que leur pitance habituelle — tout un essaim de limaces qui dépècent un cheval mort à mains nues, et qui se servent de leurs dents pour arracher la charogne à la peau hérissée de poils. L'abomination bouillonne tant chez certains qu'ils s'en prennent à leurs semblables, s'attaquent d'instinct aux plus faibles, enfants ou vieillards, qu'ils jettent à terre avant de planter leurs dents dans les parties les plus charnues afin de donner à leurs doigts recourbés comme des serres quelque chose à étreindre ; une foule accule ainsi une fille pâle contre la base en béton d'un édifice. Elle ouvre la bouche pour se défendre, enfonce ses dents dans le bras d'un agresseur, mais il en vient d'autres, une foule grondante et hurlante, une meute de coyotes sur la plaine bétonnée. Et aussi, un carnaval de mort dans un parc verdoyant près du centre-ville, un manège qui tourne obstinément heure après heure au son grinçant et poussif d'un orgue à vapeur d'antan. Des limaces tentent d'y grimper, quitte à s'en déboîter l'épaule, et la plate-forme mobile traîne dans la poussière plusieurs membres arrachés, aux mains toujours serrées sur les barres métalliques ; celles qui ont réussi à monter à bord sont juchées sur les chevaux de bois, frappées de stupeur par la rotation perpétuelle de la machine, submergées par un souvenir résiduel de vitesse et d'ingéniosité humaine. Et la horde, dans l'obscurité de la nuit urbaine seulement percée par les phares de la voiture, animée d'un grouillement incessant tels des asticots dans le ventre d'un chat crevé, constitue la manifestation la plus sombre et la plus dégénérée de cette humanité maudite sur cette terre souillée — monstres surgis d'époques révolues, qui régurgitent l'improbable enfer engendré par l'homme pour faire d'eux l'armée des damnés, étranglés et balbutiants, rongés par la pourriture et la hargne mais surtout éminemment pathétiques, oui, brutalement, ouvertement, outrageusement pathétiques.

Elle grossit, cette horde, et Temple fait passer sa voiture dans ses rangs, pousse les limaces hors de son chemin ou les écrase sous ses roues, qui viennent broyer membres et torses. Si elle s'arrête, si le moteur cale, elle sait qu'elle mourra. Accélérer risquerait d'endommager le véhicule, aussi se fraie-t-elle un chemin à vitesse constante ; l'homme assis à côté d'elle pose un regard vide sur cette foule de corps en marche qu'éclaire le faisceau des phares.

Quel spectacle, dit Temple. L'apocalypse dans toutes les directions, on dirait. Une vraie invasion de sacs à viande, tu crois pas ? Je sais pas pour toi, l'idiot, mais ça faisait un bail qu'on m'avait pas rappelé comme ça que c'est la fin du monde.

Elle se penche dans son siège et étreint plus fermement le volant.

N'empêche, poursuit-elle, ça nous donne un avantage. L'frangin Todd, y va sacrément en baver pour nous suivre dans ce merdier, surtout vu comment on asticote les limaces.

Elle continue à rouler droit devant et, autour d'eux, la cité des morts est secouée de spasmes.

*

Au lever du soleil, ils ont atteint les faubourgs de l'agglomération, une série de collines basses tapissées de maisons à pignons sur plusieurs étages avec portails en pierre et escaliers de marbre. Elle a quitté l'axe principal et s'efforce désormais de rouler vers l'ouest, et le nombre de limaces a considérablement diminué.

Par-delà les pâtés de maisons, la route débouche sur des paysages de campagne : de grandes étendues herbeuses où l'on devine la lointaine silhouette de demeures imposantes. Pour l'essentiel, les lopins sont délimités par de hautes clôtures blanches qui font le tour des propriétés. En maints endroits, les barrières ont été défoncées, et les limaces ont remplacé les chevaux dans les enclos.

La route s'élève jusqu'à un promontoire qui surplombe une vallée. Au sud de la chaussée, ce ne sont que prairies non entretenues, mais au nord se trouve le domaine le plus vaste qu'elle ait jamais vu. Même à cette distance, le manoir d'un blanc immaculé laisse deviner ses proportions colossales ; perché au sommet d'une éminence, il semble couronner de façon majestueuse les terres alentour.

Elle arrête la voiture.

Sacrée baraque, dit-elle. Allons jeter un œil.

Huit colonnes ornent la façade, elle peut les compter depuis l'endroit où elle se tient sur la route ; l'allée qui part du portail et conduit droit à la demeure se termine en rond-point, avec au milieu du cercle une fontaine dont le jet d'eau s'élève haut dans les airs.

Regarde cette fontaine, l'idiot. Que j'sois damnée si personne habite ici. Et j'crois savoir comment ils font pour empêcher les sacs à viande d'entrer.

L'enceinte de la propriété est différente des autres. Au lieu de planches en bois blanc, elle est faite de fils de fer tendus tous les quinze centimètres environ.

T'approche pas de ce truc, dit-elle. Tu sais sûrement pas ce que c'est qu'une clôture électrique, et vaut mieux pas que t'en fasses l'expérience.

Elle ordonne à l'homme de rester près de la voiture, avance vers le large portail et découvre qu'il est lui aussi électrifié.

Crotte, s'exclame-t-elle. Comment on va entrer? Attends voir, j'ai une idée.

Elle retourne à la voiture, sort un pistolet du sac de sport posé sur la banquette arrière.

T'as de la veine que ça soit moi le cerveau de l'opération.

Elle pointe l'arme vers le ciel et tire trois coups de feu, à intervalles délibérément réguliers. L'écho des détonations résonne dans le canyon.

Très bien, voilà qui devrait attirer l'attention, dit-elle. Espérons que les résidents du Château Dents-propres s'intéressent à nous plus vite que les sacs à viande du coin.

Quelques minutes plus tard, elle voit une silhouette apparaître à l'angle du bâtiment au lieu de sortir par la grande porte. C'est un Noir vêtu d'une chemise verte à jabot, du genre cintrée à la taille. Il est grand et, tandis qu'il descend l'allée vers elle à pas lents et délicats, elle constate que la fierté qu'il dégage lui donne l'air plus grand encore. Sur ses tempes, ses cheveux coupés court grisonnent, et son demi-sourire est poli mais distant.

Puis-je vous aider, mademoiselle ? lance-t-il à travers le portail.

Comment vous vous appelez ?

Johns.

Johns ? Comme John, mais au pluriel ?

Exact. Puis-je vous aider ?

C'est votre maison ?

Belle Isle appartient à Mme Grierson.

J'comprends pas ce que vous venez de dire, mais vous pourriez pas nous laisser entrer pour qu'on souffle un peu ? On fait que passer, mais à vue de nez, c'est pas la place qui vous manque.

Je crains qu'il s'agisse d'une propriété privée, mademoiselle.

Une propriété privée ? Vous débarquez ou quoi ? Vous devez pas être au courant qu'en ville, y a la pire concentration d'limaces que j'aie jamais vue. C'est fini, les propriétés privées, m'sieur. Y reste plus que des endroits avec ou sans limaces.

Je regrette, mais vous allez devoir tenter votre chance ailleurs.

Il fait mine de tourner les talons.

Attendez une minute. M'sieur, vous savez quel âge j'ai ?

Non, je l'ignore.

Quinze ans. Z'allez laisser une gamine de quinze ans sans défense se faire bouffer par les sacs à viande juste pour vous épargner d'avoir deux personnes de plus à dîner ? Et votre conscience, là-dedans ? Parce qu'à votre place, ça me tracasserait drôlement.

Il reste un long moment à la dévisager, et elle fait son possible pour afficher un air d'innocente petite orpheline.

Il soulève alors un panneau sur la colonne de pierre et entre un code, et les deux battants du portail s'écartent automatiquement.

Merci m'sieur, z'êtes un type bien.

Et ce gentleman est… ?

Oh, vous en faites pas pour lui. C'est juste un idiot. Il vous fauchera rien.

Johns appuie sur un bouton après leur passage, et le portail se referme derrière eux.

Elle a une envie folle de courir jusqu'au rond-point, sauter dans la fontaine et hurler à la maîtresse de maison Youhou ! M'dame Grierson, me voilà ! mais juge préférable de faire profil bas pour n'énerver personne. Ces gens-là semblent se la couler douce, et elle ne veut pas les effrayer. Aussi joint-elle les mains dans le dos, comme il convient à une jeune fille de bonne famille, et suit Johns en direction du manoir.

6

À l’intérieur, la maison ressemble à ce qu’elle a vu dans des films : fer forgé tarabiscoté comme de la dentelle, volumes majestueux et impersonnels. L’entrée principale débouche sur un hall traversant tout en longueur, qui contourne un escalier central en spirale conduisant à l’étage. Cascadant du plafond à la manière d’une avalanche de glace, un lustre semble emprisonner égoïstement la lumière dans ses cristaux au lieu de la diffuser. Le marbre de l’entrée forme un damier de losanges noir et blanc ; le long des murs s’alignent horloges à pendule, tables en demi-lune où trônent des maquettes de bateau et buffets en acajou accueillant des arrangements floraux ou des poupées anciennes jaunies sous des cloches de verre.

L’endroit paraît préservé de l’armée des morts qui déambule partout ailleurs dans le monde. Temple cherche l’habituel râtelier à fusils près de la porte, mais n’y voit qu’un alignement de manteaux et de parapluies, et un réduit réservé aux bottes boueuses. Nul panneau de bois pour occulter les fenêtres mais des rideaux en dentelle et mousseline, retenus par d'épais cordons bordeaux qui se terminent par de gros glands qui ressemblent à des jouets. Nulle trace de sang brunâtre incrusté sur les murs ou au sol. Nul poste de guet ou de tir. Comme si elle avait pénétré dans une époque totalement différente.

La première chose qu'elle entend en franchissant la porte est un air joué au piano. Elle s'imagine bien sûr qu'il s'agit d'un enregistrement, mais quand la musique cesse de façon abrupte pour reprendre aussitôt, elle comprend que quelqu'un joue réellement.

La mélodie est apaisante, mais aussi riche en accords douloureux. Une paix triste.

Qui joue du piano ? demande-t-elle à Johns.

M. Grierson s'exerce tous les matins.

Et c'est qui, au mur ?

Elle désigne le portrait d'un homme en uniforme militaire gris démodé, debout à côté d'une femme assise sur une chaise, vêtue d'une longue robe rouge. Derrière eux, un drapeau marqué d'un X qu'elle reconnaît : le drapeau sudiste de l'ancien temps.

Henrietta et William Cuthbert, troisième du nom, arrière-arrière-grands-parents de Mme Grierson.

J'vois l'idée. En gros, on est au domaine Grierson.

Il est baptisé Belle Isle.

Si vous l'dites. Laissez-moi juste essuyer mes chaussures, que je mette pas du sang partout.

Johns la foudroie du regard, et elle répond par un sourire charmeur.

Comment dois-je vous annoncer ? s'enquiert-il.

Comme vous faites d'habitude, ça m'ira.

Quel *nom* dois-je annoncer ?

Oh, Sarah Mary Williams.

Et ce monsieur ?

Pouvez l'appeler l'idiot. Lui et moi, on fait pas de chichi. Pas vrai, l'idiot ?

Johns ouvre en grand une imposante double porte située dans le hall d'entrée, et révèle un salon rempli de canapés et fauteuils à fleurs, où trône un énorme piano à queue noir dont le couvercle relevé laisse apparaître les cordes. Sur le côté de la pièce, une femme bien habillée, assise à un guéridon, joue au solitaire en sirotant une boisson dans laquelle semblent pilées des feuilles. Manifestement septuagénaire, elle accuse son âge de royale façon : encore très jolie femme, elle porte une robe scintillante à froufrous comme Temple n'en avait jamais vu en vrai.

Au piano se tient un jeune homme en costume, aux cheveux plaqués en arrière, et dont les mouvements suivent le rythme de la musique qu'il joue. Quand il se tourne vers elle, Temple remarque ses yeux verts délicats, son visage rasé de frais, et lui donne environ cinq ans de plus qu'elle.

Madame Grierson, annonce Johns, cette jeune fille et son ami sont des voyageurs et ont besoin d'aide. Mlle Sarah Mary Williams.

On n'a pas vraiment besoin d'aide, dit Temple, juste d'un morceau à grignoter, si vous avez.

Mais quelle merveilleuse surprise ! s'exclame Mme Grierson, qui se lève, traverse le salon à vive allure, prend Temple dans ses bras et l'embrasse sur les deux joues.

Soyez le bienvenu, monsieur, dit-elle en tendant la main au grand gaillard au regard lent qui se tient à côté de Temple.

Oh, faites pas attention à lui, dit Temple. Y sait pas comment serrer…

Mais, à sa grande surprise, il lève la main et laisse Mme Grierson la lui étreindre.

Entrez, entrez, dit Mme Grierson. Venez faire la connaissance de mon petit-fils, Richard.

Le jeune homme au piano se lève et incline légèrement le buste dans leur direction.

Petit-fils, répète Temple. Avec tous ces m'sieur et m'dame, j'vous ai crus mari et femme.

Mon Dieu, non. Je suis veuve depuis de si nombreuses années que j'en ai perdu le compte. Il ne reste plus que moi-même et les garçons : mes deux petits-fils et leur père. Ce dernier est souffrant ces temps-ci, le pauvre. Un thé glacé vous ferait-il plaisir ?

Temple regarde le verre posé sur le guéridon.

Y a quoi comme plantes, là-dedans ?

De la menthe fraîche. Qui provient de notre jardin.

OK, ça me va.

Johns sort du salon, puis une femme qui pourrait être son épouse ou sa sœur apporte un plateau de thé glacé qu'elle pose sur la table basse avant de ressortir ; tout le monde prend place dans les canapés et la discussion s'engage. Temple fait de son mieux pour se montrer cordiale et se comporter en dame bien comme il faut, elle sirote son thé comme le fait Mme Grierson au lieu de l'avaler d'un trait comme elle en aurait envie, et tâche de ne pas oublier de s'essuyer la bouche avec la petite serviette en tissu, près de son verre, et non avec sa manche. Et elle s'assoit bien droit et croise les jambes comme on lui a dit de faire autrefois, au lieu de se pencher en avant, les coudes sur les genoux — une posture pourtant bien plus efficace lorsqu'il s'agit de se défendre rapidement.

Dites-nous donc d'où vous venez, Sarah Mary, lance Mme Grierson.

Moi ? De la région, à deux villes d'ici.

Elle désigne une direction.

Oh, ainsi vous êtes de Géorgie ? J'en étais sûre. Je reconnais les jolies filles de Géorgie au premier coup d'œil. Quelle ville ? Lake Park ? Statenville ?

Voilà, Statenville. On y a grandi, tous les deux. C'est mon frère. Maman a attendu quinze ans avant de retenter le coup, vu comment ça avait tourné la première fois.

Ce n'est pas prudent de voyager seuls, dit Richard. (Malgré son âge, il a une voix d'enfant, et quand il s'efforce de paraître autoritaire, elle dérape toute seule.) C'est une chance que vous nous ayez trouvés. Nous prendrons soin de vous.

Merci, Richard, répond poliment Temple. J'aime bien l'air que vous jouiez tout à l'heure.

C'est du Chopin. J'en connais d'autres. Vous devriez rester ici, c'est dangereux, dehors.

Oh, Richard, le gronde Mme Grierson. Évitons les sujets qui fâchent. J'ai oublié à quand remonte la présence d'une jeune femme dans cette maison, Maisie mise à part. Vous savez, Sarah Mary, je n'ai jamais eu de petite-fille. J'ai quelques superbes toilettes à l'étage qui devraient vous aller à ravir. D'ici au dîner, nous pourrions aller voir cela ensemble. Bien entendu, vous resterez tous les deux aussi longtemps qu'il vous plaira. Ce ne sont pas les chambres d'amis qui manquent.

Deux petits-fils ? s'enquiert Temple.

Je vous demande pardon ?

Vous avez parlé de deux petits-fils ?

Oh, oui, Richard et James, mes deux petits. Nous ne sommes que quatre, j'en ai bien peur. Mais ce sont de bons garçons. Élégants et talentueux.

Mon frère aîné, précise Richard, s'isole volontiers dans sa chambre quand il ne vagabonde pas dans les prés. C'est mon frère, et je l'aime, mais il est parfois…

Richard, le met en garde Mme Grierson.

J'allais simplement dire insaisissable, grand-mère. Insaisissable. Ne diriez-vous pas que cela le résume parfaitement ?

Mes garçons, glisse-t-elle à Temple. Ils s'occupent si bien de moi.

*

Elle commence par demander à Johns d'ouvrir le portail pour remonter l'allée en voiture et la garer derrière la maison.

Puis on lui montre, ainsi qu'à son compagnon, deux chambres d'amis voisines. C'est Maisie qui s'en charge, celle qui leur avait apporté le thé glacé et que Mme Grierson semble considérer comme une jeune fille, alors qu'elle est quasiment deux fois plus âgée que Temple.

Ça vous plaît, ici ? demande Temple alors que Maisie s'apprête à prendre congé.

Où pourrais-je aller, mademoiselle ?

J'veux dire, ils sont corrects avec vous ?

Les Grierson sont très gentils.

Temple hoche la tête puis inspecte les napperons en dentelle et le papier peint à fleurs, au-dessus des lambris.

Quand on se réveille dans cette maison, déclare-t-elle, on doit avoir du mal à imaginer qu'le monde est à moitié dévoré, hein ?

Je vous demande pardon ?

Laissez tomber.

Temple découvre une baignoire à pieds à l'ancienne dans la salle de bains, et décide de faire trempette pour calmer les élancements de sa main.

J'vais y rester un moment, l'idiot, dit-elle. Casse rien. Tiens, tu ferais mieux de garder les mains dans tes poches, comme ça.

Elle fait le geste et il s'exécute. Puis elle entre dans la salle de bains et ferme la porte. Plus tard, à son retour, elle le trouve assis au bord du lit, en train de tripoter quelque chose avec la main droite : un objet qu'il a dû sortir de sa poche.

C'est quoi, ce truc ? demande-t-elle en lui prenant le bout de papier. D'abord je me rends compte que tu sais serrer la main, comme un vrai gentleman, et maintenant ça. T'es plein de surprises aujourd'hui, l'idiot.

La feuille est couverte de chiffres et de lettres. On dirait une adresse, avec autre chose écrit en haut.

Depuis quand tu trimballes ça ? dit-elle en fourrant la note dans sa poche de pantalon. Me reste plus qu'à trouver ce qu'il y a écrit dessus, pas vrai ?

Mme Grierson entre et la conduit dans une autre pièce, où elle prend grand plaisir à envoyer Temple dans un immense dressing carré pour la voir en émerger vêtue de robes colorées. À chaque réapparition de la jeune fille, Mme Grierson plaque les mains sur sa bouche et sourit à pleines dents, pour ensuite tourbillonner autour d'elle et procéder à de menus ajustements sur une tenue que Temple a invariablement mal enfilée.

En à peine une semaine, c'est la seconde fois qu'elle se fait ainsi habiller par une grande dame. Elle n'apprécie guère mais s'y plie de bonne grâce, parce que servir de mannequin vaut quelque chose aux yeux d'une certaine espèce de femmes, et Temple est consciente qu'elle aura une dette conséquente envers Mme Grierson.

Vous êtes superbe ! s'exclame la vieille dame. Vous devez certainement attirer l'attention des jeunes hommes.

Le genre d'attention qui mérite une raclée, en général.

Oh, quelle petite friponne. Je n'en crois pas un mot, je me rappelle ce que c'est d'être jeune.

Et c'était comment ?

Dangereux, répond-elle comme si c'était une bonne chose.

Bien sûr, comprend Temple, à son époque, le danger devait se limiter à rentrer tard à la maison, à se faire attraper quand on piquait un peu de whisky dans le bar du salon ou à embrasser un garçon près de la tonnelle pendant qu'un autre vous attendait sur la balancelle de la véranda.

Pour dîner, ils prennent tous place autour d'une énorme table lustrée, dans la salle à manger. Mme Grierson est assise à un bout, les deux sièges à sa gauche sont réservés aux petits-fils Grierson, et les deux places à sa droite sont destinées à ses invités. Pour l'occasion, Temple a été habillée d'une robe en taffetas couleur pêche, et ses cheveux ont été savamment empilés au sommet de son crâne.

M. Grierson est toujours trop souffrant pour se joindre à nous, je le regrette, dit Mme Grierson. Je lui ferai porter à manger dans sa chambre par Maisie.

S'il est aussi affamé que moi, dit Temple en faisant descendre d'un trait son verre de citronnade glacée, ça doit pas trop compter pour lui, dans quelle pièce il bouffe.

Mme Grierson et son petit-fils la dévisagent, les mains sagement posées sur leurs genoux.

Oups, dit Temple. Désolée. Ça fait un bout que j'ai pas dîné poliment, et tout et tout. Ça m'vient pas naturellement.

Ça ne me vient pas, corrige Mme Grierson.

Temple se tourne vers le siège vide à côté de Richard Grierson.

On attend votre frère, j'imagine ?

James ne devrait pas tarder, lui assure la vieille dame.

Presque aussitôt, les portes de la salle à manger s'ouvrent pour laisser entrer James Grierson, qui s'affale sur la chaise à côté de son frère.

James, nous avons des invités, dit Mme Grierson.

Bzz bzz, fait James.

Il est l'aîné, cela saute aux yeux, non pas en raison de signes physiques, mais plutôt à cause de la charge émotionnelle qui semble peser sur ses épaules. Il est plus pâle que son frère, et aussi brun que son cadet est blond. Ses yeux sont enfoncés et fatigués, dénués de toute la dignité plastique qui transparaît dans le regard de Richard. Malgré tout, il se dégage de lui une beauté sévère — le genre d'homme qui remue les tripes de Temple sous l'effet conjugué de la curiosité et de l'inquiétude.

Sarah Mary, lance Mme Grierson, aimeriez-vous dire le bénédicité ?

Oh, euh, pas trop, non. J'arrive jamais à le dire comme il faut.

C'est donc Richard qui récite :

Réjouissons-nous toujours, prions sans relâche, remercions toute chose, car telle est la volonté de Dieu.

Amen, conclut Mme Grierson, et Temple enchaîne avec un amen de son crû.

Et louons Jésus de ne pas être morts, intervient James Grierson. Puis il se tourne vers son frère et ajoute : Pas tous.

James, le met en garde Mme Grierson.

Temple n'a jamais fait d'aussi bon repas. Poulet au gros sel et boulettes, gratin de maïs, haricots verts aux champignons recouverts d'oignons croquants, pain de maïs et, pour le dessert, un crumble aux pêches qui lui donne envie d'essuyer du doigt le fond du plat pour ramasser jusqu'à la dernière miette.

Alors, Sarah Mary, dit James en étirant son nom comme s'il ne lui revenait pas trop, d'où venez-vous ?

Elle est originaire de Statenville, James, répond à sa place Mme Grierson.

Vraiment ? demande-t-il. Et vous aimez Statenville ?

C'est pas trop mal.

J'ignorais qu'il y restait des survivants.

Pas beaucoup.

Ce doit être horrible, là-bas, intervient Richard. Une jeune fille de votre âge, être exposée à une telle monstruosité. À ces *choses*.

Il frémit.

Y sont pas si terribles, dit-elle. Ils font juste ce qu'ils sont censés faire. Un peu comme nous tous, quoi.

Sont-ils censés éviscérer des enfants ? demande brusquement James. Tirer à la corde avec les intestins d'hommes qui craignent Dieu ?

James ! dit Mme Grierson. Combien de fois dois-je…

Sont-ils censés *digérer* des populations entières ?

James, cela suffit ! Je refuse d'entendre de telles horreurs à ma table !

Vous refusez, glousse James en dévisageant sa grand-mère. Vous refusez.

Puis il repousse son siège, balance sa serviette dans son assiette et sort à grandes enjambées.

Mme Grierson le regarde partir, se ressaisit puis adresse un sourire plein de dignité à Temple.

Veuillez excuser le comportement de mon petit-fils, dit-elle.

Aucun souci, répond Temple. Faut savoir exploser de temps en temps pour que ça ne vous pète pas à la figure.

Il a eu une vie difficile, dit Mme Grierson.

Il était dans l'armée, ajoute Richard.

*

Faut que je file d'ici, l'idiot. On peut rester quelques jours pour essayer de semer l'vieux Moïse, mais j'ai pas survécu jusque-là pour finir dans cette famille, derrière une clôture électrique.

Elle le regarde. Il est assis au bord de son lit, où elle lui a dit de s'installer, et il agite les doigts en l'air comme s'il essayait d'attraper quelque chose, concentré sur son objectif.

C'est un mystère, c'que tu vois dans ce monde, l'idiot.

Elle réfléchit à la question.

Quand même, c'est plutôt bien comme endroit, pour toi. Donne-leur quelques jours pour s'attacher, et t'auras ton nouveau foyer. Tout un tas de gens pour te préparer à dîner, et faire gaffe à c'que tu te blesses pas.

Elle hoche la tête et écarte le rideau pour regarder par la fenêtre.

Y sont un peu barjos, c'est sûr, mais des endroits comme ça, on n'en verra pas deux de toute notre vie.

Plus tard, après le coucher du soleil, elle file en douce jusqu'à sa voiture pour y récupérer sa machette gurkha, parce qu'elle n'aime pas dormir sans l'avoir sous la main. Le véhicule est garé derrière la maison, à l'endroit où la colline continue à s'élever et se couvre d'une épaisse forêt. D'où elle se tient, elle aperçoit un vague sentier qui s'enfonce sous les arbres — et devine une silhouette à l'orée du chemin.

On profite de la vue ? lance-t-elle, assez fort pour être entendue.

Mais la forme ne répond pas, fait volte-face et remonte le sentier jusqu'à disparaître dans la végétation dense.

Elle a un regard en arrière vers la maison, vers les carrés de lumière des fenêtres, synonymes du genre de sécurité qu'apporte le côté prévisible des choses. Puis elle soupire et inspecte les chaussures que lui a données Mme Grierson. Elles vont avec la robe en taffetas, et ne survivront pas à une marche à travers bois.

C'est dommage, de si jolies chaussures…

*

Il n'y a pas de lune, et elle suit le chemin en se fiant davantage au toucher qu'à la vue, en agitant la machette gurkha devant elle. Elle craint moins de trébucher que de heurter la clôture électrifiée qui fait le tour de la propriété.

Le sentier grimpe la colline en lacets successifs. De temps à autre, elle croit entendre des pas qui ne sont pas les siens. Derrière ou devant elle, elle ne saurait le dire, mais ils s'arrêtent chaque fois qu'elle fait halte pour prêter l'oreille.

Dans une telle obscurité, pas question de jouer au chat et à la souris ; elle appelle de nouveau.

Montrez-vous donc, qui qu'vous soyez, qu'on se fasse un peu la conversation. Sinon, c'est vous que je risque de tailler par accident.

En l'absence de réponse, elle se retourne vers la maison. Le manoir est caché par la végétation, mais elle distingue la faible clarté qui en émane dans le ciel, au ras du sol. Elle poursuit son ascension.

Bientôt, elle émerge dans une clairière au sommet de la colline, et le panorama est divin. La ville infestée est en contrebas, chichement éclairée par quelques sources lumineuses qui scintillent dans l'air nocturne. Dans ces taches de lumière, elle aperçoit les limaces agglutinées, minuscules à cette distance. On n'entend que le bruissement des feuilles ;

une sérénité incongrue, qui contraste avec l'horreur absolue du tableau qu'offre la plaine.

La trouée doit servir fréquemment. Il y a un banc et une petite table en fer forgé, peinte en blanc, avec un plateau de verre. Au sol, près du banc, se trouvent deux bouteilles vides. Des cadavres, aurait dit oncle Jackson.

J'ai un flingue braqué sur ta tête, fait une voix derrière elle. Ne te retourne pas.

Temple pivote sur elle-même. C'est James Grierson.

J'ai dit, ne te retourne *pas*.

J'avais entendu.

Tu ne me crois pas capable de tirer ?

J'ai jamais vu personne flinguer quelqu'un sans raison, bonne ou mauvaise.

C'est là que tu fais erreur, petite fille. Au cas où tu n'aurais pas remarqué, il y a pénurie de raison, en ce bas monde.

Dans ce cas, vaut mieux me descendre du premier coup, parce que si j'me pointe avec cette lame, j'vais te fracasser, et de manière définitive.

Il l'étudie par-dessus le canon de son arme. À en croire la perplexité de son visage, il semble hésiter entre lui donner un rôle dans une pièce de théâtre ou l'abattre. Puis il baisse son flingue. De l'autre main, il tient une bouteille, qu'il porte à sa bouche, et avale une rasade.

Quelle nuit magnifique, dit-il. Un noir d'encre, avec les monstres de l'enfer qui beuglent dans le lointain. Si on s'asseyait pour boire un coup ?

Il semble avoir perdu tout intérêt pour l'arme à feu.

Entendu, dit-elle. C'est déjà plus convivial.

Il prend place sur le banc et pose son pistolet sur la table, et elle s'assoit à l'autre bout ; ils contemplent la ville, il lui tend la bouteille, elle en boit une gorgée et la lui rend.

C'est du bon.

Bourbon Hirsch, seize ans d'âge. Le meilleur.

Ils boivent.

Admire, dit-il en désignant la ville. Une armée de limaces est descendue sur nous. Un fléau maléfique surgi des enfers.

Il rit, mais elle n'arrive pas à savoir si c'est parce qu'il blague ou parce qu'il est sérieux.

Maléfique, j'en sais trop rien, fait valoir Temple. Ces sacs à viande, c'est rien qu'des animaux. Le mal, c'est un truc de l'esprit. Y a que nous autres humains pour nous montrer vraiment mauvais.

Tu crois ça ? Serais-tu mauvaise, Sarah Mary ?

J'suis pas quelqu'un de bien.

James Grierson darde sur elle un regard dur, pénétrant. Sa peau pâle luit presque dans la nuit noire. C'est le genre de personne qui pourrait vous gifler ou vous embrasser sans que vous voyiez le coup arriver, et les deux gestes pourraient signifier la même chose.

Tu es un soldat, lui dit-il. Comme moi. Tu as fait des choses dont tu n'es pas fière. La honte te ronge, petite fille. Je la vois brûler dans tes tripes, comme dans un réacteur d'avion. Est-ce pour cette raison que tu agis si vite et si fort ?

Elle contemple la ville des limaces. Elle sent les yeux de James posés sur elle, et il lui déplaît de penser à ce qu'ils peuvent y voir.

T'étais dans l'armée ?

J'y étais, répond-il avant de boire une lampée.

Combien de temps ?

Deux ans. J'étais cantonné à Hattiesburg. On a essayé de reprendre la ville.

Pas une mince affaire.

Nous avions installé des postes de sauvetage, des émetteurs radio. Et construisions des murs défensifs. Mais il en arrivait sans arrêt.

Les limaces, elles aiment les endroits où y a de l'action, dit-elle.

Nous pensions pouvoir les arrêter. Nous les tuions puis brûlions leurs cadavres, les femmes s'occupaient d'entretenir le brasier, et la fumée des corps s'élevait jour et nuit. Nous procédions par roulements : un tir de barrage suivi par l'équipe de nettoyage. Et ensuite, ça recommençait. Il en venait toujours. On n'aurait jamais pensé qu'il puisse y avoir autant de morts.

Et après ?

Il y en avait trop. On a commencé à manquer de munitions. Tout le monde était épuisé. Une fille est tombée dans les flammes, sa mère a tenté de l'en tirer, mais elles sont mortes toutes les deux et ont dû être brûlées. Le pire, c'était l'aspect psychologique. On ne peut pas combattre un ennemi pareil. Impossible de gagner.

Alors vous avez laissé tomber ?

On s'est repliés. Dispersés vers des zones sécurisées. Ils nous ont laissés libres de rentrer chez nous, et c'est ce que j'ai fait.

Ça t'a permis de veiller sur ta famille.

Il lève sa bouteille au ciel.

La dynastie Grierson s'accroche à son glorieux passé. Elle est aveugle à la modernité sous toutes ses formes.

Il se penche vers elle et braque la bouteille sur son visage.

J'ai vu plus de morts-vivants dans cette maison que lorsque je les empilais dans un brasier de deux étages de haut.

Il lui passe la bouteille et se rassoit. Elle boit.

Ta famille, elle fait ce qu'elle sait faire, point final.

Comme les limaces, hein ?

J'dois dire, c'est pas la première fois qu'on fait ce genre de parallèle.

Il se remet à la dévisager, et elle sent sa peau la démanger.

D'où es-tu exactement, Sarah Mary Williams ? Et ne me réponds pas Statenville. J'y suis allé ; c'est une ville fantôme.

Ça fait un bout de temps que j'suis dans le Sud. Je m'étais trouvé un chouette petit coin, mais les sacs à viande s'apprêtaient à débarquer. Avant ça, j'ai beaucoup vadrouillé. Alabama, Mississippi, Texas. Une fois, j'suis même remontée jusqu'à Kansas City.

Et tes parents ?

Comment ça ?

Où sont-ils ?

Aucune idée. J'ai dû en avoir, j'imagine. Mais ils ont filé ou sont morts avant que je me souvienne d'eux.

Et en ce qui concerne…

Il fait un signe vers le manoir.

C'est vraiment ton frère ? demande-t-il.

Lui ? Nan. Juste un idiot qu'j'ai ramassé y a un bout de temps. Y parle pas des masses, mais il obéit drôlement bien. J'parie qu'il peut porter de sacrées charges, costaud comme il est. Y ferait un bon ouvrier, si jamais quelqu'un en cherche un.

Ainsi, tu n'as aucune famille ?

Elle hausse les épaules et renifle, s'essuie le nez du plat de la main.

Pas vraiment. Y avait ce gamin, autrefois. Malcolm. Possible qu'il ait été mon frère… mais tous les papiers de l'orphelinat ont cramé. Pis y a eu oncle Jackson, mais c'était rien qu'un surnom. C'était pas un vrai oncle ni rien.

Que leur est-il arrivé ?

Oncle Jackson, y s'est fait mordre.

*

C'était arrivé en haut de la falaise, où l'oncle Jackson aimait aller à la chasse au lapin. Il était accroupi dans une tranchée, en train de viser soigneusement, quand il avait senti les mains se poser sur lui, les dents s'enfoncer dans la chair de son avant-bras. Il affirma par la suite ne pas du tout avoir vu la chose arriver. Qu'elle devait être tapie sous les feuilles mortes depuis Dieu sait combien de temps, à l'affût d'une proie quelconque, telle une fichue plante carnivore.

Temple l'avait trouvé plus tard, alors qu'il revenait à la cabane.

Va falloir faire quelque chose pour moi, p'tit bout. Ça va pas être joli-joli. Tu te sens d'attaque ?

Elle avait acquiescé.

Il l'avait conduite jusqu'à un arbre couché et avait remonté sa manche, tendu le bras et lui avait dit de garrotter solidement au-dessus du coude avec sa ceinture. Elle avait obéi. Puis il lui avait demandé d'utiliser sa machette gurkha pour l'amputer.

Juste un coup rapide. Tu t'en sens capable ?

Ça va te faire méchamment mal, non ?

Beaucoup moins que l'autre solution, p'tit bout. Maintenant, à toi de jouer. T'as peut-être treize ans, mais le bras le plus ferme que j'aie jamais vu. Tu peux le faire ?

Elle avait acquiescé.

Il avait placé l'extrémité de la ceinture dans sa bouche, de façon à ne pas crier quand elle frapperait.

Elle avait abattu la lame d'un geste rapide et ferme, comme il le lui avait appris.

Ensuite, comme il n'arrivait pas à marcher droit, elle était passée sous son bon bras, l'avait ramené à la cabane et allongé sur son lit de camp.

L'est arrivé quoi, au bras d'oncle Jackson ? avait demandé Malcolm.

Son regard allait du corps de Temple à celui de l'homme couché sur son lit. C'était un gamin anxieux, Malcolm, et parfois, il fallait le faire respirer dans un sac quand il s'échauffait.

L'a eu un accident.

Avec les sacs à viande ?

Tout ira bien. Va au puits et rapporte-moi un peu d'eau.

Mais il est où, son bras ?

Fais ce que je te dis.

Ils avaient fait chauffer de l'eau sur le poêle à bois, posé des linges humides sur le front d'oncle Jackson et tenté de le faire boire. Il avait erré un long moment entre veille et sommeil, la tête agitée de soubresauts, sa bonne main étreignant l'espace où aurait dû se trouver le membre sectionné.

Il avait fini par s'endormir, et Malcolm avait fait de même. Et elle s'était assise pour veiller sur l'homme à la lueur du feu.

Il s'était réveillé après minuit, mais il n'était plus le même. Une quiétude l'habitait, comme s'il avait renoncé.

Comment tu vas, p'tit bout ?

Ça va, avait-elle dit.

C'est en moi. Je le sens.

Mais ton bras. On l'a peut-être coupé à temps. Tu changeras pas, si ça se trouve.

Il avait secoué la tête.

Je le sens, avait-il répété. C'est en moi. Quoi que ce soit, ça fait partie de moi, maintenant. Va falloir que t'emmènes Malcolm loin d'ici.

Non, avait-elle protesté. T'en sais rien. T'es malade, mais ça n'a peut-être rien à voir. Tu peux t'en sortir, c'est peut-être pas ça.

Écoute-moi, p'tit bout. Tu dois le savoir, c'est important. Quand ça t'arrive, tu le *sens*. Entendu ? Tu m'écoutes ? Si ça t'arrive, tu le sauras.

Mais…

Passe-moi ce pistolet, sur la table.

Elle lui avait tendu l'arme. Il en avait éjecté le chargeur.

Maintenant, enlève toutes les balles sauf une.

Ça peut être…

Allons, p'tit bout. Fais ce que je te dis. Laisse qu'une cartouche. T'auras besoin des autres.

Elle l'avait fait.

Maintenant, prends tous les flingues et mets-les dans le coffre de la voiture, emmène Malcolm, et tous les deux, tirez-vous d'ici et ne revenez jamais. T'as compris ? Tu m'écoutes ?

Elle s'était essuyé les yeux sur sa manche et avait secoué la tête.

Temple, je te parle, avait-il dit d'une voix soudainement ferme et dure qui l'avait poussée à se redresser. Tu vas faire exactement ce que je te dis, compris ?

Oui, m'sieur.

Je m'en sortirai très bien. Je saurai quoi faire avant que ça s'empare de moi.

Il avait serré le pistolet contre sa poitrine.

T'as des préoccupations plus importantes qui t'attendent, p'tit bout. Tu t'es fait une place à toi dans ce monde — j'ignore comment, mais tu y es arrivée. Et ça veut dire que t'es libre d'aller où tu veux. T'es chez toi n'importe où. Tu m'as bien compris ?

Oui, m'sieur.

Laisse jamais personne te dire que t'es pas à ta place. T'es mon p'tit bout, tu grimperas jusqu'au sommet et tu les regarderas de haut, tous autant qu'ils sont.

Oui, m'sieur.

Maintenant tire-toi. T'es une bonne petite. Je t'oublierai pas. C'est la promesse d'un homme mort. Où qu'aille mon âme, elle te gardera en elle.

*

À chacun son heure de mourir, dit Temple. C'était la sienne. Dieu doit avoir tout ça d'écrit quelque part, mais ça donnerait rien de bon de le lire.

Il lui passe la bouteille et elle boit. Une onde de chaleur irradie depuis sa poitrine jusqu'à ses joues, et elle tripote le taffetas soyeux de sa robe. La tiédeur de l'air nocturne lui chatouille la nuque et lui donne des frissons.

Tu as passé combien de temps auprès de lui ?

Deux, trois ans, dit-elle en haussant les épaules. Le temps et moi, ça fait deux.

Et depuis, tu voyages ?

Plus ou moins.

Et le garçon ? Malcolm. Qu'est-il devenu ?

Ses lèvres se pincent et elle regarde droit devant elle, les yeux rivés sur l'horizon violacé.

C'était le géant près de Tulsa. C'est là que c'était arrivé. Sous le géant. Un homme de fer casqué, fièrement dressé, huit étages de haut, avec un poing sur la hanche et l'autre posé au sommet d'un puits de pétrole. Une figure sévère et puissante, qui ressemblait à un soldat de Dieu capable de faire trembler le sol à chaque pas. Les gens du coin lui en avaient parlé, lui avaient dit que c'était un artefact du passé, un hommage imposant rendu à l'industrie pétrolière, pendant ses décennies glorieuses.

Malcolm avait insisté pour le voir.

Ils avaient donc fait un détour pour s'arrêter, le regarder d'en bas et se sentir minuscules.

Qui c'est qui l'a construit ? avait demandé Malcolm.

J'en sais rien. La ville, sûrement.

Pourquoi ?

Elle avait haussé les épaules.

Va savoir. Les gens, ça leur fait plaisir de construire un grand truc. Ils ont l'impression de faire des progrès, j'imagine.

Des progrès vers quoi ?

Aucune importance. Plus haut, plus profond, plus

loin. Tant que tu bouges, ça compte pas tellement, où tu vas ou qui te court après. C'est pour ça qu'ils appellent ça le progrès. L'essentiel, c'est que ça progresse tout seul.

On en construit encore, des trucs pareils ?

Pas des masses, je crois.

C'est parce qu'il y a plus de progrès ?

Qu'est-ce que tu racontes ? Il y a toujours du progrès. Simplement, on ne le trouve plus dans les statues en fer.

Où il est, alors ?

Un peu partout. En toi, par exemple.

En moi ?

Bien sûr. Dans toute l'histoire de la planète, y a jamais eu un gamin comme toi. Un gosse qu'a vu ce que tu as vu. Qu'a livré les mêmes combats que toi. T'es complètement nouveau. Tout neuf.

Il y avait réfléchi en se grattant le nez. Puis il s'était de nouveau intéressé à l'homme de fer.

En tout cas, avait-il dit, il me plaît bien. Il mourra jamais.

Il avait vu juste. Il l'avait poussée à faire un détour, l'avait contrainte à s'arrêter pour admirer la statue, et tout ce qui s'était passé ensuite avait eu lieu sans qu'elle puisse faire quoi que ce soit pour revenir en arrière et changer le cours des choses… mais il avait eu raison à propos de l'homme de fer. C'était un spectacle grandiose qui témoignait de l'ingéniosité des hommes, de leur fierté et du spectre immortel de l'évolution — une œuvre puissante dont l'ombre s'étirait au-delà de la route et courait sur les plaines fertiles de l'Amérique. Un pays de bêtise et d'émerveillement, de capital et de perversité. Le sentiment d'être Dieu lors d'un dîner céleste, des horizons veinés de rose et de bleu, une frontière repoussée par le souffle et l'industrie, comme si la beauté des lieux pouvait faire suffoquer Dieu en personne, l'obliger à se replier sur lui-même et à mourir en contemplant Sa propre création, tous les rouges tranchants de l'Ouest et le Sud éreinté mais élégant, toujours sur le fil du rasoir, le cri du coyote et le kudzu cannibale et les fenêtres poussiéreuses qui n'ont pas connu un coup de chiffon depuis…

Hé, dit James Grierson. Où t'es-tu laissée emporter ?

Elle se rend compte qu'elle n'a rien dit depuis un long moment. Il y a certaines choses auxquelles elle n'aime pas penser, car elles accaparent chaque fragment de son corps et de son esprit.

Hein ? fait-elle.

Je te parlais du garçon. Que lui est-il arrivé ?

Il est plus avec moi.

Est-il… Que s'est-il passé ?

James Grierson et sa peau laiteuse et ses yeux sombres. Il est différent de ce qu'il était auparavant. Il pourrait nager en cercles dans les airs.

Pour le faire taire, elle se penche et l'embrasse durement, sur les lèvres. La bouteille entre eux tombe au sol, elle sent l'haleine de l'homme, la même que la sienne, et il lui prend la tête entre les mains et l'embrasse comme s'il avait envie de la consommer tout entière.

Elle lui rend son baiser avec la même fougue, et un instant, ils sont comme deux loups qui se mordillent.

Elle soulève son corps menu et se place à

califourchon sur lui, à même le banc. Puis elle se penche et entreprend de déboutonner son pantalon.

Hé, dit-il en esquivant ses baisers. Attends. Il ne faut pas... Tu...

Pas de problème, dit-elle, sentant la moiteur de ses lèvres sur son cou. Je peux pas avoir d'enfant.

Elle se penche, la prend dans sa main — elle est chaude comme si elle sortait du four — et s'appuie de tout son poids sur sa cuisse.

Mais, attends, répète-t-il. C'est mal. J'ai vingt-cinq ans, et toi...

Tais-toi et fais-le. J'en ai marre de penser. Mets-y du tien et fais-le.

Elle couvre la bouche de James avec la sienne et passe les mains sous sa robe de taffetas, écarte sa culotte, se soulève et s'installe sur lui, et ses genoux commencent à lui faire mal sur les planches du banc, mais la chose en elle est vivante et elle aime la façon dont son corps s'y accroche — et il lui plaît de penser à ce qu'il éprouve, grâce à cette partie d'elle-même qui fait d'elle une fille. Et elle bégaie le mot dans sa tête, fille fille fille fille — et elle y croit, elle sait que c'est vrai —, bon sang, elle y croit dans son estomac, dans ses orteils et jusque dans ses dents.

*

Quand elle s'éveille le lendemain matin, le soleil est encore bas dans le ciel. Elle va à la fenêtre et contemple l'allée régulière et le canyon, cette longue coupure dans la terre, et le ciel plat peint au-delà.

Elle ouvre la porte qui communique avec la chambre voisine et voit la silhouette massive entortillée dans les draps et les couvertures du lit. Les deux oreillers sont par terre et une main repose sur la table de nuit, où elle a renversé le réveil.

T'es un vrai champion de l'impotence, hein, l'idiot ?

Elle redresse le réveil et tente de tirer sur les draps pour couvrir le dormeur. Mais son geste défait les couvertures et découvre ses pieds. Elle fait le tour du lit afin de corriger le tir, mais constate qu'il ne reste qu'un pauvre triangle d'étoffe, insuffisant pour faire quoi que ce soit. Elle renonce, lâche la couverture et pose les yeux sur la forme endormie, les poings sur les hanches.

C'est une bonne chose qu'on t'ait trouvé cet endroit, l'idiot. Parce que c'est sûr, j'ai rien d'une mère poule.

Lorsqu'elle descend l'escalier, elle entend de la musique émaner du salon. Mme Grierson, assise dans un fauteuil à large dossier en éventail, écoute un disque et tricote quelque chose de long et bleu layette.

Vous êtes bien matinale, dit Mme Grierson.

Je dors pas beaucoup.

Vous ne tenez pas en place, tout comme moi.

J'imagine, oui.

Elle prend place au côté de Mme Grierson et change de disque pour elle quand celui-ci se termine. Elle n'avait jamais vu de tourne-disque auparavant, excepté dans les films, et elle en apprécie le mécanisme délicat. La musique, joyeuse et rapide, est jouée par un assortiment d'instruments à vent, et résonne comme un air sur lequel toute une salle peuplée de gens en jupe et en pull pourrait danser.

Un petit déjeuner cérémonieux est servi plus tard dans la matinée, avec biscuits, confiture et café, et tous les Grierson sont autour de la table ; Richard et sa grand-mère s'efforçant d'entretenir une conversation agréable, James regardant Temple quand cette dernière n'a pas les yeux posés sur lui. Elle s'en rend compte du coin de l'œil.

Après le petit déjeuner, elle apporte une assiette de biscuits dans la chambre qui jouxte la sienne, et Maisie l'assiste auprès de l'homme-ours avachi, qu'il faut lever, nourrir et habiller. Maisie est gentille avec lui et lui parle comme s'il était un gros bébé de cent dix kilos, et il semble réceptif au son de sa voix.

Elle s'aperçoit ensuite qu'elle n'a rien à faire. Mme Grierson joue au solitaire dans le salon, Richard répète inlassablement le même morceau de piano sans variation perceptible et James est introuvable. Elle se demande comment ils font pour mener ce genre d'existence — piégés dans une maison dont les fenêtres omniprésentes leur laissent voir l'étendue du monde qu'ils pourraient parcourir.

Elle sort donc et fait le tour du manoir, puis descend l'allée et la remonte pour rejoindre le bois qui surplombe la maison, et tombe sur la clôture électrifiée qu'elle suit sur tout le périmètre de la propriété en tâchant de ne pas trop couvrir ses chaussures de boue. C'est un domaine de bonne taille, et il lui faut une demi-heure pour en faire tout le tour. Sur un côté de la maison, elle découvre une vigne sur treillis et une balançoire en bois accrochée à une branche. Elle s'y assoit et se balance un peu.

Qu'est-ce que tu fais ?

James Grierson apparaît derrière elle et s'appuie contre l'arbre.

Rien, dit-elle. J'essayais juste cette balançoire. Elle grince, mais elle fonctionne.

Tu n'as pas fait que ça. Tu as déjà fait deux fois le tour de la propriété, ce matin. Tu repères les lieux ?

Nan. Mais ça m'étonne de voir que le monde peut d'un coup devenir si petit qu'on en fait le tour deux fois en une matinée.

Il hoche la tête.

Et toi, pourquoi tu me suis ? demande-t-elle.

Écoute, dit-il. Hier soir… Je n'aurais pas dû… Je n'avais pas l'intention… Je crois que c'était une erreur.

Comment ça ? Tu veux dire que t'es pas amoureux d'moi ? Que tas pas l'intention de me faire enfiler une robe blanche pour m'épouser ?

Elle rit.

D'accord, dit-il en regardant ses pieds. J'essayais juste de clarifier les choses. Je me suis…

Tu veux dire que j'ai gâché ma fraîcheur de jeune fille avec un homme qui nourrit pas d'grands projets pour notre avenir ?

Elle rit de nouveau. Il ne sait plus où se mettre.

Tu comptes bientôt me présenter à ton père pour qu'il approuve notre union ?

Ça suffit, dit-il, le regard bouillonnant de colère.

OK, OK. J'te faisais marcher. Drôlement susceptibles, les Grierson. Une minute, c'est biscuits et maquettes de bateau, et la minute suivante c'est scandale et épouvante. Ta famille vit sur les pôles quand le reste du monde navigue entre deux eaux.

Excuse-moi. Tu as parlé de rencontrer mon père.

Il est malade, c'est ça ? Depuis combien de temps ?

Un an environ.

Sacrée maladie. C'est quoi, son problème ?

Son problème, c'est d'être né Grierson. Cette famille est une maladie.

Oh, t'exagères. Sont pas si terribles. Un peu barjos, d'accord, mais ils ont du cœur.

Du cœur ! s'indigne-t-il. Tu veux voir du cœur ? Laisse-moi t'en montrer. Suis-moi, je vais te présenter mon père.

T'emballe pas, dit-elle. C'était rien qu'une blague. J'ai vu assez de Grierson comme ça. J'y suis jusqu'au cou, même.

Oh, il va te plaire. Il est différent. Plus intéressant.

Il la prend par le poignet et la reconduit au manoir — sauf qu'une fois à l'intérieur, ils ne montent pas le grand escalier mais franchissent une porte dans la cuisine qui mène à la cave. Le sous-sol est humide et il y flotte une odeur qu'elle reconnaît, et quand il actionne un interrupteur, elle découvre une cage en bois brut et grillage à poules, le béton du sol recouvert de carpettes au crochet.

Au premier abord, il lui semble que la cage est vide. Puis elle l'aperçoit, blotti dans un coin.

Je te présente Randolph Grierson, annonce James. Le patriarche de la famille Grierson, fils chéri de Mme Edna Grierson, monument de l'aristocratie américaine — et mon père.

La tête bouge avec lenteur, se redresse pour révéler les lèvres desséchées et les yeux caves, la peau grisâtre qui part en lambeaux noircis sur les bords. Le regard lui-même est embourbé, comme celui d'un aveugle dont les yeux suivent les sons plutôt que la lumière.

James, ça fait longtemps que ton papa est mort ?

Je te l'ai dit, environ un an. Vois-tu, chez les Grierson, on a toutes les peines du monde à lâcher prise. C'est peut-être ce à quoi tu faisais référence en affirmant que ma famille a du cœur.

Randolph Grierson est différent des autres sacs à viande. Il se griffe la tête de ses ongles ébréchés et sa peau se déchire, mais ses yeux sont rouges et humides, emplis de vitalité et de détermination. Il porte un regard intrigué sur les deux silhouettes qui l'étudient à travers le grillage à poules, comme pour poser des questions à la fois simples et énormes : quelle forme a la terre, et quelle est notre position à sa surface ?

Il se traîne jusqu'à la cloison et passe les doigts à travers le treillis pour l'atteindre. Elle le dévisage à nouveau, évalue ce regard perplexe.

Il a jamais vu d'autre sac à viande, dit-elle.

Non, en effet, confirme James.

Il ignore ce qu'il est, poursuit-elle.

Probablement. Dieu du ciel.

Il secoue la tête.

Elle tend la main et colle ses doigts à ceux de Randolph Grierson.

Il sait que quelque chose a dérapé, dit-elle, mais sans savoir quoi au juste. Comme s'il avait fait quelque chose de mal et savait pas comment s'excuser.

Hé, fais attention. Il te mordra si tu lui en donnes l'occasion. De son vivant, il était l'image même de l'honneur et de la noblesse. Mort, il est comme n'importe quelle limace.

J'imagine, dit-elle en croisant les bras. Il est faible. Vous lui donnez quoi à manger ?

C'est le problème. Mon frère pense le piéger en lui proposant du porc, du bœuf ou du cheval. Mais papa Randolph Grierson refuse d'y toucher.

J'en ai déjà vu se nourrir sur des animaux, mais pas souvent. Faut qu'ils soient désespérés, et que l'un d'eux soit assez fou pour donner l'exemple aux autres.

Il observe Temple.

Tu en connais un rayon sur eux, dit-il.

J'ai bourlingué. Sont pas faciles à éviter, quand on est sur la route.

Et tu en as déjà vu un qu'on domestiquait ainsi ?

Nan, j'ai jamais vu ça.

Ainsi, les Grierson sont encore capables de surprendre. En tout cas, cela m'épate que grand-mère n'ait pas essayé de *te* donner en pâture.

Sûr. Elle aime son fiston.

Ce n'est plus son fils.

Faut croire.

*

C'est une vaste demeure, qu'elle apprend à appeler par son nom, Belle Isle, et elle aime en explorer jusqu'aux moindres recoins car il y a toujours quelque chose à découvrir. Des maisons de poupée vert pastel aux pignons blancs avec des poêles en fonte miniatures dotés d'une batterie de cuisine complète, de pleins rayons de vieux livres illustrés qu'elle peut ouvrir sur le tapis et compulser à loisir. À l'étage, les couloirs sont pleins de portes et de pièces, et personne ne lui interdit d'y entrer.

Un jour, en ouvrant une porte, elle découvre une

sorte d'atelier. Sous la fenêtre en face d'elle se trouve une table encombrée d'instruments minuscules, pinces en métal, étaux miniatures, assemblages en balsa, éclats et copeaux d'étain. Au centre du plateau trône une maquette de bateau posée à l'envers sur un châssis, et dont la coque est à moitié bardée de bandes de cuivre de la taille d'un cure-dent. Une fine couche de sciure recouvre l'ensemble, et elle dessine un visage souriant sur la table avant de souffler pour tout dépoussiérer. Les murs sont couverts de mappemondes marquées de croix rouges, de lignes pointillées, de routes de navigation tracées sur le bleu des vastes océans. Du bout du doigt, elle suit l'un des pointillés d'une croix à une autre au fil des mers soigneusement démarquées.

Qui vous a autorisée à entrer ? lance une voix derrière elle.

Elle se retourne et voit Richard Grierson qui se tient sur le palier, les poings sur les hanches. Il a beau être son aîné de cinq ans, il fait partie de ces jeunes hommes qui n'ont pas encore effacé toute trace d'enfance.

Je faisais que jeter un œil, dit-elle. Sacrée cabine de capitaine que vous avez là.

Il s'ébroue pour dissiper sa colère et rajuste les pans de sa veste.

Veuillez m'excuser, dit-il d'un ton formel qui résonne presque de façon féminine. Nous n'avons pas l'habitude des visites. Vous êtes bien entendu la bienvenue dans cette pièce.

C'est donc vous, le responsable des bateaux qu'on voit un peu partout, dit-elle.

Effectivement.

Joli doigté, apprécie-t-elle. Il en faut pour jouer du piano et construire des bateaux riquiqui. Mes mains, elles sont faites pour des trucs à plus grande échelle.

Elle les lui montre, y compris son petit doigt sectionné, pour le lui prouver, et il esquisse une grimace.

Oui, dit-il. Eh bien…

C'est vous aussi, les cartes ?

Non. Je les ai trouvées dans des livres. James m'en apporte quand il en trouve.

J'sais bien que vous les avez pas dessinées ni rien, mais les routes, c'est vous qui les avez tracées ?

Oui.

À quoi elles servent ?

Son visage s'illumine, il vient se placer à côté d'elle et prend plusieurs ouvrages sur une étagère basse.

Elles indiquent les endroits où je compte me rendre quand tout sera rentré dans l'ordre. Je naviguerai tout autour du monde.

Vraiment ? C'est possible ?

Des gens l'ont déjà fait. Tenez, vous avez déjà entendu parler de la Nouvelle-Zélande ?

Je savais même pas qu'il existait une vieille Zélande.

Regardez ça, dit-il en ouvrant les livres sur des photos éclatantes de collines arrondies, de hautes montagnes, de plages incurvées, de marchés exotiques couverts d'étals et fréquentés par des gens aux habits bigarrés — cartes postales du vaste monde —, véritable collection de beaux endroits. Et voici l'Australie, et là, c'est Tahiti. Et Madagascar. Même le Groenland, qui est couvert de glace toute l'année.

Bon sang, fait-elle. Vous savez comment y aller ?

Il referme un livre et en contemple la reliure.

J'essaierai, dit-il.

Pourquoi pas y aller tout de suite, alors ? Le Groenland va pas venir à vous. Vous attendez quoi ?

Il lui décoche un regard incrédule.

Dans ces conditions ? dit-il. Ce serait impossible. Mais un jour, quand le monde redeviendra ce qu'il est censé être.

Vous en savez quoi, de ce qu'il est censé être ? Z'êtes pas beaucoup plus vieux que moi. On est nés dans le même monde.

Mais j'ai lu des choses à son sujet, dit-il en passant la main sur le dos fatigué des livres de l'étagère. Tous ces ouvrages. Par centaines. Je sais à quoi le monde ressemblait, et ce qu'il redeviendra. D'après grand-mère, c'est juste une question de temps.

Richard Grierson sourit, mais c'est un sourire tourné vers l'intérieur, celui d'un homme qui se replie sur lui-même pour se ranger dans les recoins chatoyants de ses rêves colorisés. Elle examine les livres aux titres voilés par la fine couche de sciure, se tourne vers les bateaux-jouets conçus pour des voyages imaginaires le long de pointillés rouges tracés sur une carte d'enfant, puis regarde les photos exotiques des ouvrages toujours ouverts sous ses yeux ; elle comprend qu'il s'agit d'endroits qui n'existent qu'en songe, et elle se voudrait capable de s'exalter devant les rêves fous et l'imagination de Richard, mais quelque chose en eux fait qu'ils sont la chose la plus triste qu'elle ait jamais vue.

*

Elle reste au manoir une semaine supplémentaire, plus longtemps qu'elle l'avait prévu — longe la clôture le jour, aide Maisie en cuisine pour avoir quelque chose à faire. Mme Grierson lui enseigne un jeu de cartes appelé manille, mais elle devient rapidement trop forte et est obligée de laisser la vieille dame gagner une fois sur deux par pure gentillesse. La nuit, elle prend le chemin de la colline et contemple la ville en comptant les lumières. Parfois, James Grierson l'y accompagne, parfois elle est seule là-haut. Il lui arrive de passer devant sa chambre au beau milieu de la nuit, et elle le trouve allongé sur son lit à l'attendre. Ils font leurs petites affaires quand il n'est pas trop saoul, mais elle ne dort pas dans son lit parce qu'elle n'a pas l'habitude de dormir à côté de quelqu'un, et qu'elle ne veut pas la prendre. Dans le noir, elle se demande d'où vient la lumière qui se reflète à la surface des yeux de James. Ils boivent à la même bouteille, et il lui dit qu'elle pourra l'accompagner la prochaine fois qu'il ira chercher des provisions.

Elle hoche la tête en pensant qu'elle sera loin à ce moment-là. Elle imagine la route, la voiture, la solitude retrouvée, l'étroit ruban d'asphalte qui la pousse toujours plus loin à travers un pays qui ne cesse de se dérouler, mort et vivant.

Elle s'interroge sur sa prochaine destination. Cela fait bien longtemps qu'elle sillonne le Sud, presque aussi loin que remonte sa mémoire, tel un merle qui vole de piquet en piquet le long de la même clôture décrépite. Peut-être ira-t-elle vers le Nord pour voir les chutes du Niagara, que Lee le chasseur a contemplées — toute cette eau qui dégringole au bord du monde, et cette rivière qui ne se tarit jamais. Ensuite, pourquoi pas le Canada puisqu'elle n'a jamais visité d'autre pays — sauf le Mexique peut-être, et uniquement parce que la frontière n'est plus tellement nette et qu'elle l'a peut-être franchie une ou deux fois lors de son séjour au Texas.

Ou alors, les plages de Californie qu'elle a vues dans des magazines en lambeaux, publiés des décennies plus tôt. Couchers de soleil sur les palmiers, vastes méridiens de sable blanc, quais tendus vers l'horizon et vagues qui s'écrasent avec violence contre des piliers constellés de bernacles. Elle a entendu parler d'endroits vivables en Californie : de grandes zones clôturées et sécurisées. Des lieux où le commerce a repris, où des gouvernements ont été réinstaurés à petite échelle. Des oasis de civilisation. Cela la fait rêver à un nouveau monde. Elle aimerait peut-être voir ça.

Ou encore les montagnes enneigées, où elle pourrait bâtir un château de glace. Elle a déjà vu la neige, dans les montagnes de Caroline du Nord. On pouvait rouler des heures sur une route blanche sans voir une seule limace : elles n'apprécient pas le froid. Il ne les tue pas, mais les ralentit jusqu'à ce qu'elles gèlent sur place. Elle se souvient d'une petite ville construite au pied d'une station de ski à l'abandon. Toute une communauté de sacs à viande gelés dans les rues, comme des statues. Elle s'était baladée parmi eux en se demandant ce que Dieu pouvait avoir à faire d'un tel tableau, car Il était sûrement au courant de son existence.

Même Richard Grierson sait que le monde est vaste. Et elle est convaincue qu'il lui appartient autant qu'aux autres. Sauf qu'il existe des choses qui vous collent aux basques, où que vous alliez.

Et James vient la retrouver un soir sur la colline, après dîner, alors qu'il n'y a pas un nuage dans le ciel et que les lumières de la ville, en contrebas, ressemblent à un reflet éblouissant des étoiles.

Que sais-tu d'un dénommé Moïse Todd ?

Elle sent ses entrailles se contracter.

Comment tu connais ce nom ?

C'est celui qu'il a donné quand Johns l'a trouvé près du portail. Il est au salon en ce moment même. Richard lui fait la faveur d'un récital.

7

Ils l'ont laissé entrer sans lui en parler, lui explique James. Le barbu était déjà assis dans un canapé quand il l'a découvert, à siroter un thé glacé tout en écoutant jouer son frère Richard. Un bras tendu en arrière, passé par-dessus le dossier du siège, les jambes exagérément croisées. Il a souri en voyant arriver James.

Bonsoir, a lancé l'homme en s'extirpant du canapé, une main tendue.

Un grand costaud, dont le poing massif s'est refermé sur la main de James à la manière d'une brique ramollie.

James, a dit sa grand-mère, laisse-moi te présenter M. Moïse Todd. Un voyageur.

Enchanté, a dit James.

Un autre petit-fils, je présume ?

Mes garçons, a-t-elle confirmé en opinant du chef. Leur père est souffrant et il ne se joindra pas à nous. Mais nous avons une autre invitée, que je vous présenterai dès qu'elle sera rentrée. Sarah Mary aime se promener le soir.

James a remarqué la soudaine fixité dans les yeux de l'homme.

Ça sera un honneur pour moi d'lui passer le bonjour, a dit Moïse Todd.

Nous vivons des jours bénis, ces derniers temps, a affirmé l'aïeule. Richard, James, qu'en dites-vous ?

Tout à fait, a confirmé Richard. Et c'est une chance pour ces gens : c'est dangereux, dehors.

*

Elle suit James Grierson sur le chemin du retour, s'arrête à sa voiture et sort un pistolet du sac de sport posé sur la banquette arrière ; puis ils pénètrent dans la maison par la cuisine, en faisant le moins de bruit possible.

Depuis le couloir qui donne sur le salon, elle entend Richard jouer un air qui lui rappelle une berceuse. Entre les notes de piano, elle perçoit le tic-tac de l'horloge de grand-mère, près de la porte. Elle attend la fin du morceau et les applaudissements — ce qui signifie que Moïse Todd a les mains occupées — puis ouvre la porte à la volée et s'avance, l'arme fermement braquée sur sa tête.

Il est aussi massif que dans son souvenir, épais et rugueux comme un tronc d'arbre. Sa barbe noire est broussailleuse, et ses cheveux gras sont ramenés en arrière.

En la voyant, il reste assis, immobile, mais un sourire naît sur ses lèvres.

Dieu du ciel ! s'exclame Mme Grierson en posant une main devant sa bouche.

Que se passe-t-il ? dit Richard.

Salut fillette, lance Moïse Todd, et il se lève, étirant sa stature de bûcheron.

Fais un pas et je te descends, dit Temple.

Il n'en est pas question, proteste Mme Grierson. J'ignore de quoi il retourne, mais…

Richard, dit James, conduis grand-mère à l'étage.

Mais que se passe-t-il ? répète le cadet.

Bon sang, Richard, fais ce que je te dis.

Sous le coup de l'anxiété, Richard se ratatine comme un blaireau acculé, mais il va chercher sa grand-mère, qu'il prend par le bras et contraint à quitter la pièce.

Le trio écoute les marches du grand escalier grincer.

C'est pas gentil de braquer un flingue sur les invités, dit Moïse Todd.

Vous êtes mon hôte, précise James. Pas le sien. Et c'est elle qui tient le pistolet.

Tout à fait vrai, concède Moïse en hochant la tête.

Va par là, ordonne Temple en désignant un fauteuil en bois sombre garni d'un coussin de satin imprimé. Lentement.

Moïse Todd s'y assoit et James va chercher un rouleau de corde dans la cave, puis il lui attache les poignets aux bras du siège et les chevilles au piétement.

Comment tu sais que t'es dans l'bon camp ? demande Moïse Todd à James tandis que celui-ci noue la corde.

Cela fait huit jours qu'elle est ici sans tuer personne, dit James. Et vous m'avez tout l'air d'un fauteur de troubles.

J'peux comprendre ça. Mais est-ce qu'elle t'a dit qu'elle avait buté mon frère ? Et qu'elle avait fait ça à mains nues, comme un animal… C'est quelque chose qu'elle a évoqué, pendant vos gueuletons du soir ?

James lance un rapide coup d'œil en direction de Temple, mais sans attendre qu'elle confirme ou infirme cette accusation.

Vous avez certainement des choses à vous raconter, dit-il. Je serai dans la pièce d'à côté. Tu m'appelles si besoin ?

Temple acquiesce.

Comment ça va, fillette ? lance Moïse une fois James parti.

Impec.

Il se mord les lèvres, et toute sa barbe se hérisse comme un oursin. Temple le voit s'humecter les coins de la bouche de sa langue blanche, comme s'il s'apprêtait à se lancer dans un long discours.

Chouette bicoque que tu t'es trouvée, dit-il en désignant ce qui les entoure d'un mouvement de la tête.

Ouais, c'est des gens bien. Un peu fêlés, pour certains. Mais ils savent tenir une maison.

Comment est la bouffe ?

Rien mangé d'aussi bon depuis un bout de temps.

Elle s'installe dans le canapé, près du fauteuil, les coudes calés sur les genoux. Elle pose le pistolet sur la table basse, et Moïse le regarde. Il serait à sa portée s'il n'était pas attaché.

Fais gaffe, fillette. Vaut mieux pour toi que j'sois pas capable de briser mes liens et d'attraper ce flingue.

Si t'en es capable, te prive pas pour moi. Ça finira le boulot d'une manière ou d'une autre.

Il reste un long moment à la dévisager, et la sonde du regard — mais sans chercher à reluquer sous ses fringues, comme l'avait fait son frère. Les yeux de

Moïse Todd creusent dans sa tête et se livrent à une exploration avide.

Un rire tonitruant jaillit de sa gorge, et la fait un peu sursauter. Elle aperçoit des miettes de nourriture incrustées dans sa barbe.

T'as des qualités, fillette, dit-il. Pour sûr, t'as des qualités.

Comment tu m'as retrouvée, au fait ?

J'suis pisteur. Élevé par des chasseurs, en Arkansas. Des sales types qui t'auraient pas plu. Mais ils m'ont appris à traquer et à chasser. Et les filles aux cheveux blond filasse, y en a pas lourd sur les plaines, en ce moment. T'es pas une piste bien difficile à renifler.

Elle l'examine des pieds à la tête, l'air méfiant.

J'te sens pas si bon pisteur, dit-elle.

J'suis là, pas vrai ? Hé, t'as vu la horde qui traîne en ville, à quelques bornes d'ici ? Carrément dingue, j'ai roulé à travers comme dans une nuée de moustiques. J'voudrais pas me trouver là-dedans sans un moyen rapide de dégager.

Ouais, j'ai vu. Ils ont appris à bouffer d'autres trucs. Des chevaux, des ratons laveurs. Y en a même qu'ont viré cannibales.

Eh ben. Il secoue la tête. Foutue perversion d'la nature, tu crois pas ?

Ça présage rien de bon pour ce qui est de les voir crever de faim, convient-elle.

J'parie qu'en partant d'ici, tu repasseras pas par ce patelin.

Elle le toise.

Écoute-moi bien, dit-elle. Je sais pourquoi tu me poursuis. Et ce que tu comptes faire.

M'en doute, vu comment j'suis ficelé à ce fauteuil, à portée de flingue.

Ton frère, je m'en suis occupée — pour qu'il revienne pas, j'veux dire. Je souhaite ça à personne. Alors j'lui ai fait son affaire.

Je sais, et je t'en suis reconnaissant. Mais ça compense pas l'fait que tu l'aies buté.

Faut que je te dise : c'était pas un type bien, ton frère. Il a tenté des trucs. Voulu prendre des libertés avec moi.

Moïse Todd baisse la tête et regarde ses genoux avec tristesse pendant un moment. Puis il braque le regard sur elle et lui parle à voix basse.

Pour être franc, j'me doutais d'un truc dans le genre. Il aurait pas dû. Et t'as toute ma sympathie pour ça. Abraham et moi, on a pas été taillés dans la même étoffe.

Il prend une profonde inspiration puis la regarde de nouveau dans les yeux, cette fois avec une expression différente.

Mais le fait est qu'toi et moi, on contrôle pas notre destin. Faut juste qu'on l'assume du mieux qu'on peut, en fonction des pauvres lois qu'on a. Qui a fait d'Abraham Todd mon frère ? Qui t'a fourrée dans ses sales pattes ? Ni toi ni moi, fillette. C'gars-là, crétin ou pas, c'était ma chair et mon sang. OK, c'était pas un type bien. Mais ça fait aucune différence. Et tu l'sais.

Elle soupire et s'adosse au canapé.

Ouais, je m'en doute.

Tout ce qu'on fait, c'est jouer les rôles écrits pour nous.

Je le sais, concède-t-elle.

Ouais, j'vois bien que tu le sais. T'as conscience de ces trucs-là, tout comme moi. Tu comprends que le monde obéit à un ordre — à des règles qui valent autant pour les hommes que pour les dieux. Tu vois, des tas de gens croient que la planète est déglinguée à cause des rampants ; ils pensent qu'on peut ramasser ce qu'on veut, sang, tripes ou âme. Toi et moi, on vit sur le terrain, pas derrière des murs. On sait que le regard de Dieu est posé sur nous. J'te respecte pour la vision claire que t'as des choses, d'autant que t'es rien qu'une gamine.

Elle se gratte le genou.

T'es bavard, dit-elle, pas vrai ?

Tu veux dire que c'que j'avance est faux ?

Non, pas du tout. Je dis juste que ça fait lourd à penser pour une petite soirée. Je sais pas trop quoi faire de tout ça.

Sûr, il faut creuser profond… et toi et moi, petite, on est pas des intellos. Alors, qu'est-ce qu'on va faire ?

Ma foi, dit-elle en se penchant de nouveau vers lui, j'ai deux trois idées sur le sujet.

Me tarde de les entendre.

J'crois que tu vas devoir rester attaché à ce fauteuil un bon moment. Moi, j'vais aller jusqu'à ma voiture, monter dedans, quitter le domaine et mettre une bonne distance entre nous. Et demain matin, ces braves gens te détacheront et te laisseront aller où tu voudras. T'as pas l'intention de leur faire du mal, au moins ?

Y m'ont rien fait. À part m'attacher à un siège… et j'crois bien que pour ça c'est toi que je tiens responsable.

Tu m'as tout l'air d'un gars honnête, Moïse.

Comme tu le sais, fillette, on vit dans un monde qu'a pas besoin de gens malhonnêtes et qu'a rien demandé. T'as ma parole.

Nickel.

Mais tu ferais mieux d'me flinguer là tout de suite, ajoute-t-il, toujours souriant, en se léchant les lèvres sous sa moustache hirsute.

Tu m'as rien fait de mal.

Pas encore. Mais j'te garantis autre chose — ma parole d'homme sous les cieux gris de la mort. La prochaine fois qu'on se croise, j'te descends.

À nouveau, ses yeux cherchent à sonder son crâne et partent chasser ce qui s'y trouve — et elle a l'impression d'être épiée à travers une fenêtre enténébrée. Il est assis là, ligoté, telle une statue égyptienne à l'entrée d'une caverne menant à quelque monde souterrain.

Elle ne veut pas partager ses secrets avec lui. Elle se lève et ramasse le pistolet sur la table basse.

En tout cas, dit-elle, tu m'as rien fait à part m'enquiquiner. Je peux quand même pas te tuer pour si peu.

C'est tout à ton honneur, fillette. Toi et moi, on va soulever un peu plus d'poussière avant d'en venir à se trancher la gorge.

*

À l'étage, elle s'assoit sur le lit, à côté de l'homme aux lents yeux gris et au visage prognathe. Elle songe à la similarité entre sa carrure et celle de Moïse Todd, sauf que l'idiot brasse le vide et laisse ses pensées dériver sans considération aucune pour la création ou l'empreinte de Dieu. Elle frotte son crâne rasé et sent ses cheveux raides commencer à repousser. Il tourne la tête et pose un regard interrogateur sur la main de Temple, et elle la lui présente, paume offerte, doigts écartés. Il la couvre de son énorme paluche.

Très bien, l'idiot, dit-elle. C'est ici que nos routes se séparent.

Il joue doucement avec ses doigts.

Reste tranquille. Ils seront un peu surpris de te trouver encore ici demain matin quand j'aurai filé, mais ils prendront soin de toi. Fais juste gaffe qu'ils te donnent pas à bouffer à leur papa, et tout ira bien.

Elle lui sourit, et il continue à jouer avec ses doigts.

Je blaguais, l'idiot. Ils vont rien te faire, c'est des braves gens.

Son plan consiste à dire à James Grierson de surveiller Moïse Todd pendant qu'elle se tire. Il sera trop occupé pour remarquer ce qu'elle a laissé derrière elle.

Les Grierson sauront s'occuper de l'idiot. Mieux qu'elle. Elle n'a rien d'une nounou, d'une protectrice des faibles. Elle sait où est sa place : avec les cannibales et les fous, les mangeurs de chair et ceux qui arpentent les terres dévastées, les abominations. Elle a fait des choses qui la marquent à jamais — aussi bien qu'un fer rouge sur le front — et qu'il serait vain de chercher à nier. Ce serait faire preuve de vanité.

*

Où comptes-tu aller ? demande James Grierson.

Au Nord, j'ai pensé. Elle hausse les épaules.

Ils sont dans la bibliothèque du premier étage. Des portes-fenêtres donnent sur un balcon en façade, et les hautes étagères sont couvertes de volumes colorés. Elle se demande, comme il lui arrive parfois, ce que cela aurait donné de grandir un siècle plus tôt. Elle s'imagine assise à un bureau, à apprendre ses lettres tandis qu'une femme aux cheveux gris vêtue d'une robe chic pointe une longue badine sur une mappemonde, faisant ses devoirs penchée sur un petit pupitre en bois, mâchonnant la tête d'un stylo. Mais elle a du mal à se concentrer longtemps sur un tel monde ; elle se laisse emporter par son imagination, et fait surgir un sac à viande dans la salle de classe. Tous les enfants s'enfuient, et elle sort sa machette gurkha de son cartable pour la planter solidement dans le crâne du sac à viande, et sent la résistance gluante quand la lame s'enfonce. Et ensuite, tous les enfants l'acclament, et la maîtresse aux cheveux gris lui signifie son approbation d'un hochement de tête. Ce genre de scène la fait toujours sourire.

Il va te suivre, est en train de dire James.

Je m'en doute. Mais il est pas si bon pisteur qu'il le dit. Et puis, avec une demi-journée de retard, il a pas une chance de me retrouver.

Je le garderai plus longtemps.

Nan, une demi-journée suffit. Il filera d'ici vite fait s'il se sent capable de me rattraper. Si tu le gardes plus longtemps, il risque de faire des dégâts avant de partir.

Je saurai l'en empêcher.

Bien sûr, mais ta mamie veut pas d'histoires — pas plus que ton frère, Johns ou Maisie. Ils font tous du bon boulot pour tenir le monde à distance. Pas besoin d'amener la guerre dans leur salon.

Tu es sûre de savoir ce que tu fais ? Tu ne vas quand même pas errer à travers le pays toute ta vie…

Et pourquoi pas ? Jusqu'ici, j'ai vu que deux ou trois autres options intéressantes. Et ces occasions, ben soit elles durent pas, soit j'ai du mal à m'y faire. Tout ira bien, je pense. Si je tombe sur un truc qui vaut la peine de s'arrêter, je m'arrêterai.

Il secoue la tête et sourit.

Je serais tenté de venir avec toi s'il n'y avait pas l'héritage Grierson à surveiller.

T'as ta mission et j'ai la mienne. Pas la peine de rêver à des voyages romantiques.

En tout cas, dit-il en lui versant un verre de bourbon et en levant le sien, tu peux venir trinquer avec moi quand tu veux. C'est un honneur.

Merci, dit-elle avant de boire une gorgée. La prochaine fois que je passe dans le coin, je manquerai pas de venir saluer la famille.

Le domaine, sans aucun doute, sera resté intact.

À mamie Grierson, dit-elle en levant son verre.

À mamie Grierson.

À Richard le gentil pianiste !

À Richard !

Ils portent ensuite un toast à son père, à Johns et Maisie, à l'idiot et à eux-mêmes ainsi qu'à tous ceux qui leur viennent à l'esprit, et ils s'embrassent une seule fois, lui avec un bras raide passé autour de sa taille, et ils éclatent de rire et recommencent leurs toasts, et quand ils en ont fini, elle n'est pas tout à fait saoule mais ses pensées sont épaisses comme de la soupe et une fois dans sa chambre, elle se dit qu'elle pourrait s'allonger pour dormir une petite heure, mais elle sait que si elle cède, il risque d'être trop tard quand elle se réveillera, et elle se rend à la salle de bains pour se passer de l'eau sur le visage avant d'ouvrir la fenêtre et de faire quelques pas dans la chambre en attendant qu'il soit temps de foncer.

*

Sauf qu'une demi-heure plus tard, tandis qu'elle s'apprête à filer en douce, on frappe à sa porte et c'est James Grierson ; appuyé contre le chambranle, il a l'air misérable et tient un bourbon coupé à l'eau dans une main et un pistolet dans l'autre.

J'ai besoin d'un service, bredouille-t-il. Tu sais quoi ? Je ne crois pas que Sarah Mary Williams soit ton vrai nom. J'ai raison ? Bah, qu'importe. Tu as tes petits secrets, mais ce n'est pas important. Tu veux bien me rendre un service ?

Qu'est-ce que tu fais ici, James ? Tu ferais mieux d'aller t'allonger avant que le plancher s'envole et te saute au nez.

Qu'importe, répète-t-il. La route est longue. Tu vas partir. Les Grierson continueront à régner sur la vallée et les prés.

Allez, j'ai déjà assez de mal comme ça. Et tu comptes faire quoi, avec ce flingue ?

Flingue ?

Il semble surpris de voir qu'il tient une arme. Puis il se ressaisit.

Oh, c'est pour toi. Je veux que tu tues mon père.

Elle l'observe qui titube sur le palier, une main crispée sur un verre de bourbon, l'autre lui proposant maladroitement le pistolet.

Viens par là, dit-elle en l'entraînant par la manche dans le couloir jusqu'à la bibliothèque, où elle le fait asseoir dans le canapé. Elle prend verre et pistolet, qu'elle pose sur la table basse.

Faut dormir, dit-elle.

Tu vas le faire, hein ? Il le faut. Toi seule en es capable. C'est misérable et honteux, de le garder en cage comme ça. C'était un homme bien… enfin, un type correct. C'est honteux. Il n'a pas mérité ça.

Très franchement, ça m'étonnerait qu'il s'en rende compte maintenant. Mais si tu tiens tant que ça à en finir, pourquoi tu le fais pas toi-même ?

Il la dévisage, les traits tourmentés, les yeux injectés — des yeux qui ont vu les pires ignominies. Il tente de se redresser, mais chancelle et retombe en arrière.

C'est mon père, lâche-t-il enfin.

Elle l'observe. Il n'a que mépris pour cette famille qu'il protégera jusqu'à la mort. Une oriflamme en lambeaux par un petit matin gris, abjecte, glorieuse, futile et perverse.

Entendu, dit-elle. Entendu. Maudit sois-tu.

Elle se relève, et il pose les mains sur son visage.

Merci, dit-il. Merci, merci. Garde tes secrets, Sarah Mary Williams. C'est ton droit.

Elle a presque quitté la pièce quand il la rappelle.

Attends, dit-il en désignant l'arme posée sur la table basse. N'oublie pas ça.

Pas besoin. J'ai pas envie de réveiller toute la fichue baraque.

*

Au sous-sol, elle pose un tabouret près de la porte de la cage, s'assoit et échange un long regard avec Randolph Grierson ; vautré contre le mur, il n'a pas la force de se relever. Ses yeux caves, cerclés de rouge, sont ceux d'un vieil animal.

Je sais pas trop, m'sieur Grierson, dit-elle. Très franchement, ça me semble pas juste.

Ses doigts griffent faiblement le vide, et un instant, cela lui rappelle un autre rêveur mollasson qu'elle aime bien.

Ça paraît pas juste, poursuit-elle, de détruire ce qu'aime une famille — ou même ce que déteste une famille, d'ailleurs. À chaque maisonnée ses épouvantails, et c'est pas aux étrangers de venir jouer les gros bras pour les exorciser.

Elle glisse les doigts à travers le grillage, et il lutte pour s'approcher un peu d'elle.

Ouais, je sais, dit-elle. Tout ça t'est bien égal, hein ? Tout ce que tu veux, c'est un peu de bidoche à mastiquer. T'es un sacré veinard. Y a toute une famille qui peut pas se passer de toi ; une génération de chaque côté, qui supporte ni de te regarder ni de t'oublier. Ça fait beaucoup de passion qui s'agite autour de toi, m'sieur Grierson. Et ce que ça signifie, ça te passe bien au-dessus. C'est une forme de liberté, à mon avis.

Elle se penche vers lui, les coudes sur les genoux.

T'es au-delà de ça, et aussi au-delà du bien et du mal, dit-elle. Tu sais, c'est tous les jours qu'on s'acharne à faire ce qui est juste. Pas parce que c'est difficile : ça l'est pas. Simplement parce que ce qui est juste, ben ça te file entre les doigts. Trouve-moi une boussole qu'indique le bien et le mal, et j'deviens un soldat de la justice. Mais ces deux machins-là, c'est un terrain glissant, et les distinguer, ça revient souvent à choisir à l'aveugle.

Elle se relève et actionne le loquet de la porte, qu'elle ouvre en grand. En deux enjambées, elle rejoint un M. Grierson aux gestes lents et dégaine la machette gurkha.

Et parfois, dit-elle, on fatigue à force de chercher à les distinguer. Il arrive qu'on agisse parce qu'on en a marre de réfléchir à tout ça. Et c'est quand on a renoncé à finasser que le stylo du diable est prêt à inscrire le score. Quand on se dit qu'on en a assez vu. Quand on se résigne à l'enfer.

Elle lève la machette et l'abat.

*

De retour au rez-de-chaussée, elle gagne le salon, où Moïse Todd est toujours ligoté au fauteuil.

T'as pensé qu'il valait mieux me tuer ? demande-t-il.

Nan. J'voulais juste te demander un truc.

Vas-y.

Tu t'es déjà posé des questions — de *vraies* questions, je veux dire — sans trouver la réponse ?

Bien sûr.

Je parle de questions qui te suivent pendant des années, précise-t-elle.

J'vois bien le genre de question dont tu causes.

Et t'en fais quoi ?

Il hausse les épaules.

Pas grand-chose, dit-il. Y a des réponses qu'arrivent toutes seules au bout d'un moment. Certaines questions qu'on arrête de se poser. D'autres qui s'accumulent.

Tu m'aides pas des masses.

Moïse Todd sourit, puis se mord les lèvres ; sa barbe crisse comme une brosse passée sur du béton.

Arrête de tourner autour du pot, fillette. Tu sais tout ça aussi bien que moi. Suffit de faire un pas dehors pour trouver des réponses partout où on regarde. Pourquoi tu bouges tout le temps, d'après toi ?

J'essaie de t'échapper.

Que dalle — en tout cas, tu t'enfuis pas aussi vite et aussi fort que tu pourrais. Mais tu sais que c'est dehors qu'il faut chercher les réponses, même si tu les as pas encore trouvées. C'est déjà plus que la plupart des gens.

Un changement s'opère alors sur son visage, et il prend une mine de conspirateur.

Hé, t'as qu'à me libérer, et on verra si tu trouves des réponses quand mes pouces s'enfonceront dans ta gorge.

Elle se relève et songe un instant à lui en coller une, mais elle n'a pas envie de savoir quelle sensation produit le contact de sa barbe.

À plus, Mo.

Compte là-dessus, fillette.

*

C'est fait ? s'enquiert James quand elle pénètre dans la bibliothèque.

C'est fait.

L'expression sur le visage de James rappelle un arbre mort, vidé de toute sa sève.

Tu t'en vas, conclut-il.

Ouais. Tu surveilleras Mo pour moi ? Je voudrais pas qu'il se fasse des idées.

Je m'en occupe.

OK, parfait.

Elle tourne les talons.

Écoute, dit-il en se redressant sur le canapé. Écoute, j'ai quelque chose à dire.

Quoi donc ?

Je… ce que j'ai à dire… j'ai perdu mon père, ce soir.

Elle le regarde, un personnage tragique aux cheveux noirs et à l'esprit en proie à la tourmente.

Tout ira bien, James. Chaque maison a besoin d'un homme. C'est toi, maintenant.

Ben voyons, glousse-t-il pour lui-même.

Elle ne trouve rien à ajouter. Après avoir ouvert la porte, elle est presque sortie lorsqu'une chose lui revient en mémoire. Le bout de papier que l'idiot avait dans sa poche. Elle s'arrête un instant, réfléchit aux options possibles. Une partie d'elle-même lui suggère de laisser tomber, de cesser de se mêler de ce qui ne la regarde pas. Mais c'est sans compter sur l'autre partie.

Elle retourne au canapé, où James est toujours assis.

Une dernière chose, dit-elle en lui tendant le morceau de papier. Tu peux me lire ça ?

Il y jette un coup d'œil.

Qu'est-ce que ça signifie ? dit-il.

À voix haute, dit-elle. Tu peux le lire à voix haute ?

Pourquoi ?

Juste… une faveur, OK ?

Il regarde de nouveau la feuille et récite :

> Bonjour ! Mon nom est Maury et je ne ferais pas de mal à une mouche. Ma grand-mère m'aime et souhaiterait s'occuper de moi pour toujours, mais elle est certainement morte à l'heure qu'il est. J'ai de la famille à l'Ouest. Si vous me trouvez, voulez-vous me conduire à eux ? Dieu vous bénisse !
>
> Jeb et Jeanie Duchamp
> 442, Hamilton Street
> Point Comfort, Texas

Et crotte, dit-elle.

C'est ainsi que s'étrécissent les voies des tentateurs du destin. Elle repense à Malcolm, au géant de fer, aux édifices des hommes perdus, au bouillonnement dans son ventre, plus retors qu'un démon ou un sac à viande. À la voix de Dieu qui s'exprime avec des couleurs qui lui sont étrangères.

Elle aurait dû laisser ce papier où il était.

Elle soupire.

Très bien, dit-elle. Tu peux me relire cette adresse ?

DEUXIÈME PARTIE

8

Elle cueille de 8 à 10 heures du matin, s'arrêtant de temps à autre pour soulager son dos et regarder à travers champs Maury, qui coupe du bois comme elle le lui a montré. Sa large carrure est courbée sur la souche où il pose les bûches ; il lève la hache au-dessus de sa tête avant de l'abattre avec vigueur mais sans précipitation, en mettant dans le geste toute la pesanteur minérale de sa carcasse. Elle essuie la sueur sur son front et s'évente avec son panama puis contemple le ciel immense, le plus vaste qu'elle ait jamais vu — il faut voir la façon dont il se replie à l'horizon pour quasiment revenir sur lui-même.

Chaque fois qu'elle remplit de baies un panier, elle le rapporte à la cabane située au milieu de la propriété clôturée, et le pose sur le porche. Puis elle retourne dans le champ. Elle répète l'opération cinq fois, et aligne les corbeilles.

Ça n'en finit jamais, lance-t-elle à Albert, l'homme criblé de taches de rousseur assis dans un siège en osier, à l'ombre du porche.

J't'avais dit qu'ça serait pas un boulot facile.

Il sirote quelque chose dans un gobelet en plastique.

Tu bois quoi ? dit-elle.

D'la citronnade. Pressée d'frais. T'auras peut-être droit à un verre quand t'auras fini.

Elle regarde celui que tient l'homme dans sa main parcheminée.

Ouais, OK. Je souffle juste un peu. Dis, qu'est-ce que t'en fais, de toutes ces foutues mûroises ?

J'les fourgue. Tu serais étonnée d'voir c'que les gens sont prêts à lâcher pour des fruits frais.

J'imagine. Sinon, je voulais te demander… dans quel État on est ?

P'tite, pendant ta vadrouille, t'as pas remarqué les morts qui marchent ? Et toi, t'es dans quel état ? D'après moi, t'es en plein déni.

Son rire sec se mue en quinte de toux. Elle prend une profonde inspiration et attend la fin de la crise.

J'te faisais marcher. On est en Alabama. Tout près d'Union Springs.

En Alabama ? Crotte. Je nous croyais plus loin.

D'où tu viens ?

On était en Géorgie y a quelques jours. Ça roule pas vite, les routes sont pourries, dans le coin.

J'enverrai une lettre à notre député.

Quelque chose lui passe alors par la tête, et il se tourne vers le côté de la cabane où Maury continue à couper du bois.

Tu gardes un œil sur l'autre débile ?

Aucun souci. Il fait ce qu'on lui dit.

Albert se penche vers elle.

Souviens-toi de c'que je t'ai dit tout à l'heure, glisse-t-il. Je sais pas si t'as capté. Si tu passes un moment avec moi à l'intérieur, t'auras toutes les mûroises qu'tu veux.

Ouais, j'avais pigé dès le premier coup. Non merci.

Il reprend sa place au fond de son siège pour signifier la fin de cette conversation.

Comme tu voudras, dit-il. Tu ferais mieux d'retourner au champ si tu veux avoir fini pour midi.

Elle n'avait pas imaginé que ce serait si pénible de cueillir des mûroises, mais les plants sont épineux et si elle tire trop fort sur les fruits, ils finissent en purée sur ses doigts. Elle se remet au travail, accroupie comme un crapaud au milieu des buissons. À midi, elle est couleur saphir de la tête aux pieds, et quand elle lèche le sang qui perle de ses doigts écorchés, le goût est à la fois ferreux et acidulé.

Elle retourne au porche une dernière fois.

Voilà, dit-elle. Ça fait dix paniers.

Beau boulot. En voilà un pour toi.

Comment ça, *un* ?

Elle baisse les yeux sur l'endroit où elle avait aligné les neuf autres, qui n'y sont plus.

On était d'accord pour un panier sur cinq cueillis. J'ai rempli dix paniers. Tu joues à quoi ? Et où sont les œufs que t'avais promis à Maury en échange du bois coupé ?

Albert Taches-de-son la regarde de travers.

J'aime pas le boulot de l'autre débile. J'voulais une coupe plus grosse.

Elle dégage les mèches qui lui barrent le front et s'humecte les lèvres.

Ouvre grand tes oreilles, Albert. Écoute bien c'que je vais te dire : tu fais une erreur.

De nouveau, Albert ricane jusqu'à ce qu'une quinte de toux le plie en deux ; tout son corps est crispé et tordu. Quand il se redresse, il a les yeux cerclés de rouge.

Et tu vas faire quoi, p'tite ? Demander à ton débile de me tabasser ?

Sans se relever, il tend la main vers la porte de la cabane, en sort un fusil de chasse qu'il avait dû placer là et le braque sur elle.

Maintenant dégage, dit-il. Suis pas un mauvais bougre, et c'est pour ça que t'as droit à un panier de mûroises quand même.

T'es pas un mauvais bougre, et c'est pour ça que je vais pas te tuer.

Hein ?

Il baisse la garde un instant, s'efforçant de comprendre pourquoi elle n'a pas peur de lui — et elle en profite pour saisir le canon du fusil et tirer dessus jusqu'à ce qu'il lâche la gâchette, puis, de tout son poids, elle projette l'arme en avant, crosse la première dans son ventre. Il se tient l'estomac et tombe de son siège. Elle le retourne alors et appuie un genou sur sa poitrine, le fusil calé en travers de sa gorge.

Voilà ce que je vais faire, dit-elle. Primo, je vais entrer et prendre mes deux paniers de mûroises, comme convenu. Deuxio, je vais aller chercher une douzaine d'œufs au poulailler pour le boulot que Maury a abattu pour toi. Troisio, je vais prendre un pichet de ta citronnade, histoire de faire bon poids et de pas t'en vouloir pour l'offense que tu nous as faite. Pigé ?

Il hoche la tête, le souffle court et étranglé. Elle se relève et descend du porche à reculons.

Reste allongé un moment, dit-elle. Tu récupéreras plus vite.

Sur le côté de la cabane, le colosse continue à couper du bois avec une lente précision.

Maury, lance-t-elle. Maury ! Tu peux arrêter avec ta hache. On reprend la route.

*

Plus tard, dans la voiture, elle pose un panier de mûroises sur les genoux de Maury.

Mange. Tu vas aimer. Tu peux boulotter tout le panier si tu veux, il est à toi. Je nous en ai pris un chacun. Vas-y.

Elle pioche un fruit qu'elle porte à sa bouche pour lui montrer.

Mmm. Me rappelle plus depuis combien de temps j'en avais pas mangé. Cet Albert, tout compte fait, c'est un foutu voyou, mais il sait cultiver les mûroises, pas vrai ? Vas-y, prends-en une.

Maury enfourne une baie et fait aussitôt la grimace. Il ouvre grand la bouche, comme s'il espérait que le truc allait s'envoler tout seul.

Qu'est-ce qu'il y a, t'aimes pas ? J'te jure, t'as aucun sens des petits plaisirs de la vie, gros benêt. Voilà un projet pour toi. C'est bon, recrache. Tiens, prends ce chiffon. Essaie d'pas faire autant d'histoires pour tout.

Il crache la mûroise et se frotte la langue à l'aide du torchon, mais continue à faire la grimace et commence à gémir sourdement, comme s'il pleurait sans verser de larmes.

Allez, dit-elle. Tais-toi donc.

La plainte en sourdine s'éternise.

Tais-toi, j'ai dit. Bon sang, j'ai pas voulu t'empoisonner. Tiens, bois un peu de citronnade, je sais que t'aimes ça. Mais finis pas le pichet, ou je te laisse sur le bas-côté. Pigé, Maury ?

Il boit un coup, et le mugissement cesse. Son regard redevient vide.

Seigneur, Maury, t'es rien qu'un gros tas baveux plein de malice, tu le sais, ça ? Y a intérêt à ce que Jeb et Jeanie Duchamp sachent quoi faire de toi, parce que c'est ta dernière chance. J'te largue chez eux et basta.

*

Ils continuent à rouler. Temple maintient le cap à l'ouest en conduisant dos au soleil levant. Sur certains tronçons, elle peut littéralement voler — mais il est tout aussi facile de se trouver coincé par les débris d'un pont autoroutier écroulé ou par les épaves d'une énorme collision, tels d'anciens tertres funéraires de tôles froissées et d'habitacles mis à nu.

Il est parfois préférable de s'en tenir aux routes secondaires, où les possibilités de bifurcation sont plus nombreuses.

Et quand bien même elle sait la chose impossible, elle s'attend à chaque instant à entrevoir dans le rétroviseur la voiture noire de Moïse Todd lancée à ses trousses.

Mississippi est l'un des mots qu'elle reconnaît quand elle le voit écrit : un alignement de serpentins séparés par des traits verticaux. Quand elle repère un panneau indiquant Mississippi, cela ne la surprend pas. Au bord de la route, les arbres ont été colonisés par le kudzu, une couverture verte jetée sur toutes les formes de la terre. Quand elle traverse de petites villes, elle aperçoit des cabanes aux planchers moisis perchées dans les arbres, des toboggans en plastique couchés sur les pelouses, des quartiers entiers envahis par un parfum de chèvrefeuille ou de verveine. Ailleurs, au bord de routes secondaires sinueuses, les plantations à l'abandon ont depuis longtemps laissé la place aux fleurs sauvages et aux mauvaises herbes, où paissent des chevaux sans cavalier qui se déplacent en hordes et des vaches mugissantes dont les silhouettes se découpent au sommet des collines.

Près du centre-ville d'une bourgade du Mississippi, ils tombent sur un grand bâtiment en marbre à la façade ornée de colonnes, comme une vaste demeure de plantation, en plus austère. La porte de devant est fermée à double tour, mais en contournant l'édifice, ils trouvent une fenêtre que l'on peut défoncer située assez haut pour empêcher les limaces d'y passer. Elle ordonne à Maury de pousser une benne à ordures dessous, afin qu'ils puissent y grimper et entrer.

C'est un musée, dit-elle lorsqu'ils sont à l'intérieur. Voilà ce que c'est. Viens, Maury, on va se cultiver.

En toute honnêteté, le lieu la rend un peu nerveuse, avec cette enfilade labyrinthique de pièces tarabiscotées. Elle aime savoir dans quelle direction courir quand c'est nécessaire. Mais le silence règne. Visiblement, l'endroit est resté fermé pendant plus de vingt ans. Ils déambulent de salle en salle, s'arrêtent devant les œuvres. Certaines se réduisent à des taches sur une toile — et ce sont celles qui plaisent à Maury, dont les yeux s'emplissent de couleurs, se nourrissent de la texture et de l'épaisseur de la peinture.

Elle le trouve paume appuyée contre un tableau, comme s'il s'imprégnait de sa chaleur.

Pas touche, Maury.

Elle l'oblige à baisser son bras musculeux.

C'est de l'*art*, Maury. Faut pas le toucher comme ça. Ces trucs doivent durer un million d'années, pour que les générations futures nous connaissent. Qu'elles se rendent compte en les admirant qu'on appréciait la beauté.

Il tourne vers elle son regard vide et distant, puis se concentre de nouveau sur la peinture.

Toi et moi, on n'y connaît rien. On comprend pas la plupart de ces tableaux parce qu'ils ont pas été peints pour des gens comme nous. Mais tôt ou tard, il viendra quelqu'un qui saura comment les lire, et ça lui fera comme un message venu d'une autre civilisation. C'est comme ça que ça marche, tu vois ? Que les gens se parlent à travers le temps. Épatant, non ?

Dans une autre salle, elle tombe sur un tableau qui ressemble à un amas d'arbres, un genre de grosse forêt — mais elle remarque ensuite une cabane minuscule, à peine visible entre les troncs. Il lui serait impossible de décrire la lumière du tableau. On dirait qu'il fait nuit au premier plan et jour dans le lointain, où se trouve la cabane. Elle étudie longuement cette dernière, son esprit s'emplit de sa forme, de l'atmosphère paisible qui en émane. Elle aimerait s'y rendre si elle savait où ça se trouve.

Elle détourne les yeux de la cabane. Elle le sait, si elle la regarde trop longtemps, le monde tel qu'il est finira par l'attrister.

Dans la boutique du musée, elle déniche quelque

chose pour Maury : un stylo à bille avec un cheval et une carriole qui glissent à l'intérieur quand on le penche.

Vise le stylo magique que je t'ai trouvé, dit-elle en le faisant osciller devant lui pour qu'il se rende compte.

Ses yeux se concentrent dessus, comme s'il avait envie de monter dans l'attelage coincé dans le tube.

Tiens, dit-elle en le lui tendant. Tu peux le garder. C'est un cadeau. Qui sait, c'est peut-être ton anniversaire, aujourd'hui.

*

Chaque nuit, ils trouvent un endroit où dormir. Des édifices que l'on peut barricader, des toits d'immeuble où ils peuvent grimper. Ils admirent alors les étoiles, et elle invente des histoires sur ce qui se passe sur les différentes planètes qui gravitent autour de tous ces soleils. Maury s'endort facilement, comme s'il s'agissait de son état naturel et que rester éveillé était une corvée pour lui. Elle, en revanche, a du mal à trouver le sommeil. Dans ces moments-là, elle aimerait savoir jouer de l'harmonica, de la guitare ou de la guimbarde. Elle se remémore le phare, ses magazines, la tournée des filets chaque matin, son tour de l'île comme s'il constituait le périmètre de toute chose. Puis son esprit se peuple d'autres pensées — une parade bruyante de souvenirs, frustrante parce qu'ils surgissent tout seuls. Des instants qu'elle a l'impression de revivre, qui lui donnent l'illusion de pouvoir faire des choix différents. Mais c'est impossible, il s'agit de simples souvenirs, aussi permanents que s'ils avaient été gravés dans le marbre, et elle doit se contenter de se voir refaire les mêmes gestes encore et encore, et c'est une condamnation, rien d'autre.

Elle a pris l'habitude de s'endormir la tête posée sur la poitrine de Maury. À l'écoute des battements réguliers de son cœur, quand tout le reste n'est que calamité.

Tout le jour, ils roulent.

Si seulement tu savais lire, Maury. C'est vrai quoi, regarde un peu ce lac.

Le paysage s'ouvre au bord de la route, et ils longent une étendue d'eau scintillante. À travers les arbres, elle voit le soleil miroiter sur la surface ridée. Le lac s'élargit à mesure qu'ils avancent, jusqu'à ce que maisons et quais soient à peine visibles sur l'autre rive.

Quelle paire on fait, dit-elle. Ça nous aiderait drôlement si l'un de nous savait lire.

Elle se tourne vers lui ; son regard est perdu dans l'horizon lointain.

Et merde, s'exclame-t-elle. Va savoir ? Tu *sais* lire, si ça se trouve, t'es juste pas foutu de le faire à voix haute. Ça nous fait une belle jambe…

Elle aimerait voir des gens se baigner dans ce lac. En profiter gaiement.

Parce que c'est vraiment joli comme coin, dit-elle. Je parie que le nom aussi est très chouette. Lac du Palais de cristal, lac du Paradis scintillant, un truc dans le genre. Et je parie que c'est écrit sur ce panneau, et qu'on le saurait si l'un de nous savait lire.

Elle soupire.

Eh non, poursuit-elle. Toi et moi, on partage pas les secrets du langage. Heureusement que j'ai appris deux ou trois chansons quand j'étais gamine, et estime-toi heureux que j'aie une voix d'ange. Écoute bien, l'idiot, ça va commencer.

Emmène-moi loin du terrain ![1]
Emmène-moi loin de la foule !
Achète-moi des cacahouètes et des barbes à papa !
M'en fous pas mal si j'reviens pas !
Si ça chahute pour le homerun *!*
Si tu t'en moques, c'est bien dommage !
Parce qu'en trois lancers tu dégages !
Du bon vieux match de base-ball !

Quand le réservoir est à moitié vide, ils s'arrêtent à toutes les stations-service jusqu'à en trouver une dont les pompes fonctionnent encore. Elle aime cette odeur d'essence qui lui brûle les narines.

Sur une étroite route à deux voies, ils aperçoivent un break qui roule en sens inverse. Une main qui dépasse de la portière côté conducteur les salue, et les deux véhicules se garent tête-bêche sur la chaussée. Temple, une main sur son pistolet, baisse sa vitre. Les sièges avant sont occupés par un homme d'âge mûr et un autre plus jeune, et la banquette arrière par deux femmes et une gamine. Cette dernière la dévisage par-dessus les appuie-tête, un pouce dans la bouche et une poupée crasseuse écrasée sous le bras.

La famille arrive de Lafayette et compte rallier Slidell via Baton Rouge ; il paraîtrait qu'il y a une

1. Version déformée de *Take Me Out to the Ball Game*, chanson non officielle du base-ball américain. (*N.d.E.*)

place forte là-bas, et la situation commençait à devenir intenable là d'où ils viennent.

Le regard de la gamine, ensommeillé et hypnotique, croise celui de Temple, et le contact visuel se prolonge un instant.

Dites voir, lance le conducteur en se penchant vers Temple et en baissant d'un ton. Vous auriez des munitions pour fusil de chasse ? Il ne nous en reste qu'une poignée.

Quel calibre ? demande Temple.

12.

On a que du 20.

Oh.

Hé, la gamine, elle aime les mûroises ?

Elle n'en a jamais mangé.

Tenez, dit Temple en lui tendant le dernier panier aux trois quarts vide. Cueillies y a deux ou trois jours.

Un grand merci, dit l'homme en prenant le panier. Elle n'a pas souvent eu droit à ce genre de gâterie.

De rien. J'ai eu mon compte, et l'autre idiot les aime pas. Mais faites gaffe à ce qu'elle les gobe pas toutes d'un coup, sinon elle va choper la courante.

Où allez-vous ?

Vers l'ouest.

Il lui conseille d'emprunter la route de Levée vers le nord pour rejoindre la 190 au lieu de rester sur celle-ci.

Ça fait un détour de quelques kilomètres, dit-il, mais c'est plus sûr. On vient juste de traverser l'Atchafalaya. Y a quelque chose sur l'autre rive, un genre de ville. Mieux vaut ne pas y passer, sauf si vous n'avez pas le choix. On y a vu des choses.

Quel genre ? Des limaces ?

Je ne sais pas trop, répond l'homme. Grands, en tout cas. Je n'ai pas voulu ralentir pour y regarder de plus près.

Elle le remercie et jette un dernier coup d'œil à la gamine assise sur la banquette arrière, à la masse de cheveux blonds de sa poupée.

Bon, sur ce, il faut qu'on se remette en route, dit l'homme. Belle journée pour une balade en voiture. Très belle journée.

Les véhicules redémarrent et, dans son rétro, le break s'éloigne et s'étire, reflet inversé de son propre itinéraire, comme si les deux directions de la route étaient le passé et l'avenir.

Un pays marécageux, de longues étendues de plaine boueuse et de roseaux tout secs, ballottés par les brises chaudes, avec un corps çà et là, qui pourrit dans la tourbe, picoré par des oiseaux charognards. Un sac à viande cloué dans la vase, incapable d'en sortir, enfoncé comme il l'est jusqu'au cou, les bras ballants comme s'il flottait à la surface d'un étang, immobile, sans rien à mordre dans ce marais plein d'herbe cassante. Ils arrivent à hauteur d'une petite route défoncée qui part sur la droite. Temple suppose qu'il s'agit de celle de Levée évoquée par l'homme du break, mais elle est en piteux état, et Temple aperçoit même une cabane effondrée sur la chaussée, dans le lointain.

M'est avis qu'on peut passer là ou ils sont passés, dit-elle en continuant vers l'ouest sur la route du marais.

Bientôt, la voie carrossable s'élève sur des pylônes en béton et le marais en contrebas devient un lac bourbeux, à la surface duquel on voit dériver lentement en petits tourbillons des algues verdâtres. La route s'arrête à mi-pont, la surface goudronnée déchirée s'enfonçant brusquement dans la vase. Elle arrête la voiture et porte le regard cent mètres plus loin, où le pont reprend après la rupture du manteau en béton, tordu comme une antenne en aluminium. Elle fait demi-tour et rebrousse chemin jusqu'à l'intersection, où elle emprunte une petite route qui semble contourner le lac par le sud. La chaussée longe un étroit cours d'eau brunâtre aux rives envahies par une végétation luxuriante, où l'on aperçoit tasses en polystyrène et autres vieux débris pris dans les branchages épineux.

Au sortir d'une courbe, elle voit la chose au loin. Au premier abord, on dirait un homme sur la route, ou une limace, mais lorsqu'elle s'approche, elle se rend compte que la créature est trop grande. La silhouette est humaine, mais l'individu doit faire entre deux mètres et deux mètres cinquante. Il se traîne à la manière d'un revenant, en balançant les bras comme de lourdes chaînes. Quand il entend la voiture derrière lui, il tourne la tête et Temple voit son visage : humain mais défiguré, avec une partie du crâne à nu, un œil dément exorbité et l'autre entrouvert, comme endormi, et une pâleur rappelant la couleur de la mousse ou de la pourriture. Mais ce n'est pas une limace, car quand elle voit le véhicule, la chose se replie à couvert, à grands pas chassés.

Saint enfer, c'était quoi, ce truc ? s'exclame Temple.

Elle roule jusqu'au niveau où la chose a disparu et fait halte. Elle se penche par la vitre et inspecte la lisière, mais il n'y a rien à voir.

Hé ! lance-t-elle à l'épais sous-bois. Hé, *bigfoot* ! Tu peux sortir, je te ferai pas de mal.

À côté d'elle, sur le siège passager, Maury se met à gémir, un long cri en sourdine dénué de sens.

Tais-toi, ordonne-t-elle. On va repartir. Faut juste que je sache ce que c'était, ce géant. Les miracles se cachent parfois sous un abord déplaisant.

Elle ouvre la portière et sort de la voiture, en mettant son panama, la machette gurkha à la main. À l'intérieur, Maury gémit toujours.

Allez Maury, dit-elle. La ferme, tu veux ? J'essaie d'entendre le monstre, là.

Elle quitte l'asphalte et s'enfonce dans la végétation noueuse du bas-côté. Le soir arrive, mais les cigales n'ont pas encore commencé leur cirque. Le chant des oiseaux s'élève en prière hachée et insistante.

Montre-toi, le monstre, tonne-t-elle. T'es un enfant de Dieu. Y a pas de raison de te cacher.

Elle se fraie un chemin à travers les branches et les lianes et débouche sur une clairière ; ce qu'elle y découvre la réduit au silence, et plus encore. Elle fige tous les muscles de son corps, comme pour le ressentir jusque dans ses tripes.

Elle croit d'abord voir une rangée de bébés morts, mais s'aperçoit vite qu'il s'agit de poupées en plastique rose. Des baigneurs, certains nus, d'autres vêtus d'étoffes sales aux couleurs fanées par la pluie, certains dotés de touffes de faux cheveux, d'autres chauves mais au crâne peint. Et pas un seul n'est entier. Deux d'entre eux n'ont qu'un seul bras, il y en a un qui n'a ni bras ni jambes, un autre n'est qu'un torse gisant, tel un trapèze charnu sur la terre tassée. La plupart ont été placés dans des berceaux de brindilles, avec des feuilles en guise de coussin. Elle remarque que l'un d'eux a été renversé ; les branchages sont épars et la poupée gît face contre terre, et sa robe en dentelle rose, raidie et constellée de débris végétaux, remontée, laisse voir des jambes tordues vers l'arrière en un angle anormal.

Elle peut le ressentir au fond de sa gorge, la scène lui déplaît — comme si elle était témoin d'un spectacle impie, d'une conjonction forcée de chaos et d'ordre où tout est étiré et inverti, comme le sont ces jambes de bébé.

Elle entend une respiration derrière elle, un souffle rauque, sifflant — mais sa conscience a plongé dans des lieux plus sombres, et quand elle reprend ses esprits, il est trop tard. Elle pivote et découvre, à soixante centimètres au-dessus du sien, un visage épouvantable et squelettique, à moitié pelé, aux os apparents gris sale, aux gencives nues, aux yeux intelligents. Elle voit alors le bras levé, aussi gros qu'une branche, et la pierre serrée dans sa main.

Et quand la main s'abat, la lumière explose sous son crâne.

*

Quand elle s'éveille, la nuit est tombée — les criquets et crapauds font grand bruit, le ciel est couleur terre d'ombre sous les derniers rayons du soleil occulté. Elle tente de se relever, mais sa tête dodeline de droite et de gauche ; incapable de la maintenir, elle se rassoit brusquement et attend que cessent le martèlement dans sa tête et la nausée. Elle localise le point d'impact, à l'arrière de son crâne, où une bosse est déjà apparue. Ses doigts lui reviennent poisseux de sang, et elle sent qu'une croûte est en train de se former. Tout ira bien si le monde alentour arrête de sautiller.

Un mouvement bruisse derrière elle, et lorsqu'elle se retourne, elle découvre une gamine aux cheveux nattés, à demi cachée derrière un tronc d'arbre, qui pourrait avoir sept ou huit ans sauf qu'elle est au moins aussi grande que Temple : un bébé monté en graine dans une robe à carreaux.

La gamine l'épie depuis sa cachette et griffe nerveusement l'écorce de ses doigts boudinés.

Temple l'observe et s'efforce de stabiliser l'image.

D'où tu viens, petite ? demande-t-elle.

D'la ville.

Temple entend le moteur de sa voiture qui tourne toujours, dans le lointain.

Depuis combien de temps je suis dans les vapes ?

La gamine ne répond pas. Elle garde les yeux rivés sur Temple tout en s'acharnant sur l'écorce.

Allons, dit Temple. Je vais pas te faire de mal. Pourquoi tu te caches là ?

La gamine ne dit rien.

Tu as vu le monstre ? Celui qui m'a frappée ? T'as pas à t'inquiéter, je le laisserai pas s'en prendre à toi.

La gamine scrute les environs, mais sans paraître effrayée. Elle marmonne quelque chose qui échappe à Temple.

Quoi ? Qu'est-ce que t'as dit ?

La gamine répète d'une voix bizarre, à la fois grave et flûtée :

J'disais, vé t'tuer.

À ce moment-là, Temple remarque que quelque

chose cloche avec les dents de la môme : au lieu d'être bien alignées, elles ont poussé dans tous les sens, certaines dépassant même de sa bouche quand elle a les lèvres closes.

Vé t'tuer, rabâche la gamine.

Pourquoi tu veux me tuer ?

T'es pô mienne.

Mienne ? Qu'est-ce que tu chantes ?

Pôdmarace.

Pas d'ma race ? Tu veux dire que je suis pas de ta race ?

Vé t'tuer.

Ça m'étonnerait, gamine. Va jouer ailleurs. Il est temps pour Temple de se lever et resplendir.

Elle se redresse, bras à l'horizontale comme si elle marchait sur une corde raide.

Une fois stabilisée, elle lève les yeux et constate que la fille est sortie de derrière son arbre. Elle remarque alors sa corpulence, son corps épais, comme une bûche sur pattes. Son bras est étrange, et en y regardant de plus près, Temple s'aperçoit que toute la peau de la main et l'avant-bras a pelé, mettant à nu os, tendons, chair marronnasse et muscles. Ça n'a pas l'air d'une blessure : elle voit les muscles rouler avec force. Par endroits, on dirait même qu'une croûte chitineuse s'est formée en plaques.

Sans parler du long couteau de cuisine qu'étreint la main osseuse.

Vé t'tuer.

Tout doux, miss Muffet.

La gamine approche, couteau levé. Temple lui fait un croche-pied et esquive la lame. Mais la fille la percute de plein fouet. Elle tombe à la renverse, le souffle coupé. Haletante, elle se rétablit accroupie, sonnée, dominée par la gamine et son couteau.

Laisse tomber, p'tite fille, dit Temple. Ou j'vais être obligée de te faire mal.

Mais la gamine tend la jambe et lui décoche un coup de pied dans la poitrine, avec la force d'un marteau-pilon. Se traînant au sol, Temple s'éloigne de la fille qui avance sur elle, les yeux rivés sur ces doigts squelettiques serrés sur le manche du couteau.

Puis une voix d'homme, entre les arbres :

Millie, tu fous quoi, bordel ? J't'ai dit d'la surveiller l'temps que j'revienne.

Un type, différent de celui qu'elle a vu tout à l'heure, mais aussi grand, la peau grisâtre déchirée par endroits, une paupière cousue par-dessus une orbite creuse.

Il désigne le couteau dans la main de la gamine.

Mama va t'tuer si elle apprend qu't'as été dans la cuisine. C'est pas l'tout, Mama nous a dit d'ramener celle-là aussi.

Ils la soulèvent, un de chaque côté, et elle sent la puanteur de leur chair pourrie ; la tête lui tourne et son estomac proteste, et elle essaie de prendre appui sur ses jambes, mais la plupart du temps, elle sent juste ses pieds racler le sol.

*

Ils la portent jusqu'à la route et, à travers le voile brumeux qui brouille sa vision, elle remarque que la voiture est vide. Maury est parti. Elle se demande où il a bien pu aller. Un peu détachée, elle se demande s'ils se sont emparés de lui.

Plus loin, la route débouche sur un patelin, guère plus qu'une intersection avec quelques petits magasins en brique. Elle sent ses pieds buter contre les rails d'une vieille voie ferrée qui court d'est en ouest ; l'une des longues barrières en bois zébrées de rouge se dresse vers le ciel, tandis qu'une autre est brisée à moins d'un mètre de sa base.

Elle essaie de marcher toute seule mais trébuche et se laisse porter. Elle a mal aux épaules et aux bras, là où l'étreignent les mains osseuses.

Les rues sont désertes. Ils la traînent dans la direction d'un bâtiment d'angle. Il a la forme d'une mairie ou d'un édifice officiel. Une inscription figure au-dessus de la porte, mais les mots lui sont inconnus.

Puis une voix qu'elle reconnaît — une voix d'homme — retentit derrière eux.

Attends une bon Dieu d'seconde, fait la voix.

L'étau des mains se desserre, et elle tombe à genoux et bascule en avant. Elle a la tête qui tourne, l'estomac aussi, et le gravier de la rue s'enfonce dans ses paumes. Au prix d'un effort terrible, elle parvient à se retourner et à lever suffisamment les yeux pour voir.

Moïse Todd, dit-elle.

C'est lui, aucun doute. Il est planté là comme un cow-boy, au milieu de l'intersection, sous un feu rouge cassé qui se balance légèrement, et son bras tendu braque un pistolet sur l'homme qui la domine.

Écarte-toi de la fille, dit Moïse Todd.

Mais il se passe quelque chose, et le type à la paupière cousue passe brusquement derrière elle et referme les mains sur son crâne comme les mâchoires d'un étau, puis la soulève de telle sorte qu'elle doit tendre les bras et s'agripper à ses poignets pour empêcher sa nuque de céder.

Lâche ton flingue, dit l'homme d'une voix forte et chuintante, juste derrière elle. Lâche-le tout d'suite ou j'la tue.

Moïse rit sans lâcher son arme.

Vise le pétrin dans lequel tu t'es fourrée, fillette. On dirait qu'tout le monde veut sa part d'ton dernier souffle.

J'jure que j'vais la tuer, insiste l'homme en tournant légèrement la tête de Temple.

Les yeux de Moïse Todd passent alors de Temple au type, et son visage se fait sévère.

C'est pas à toi d'la tuer, dit-il. Elle est à moi.

Et le flingue hurle, et elle sent un liquide asperger sa nuque tandis que les mains qui la tenaient mollissent et qu'elle s'écroule, et quand elle se retourne, elle voit l'homme effondré sur l'asphalte, l'arrière du crâne emporté et un cratère mou foré au niveau de la joue gauche.

Millie, qui se tenait à côté d'elle, a déjà dépassé à toutes jambes l'angle du bâtiment en brique.

Temple arrive péniblement à s'asseoir, en appui sur ses genoux cotonneux.

Moïse Todd avance jusqu'à la dominer de toute sa hauteur. Il baisse sur elle des yeux presque tristes.

Maintenant c'est ton tour, fillette. Valait mieux me tuer, je t'avais dit.

C'est vrai, dit-elle, tout en s'efforçant de découvrir où dans son corps a bien pu se cacher sa vigueur. Tu me l'avais bien dit.

Ta vie m'appartient deux fois, à présent, dit-il.

Une fois pour dette de sang, une autre pour t'avoir sauvé la mise.

Y a de ça.

T'as une dernière chose à dire ?

Ça remue dans sa tête comme dans une Cocotte-Minute. Elle quête un semblant de force dans ses bras, mais il n'en reste plus. Ils pendent lamentablement. Elle est fatiguée. Fatiguée comme elle ne l'a jamais été, ce qui n'est pas peu dire au vu des nombreux coups de pompe qu'elle a connus au cours de sa vie.

T'en fais pas pour ça, dit-elle. J'aurais bien aimé voir les chutes du Niagara… ça aurait pu être chouette. Mais c'est pas bien grave.

Les chutes du Niagara. Pourquoi ça ?

Aucune idée. C'est énorme, c'est tout ce que je sais. L'une des merveilles de Dieu.

Moïse Todd hoche la tête.

Ouais, dit-il.

Elle lève les yeux vers lui, et il plisse les lèvres dans un semblant de sourire, un sourire qui signifie : Te bile pas, j'suis avec toi dans ta p'tite tête de gamine tout embrumée, puis il soupire bruyamment et regarde la route au loin.

Bon, c'est pas le tout, dit-il en pointant l'arme sur le front de Temple. Ça ira vite, tu commenceras à rêver du paradis avant d'avoir senti quoi que ce soit. Mais vaut peut-être mieux fermer les yeux.

Elle s'exécute, ferme les paupières et pense à toutes sortes de choses, Malcolm et Maury l'idiot, et le phare d'où elle pouvait admirer l'immensité de l'océan, et elle s'imagine en train de survoler cet océan, de le voir se déplier sous ses yeux à l'infini, de frôler sa surface en accélérant jusqu'à ce que la vitesse brouille tout et que haut ou bas n'aient plus aucune signification, que l'air se fasse dense et solide autour d'elle et que le visage de Dieu lui apparaisse, qu'elle se retrouve nez à nez avec Lui, et elle dit amen, amen, amen, amen…

Elle perçoit la détonation et sait aussitôt qu'il y a un problème, car elle n'aurait rien dû entendre. Mais tout s'embrouille dans sa tête, elle transpire abondamment, et une partie de son esprit continue à survoler l'océan — et quand elle rouvre les yeux, elle voit Moïse Todd lâcher le pistolet, qui tombe au sol, et s'étreindre l'épaule, ainsi que le sang brun qui se met à sourdre entre ses doigts crispés.

Fils de pute, dit-il avant de s'éloigner d'elle.

Plusieurs individus surgissent alors derrière elle, probablement six ou sept, immenses et malformés, lui tournent autour et fauchent Moïse Todd qui s'écroule et continue à vociférer Fils de pute, fils de pute, jusqu'à ce qu'elle respire si fort qu'elle voit de petites explosions se former devant ses yeux ; elle se laisse tomber à terre à son tour et se demande quand elle mourra vraiment parce qu'elle est épuisée, terriblement fatiguée, et parce que Moïse Todd a raison : elle a des dettes envers le monde parfait et sent qu'elle a déjà triché trop longtemps.

*

À l'intérieur de la mairie, des rangées de bureaux jonchés de détritus d'un autre âge. Écrans d'ordinateur poussiéreux, tasses remplies de stylos-billes, photos encadrées, pots en céramique d'où dépassent des plantes grimpantes mortes depuis belle lurette, et dont les vrilles sèches serpentent le long des rebords de fenêtre — avec, çà et là, des taches de sang séché brun noir sur les sous-mains.

L'écran d'un moniteur a éclaté et, coincée dans la cavité, une tête d'homme momifiée, toujours chaussée de lunettes, affiche un rictus.

Ils la conduisent à l'arrière du bâtiment par une porte à double battant et lui font descendre un escalier en marbre jusqu'au sous-sol, une vaste pièce centrale où s'alignent cinq ou six cellules sur le mur du fond. Contre une autre paroi, deux hautes paillasses couvertes d'un matériel scientifique de bric et de broc : cela ressemble à ce qu'elle a vu dans les labos de synthèse de méthamphétamine, mais pas tout à fait. Au milieu de la salle, un plan de travail en métal à hauts rebords et évacuation — une table d'autopsie, sauf que celle-ci est équipée de ceintures bricolées qui permettent d'attacher un corps. Enfin, à côté de la table d'autopsie, ce qui a tout l'air d'un fauteuil de dentiste. Le plancher en linoléum est incrusté de taches de sang et de morceaux de viscères séchés.

Ils la mettent dans l'une des cellules, dont ils verrouillent la porte. Elle tombe à genoux puis grimpe sur un vieux grabat calé contre le mur. Elle entend des bruits de mouvements, des grognements. Des sacs à viande sont enfermés dans une autre cellule, où ils tournent comme des animaux nerveux.

Une fenêtre à barreaux est percée dans le mur, près du plafond, et elle se tourne vers le rai de lumière en sentant le sommeil la gagner. La vitre est crasseuse au point d'en être opaque et zébrée de fissures ; il manque même un petit bout de carreau. À travers cette béance minuscule, Temple aperçoit le soleil radieux, propre.

Même dans un sous-sol, Dieu peut vous atteindre, et elle n'arrive pas à garder les yeux ouverts.

9

Ho, fillette. Debout. C'est l'heure de se réveiller. Elle rêve de jolies choses — pâturages d'herbe jaunie qui lui arrive à la taille, lacs où elle fait la planche, la peau picotée par la surface tendue de l'eau, gigotant à la manière d'un minuscule insecte aquatique pendant qu'elle laisse filer le temps entre mer et ciel.

C'est l'heure de se réveiller, fillette.

Elle reconnaît la voix avant même d'écarter les paupières. Elle se couvre les yeux puis les entrouvre, et la première chose qu'elle voit, c'est la lumière qui filtre à travers le soupirail rectangulaire, au-dessus d'elle. Il fait encore jour ; elle n'a pas dormi longtemps.

Secoue-toi, sucre d'orge. On a un souci.

Moïse Todd est dans la cellule voisine, la main appuyée sur son bras en sang.

Elle s'assoit. Sa tête la fait souffrir, mais a cessé de tourner. Elle tient debout sans problème. Elle s'étire et marche en rond dans son réduit pour s'éclaircir les idées.

Puis elle entend un mugissement qui provient de la cellule située après celle de Moïse Todd. Qu'elle reconnaît également.

Maury, dit-elle en regardant au-delà du barbu.

Et il est là, son idiot, qui tend le bras à travers les barreaux et gémit plaintivement.

J'ai cru qu'ils t'avaient eu, Maury, poursuit-elle. Elle sent un sourire naître sur son visage même si cela lui fait mal à la tête. Que j'avais perdu mon idiot.

Maury tourne vers elle son regard fixe, inexpressif.

Dans la cellule du milieu, Moïse utilise dents et bras valide pour arracher une longue lanière au drap de son lit.

Très touchant, dit-il en lui tendant la bande de tissu à travers les barreaux. Mais file-moi plutôt un coup de main avant que j'tombe dans les pommes.

Elle a un mouvement de recul.

Pas question de t'aider à panser tes blessures, Mo. Pour que t'essaies encore de me tuer…

Tu savais que j'te retrouverais.

Ça compte pas. Vide-toi de ton sang, ça me fera un souci de moins.

Il glousse, secoue la tête.

Pas faux, dit-il.

La bande à la main, il s'assoit sur son lit de camp et entreprend avec le plus grand soin de l'enrouler autour de son bras avant de la nouer avec les dents.

À l'autre bout de la pièce, la porte s'ouvre alors pour laisser entrer deux hommes — aussi massifs que ceux que Temple a déjà vus. Ils sont obligés de se pencher pour passer dans l'embrasure. L'un d'eux n'a pas de chaussures ; ses pieds sont recouverts d'une gangue osseuse articulée couleur craie et, entre les plaques cartilagineuses, elle aperçoit les tendons qui se contractent et s'étirent à chaque pas.

Elle se demande jusqu'où remonte cette carapace. Son visage à moitié pelé laisse apparaître un globe oculaire dénué de paupière dans une orbite gélifiée. Il ressemble à un cadavre, à un sac à viande, mais se déplace comme tout un chacun — avec la détermination et la rapidité d'un être humain.

Son compagnon est moins décati. Sa peau est fissurée par endroits et ses cheveux sont tombés par plaques, mais aucune excroissance osseuse n'est apparente.

L'homme aux pieds nus avance à grands pas vers les barreaux de la cellule de Temple ; ses pieds squelettiques claquent sur le linoléum.

La môme est réveillée, Bodie, annonce-t-il.

Il agrippe les barreaux et s'adresse à Temple.

Gamine, t'as foutu une peur bleue à Millie. Pourquoi flanquer les jetons à une gentille fille comme elle ? Aller bousiller sa crèche ? L'a hérité du cœur d'une vraie mère poule, dans sa p'tite âme. C'est vraiment dégueulasse d'piétiner ça. T'es jalouse parce qu'elle a une famille qui l'aime ?

Son œil roule dans son orbite pour s'humidifier.

Sa crèche m'intéresse pas. C'est elle qui avait une arme.

Oh, fait-il en désignant la machette gurkha posée sur la paillasse au milieu du matériel de laboratoire. Et c'truc, c'est un bouquet d'fleurs des champs ? Mama est pas très contente après toi, gamine. T'es jalouse, voilà c'que j'crois. Mais la famille, c'est solide et féroce. Ça s'laisse pas barboter par des étrangers.

La ferme, Royal, dit Bodie. On est venus là pour une dose. Pose tes fesses.

Le dénommé Royal continue à braquer son œil fixe sur Temple pendant un moment puis se dirige vers le fauteuil de dentiste, qu'il bascule en arrière avant de s'asseoir à califourchon en étreignant le dossier à deux mains, le front calé contre l'appuie-tête.

Devant la paillasse, Bodie prend une seringue, qu'il remplit d'un liquide transparent prélevé dans un vase à bec, qui était positionné sous l'une des pipettes à valve. Il chasse les bulles d'air et rejoint Royal.

Prêt ? demande-t-il.

Pique-moi, dit Royal.

Bodie se penche et enfonce soigneusement l'aiguille dans la nuque de Royal, près de la base du crâne, puis pousse lentement le piston tandis que tout le corps de Royal se contracte comme un muscle géant.

Bordel à queue d'bordel de merde, grince Royal entre ses dents serrées une fois que c'est fini.

Sa carcasse semble tendue à se rompre, et sa peau fine, mal ajustée, tremble et se craquelle en produisant de minuscules explosions liquides. Au bout de quelques minutes, son corps se détend et sa respiration redevient normale.

À mon tour, dit Bodie, et ils permutent.

Quand Bodie reçoit sa dose, il ne dit rien mais Temple voit ses muscles se contracter spasmodiquement sous ses vêtements.

Oh seigneur, s'exclame Royal en décrivant des cercles dans la salle. J'ai l'feu en moi, Bodie. Là tout d'suite ? Là tout d'suite, j'pourrais baiser l'monde. J'le jure devant Dieu tout-puissant, j'pourrais creuser un nouveau Grand Canyon à moi tout seul.

Calme-toi, Royal. On a des trucs à faire. Ramènes-en une pour Mama.

Royal retourne à la paillasse et remplit une seringue d'une double dose du liquide transparent qu'ils se sont injecté, puis il sort derrière Bodie, en couinant et en faisant claquer ses pieds contre le sol.

*

Alors, lance Moïse Todd après le départ des deux hommes, d'après toi, c'était quoi tout ce cirque ?

Jamais rien vu de pareil.

Moi non plus, j'avoue.

C'est pas des limaces.

Nan.

Quoi alors ?

Il hausse les épaules.

Des mutants ? hasarde-t-il.

En tout cas, dit-elle, c'est pas la plus belle chose que j'aie vue.

D'accord là-dessus, mon petit agneau.

Hé, dit-elle, à ton avis, c'était quoi leur came ? Pas du cristal, en tout cas.

Une mixture d'leur invention, j'dirais. Je me demande s'il y a un rapport avec leur taille et leur allure.

Tu veux dire qu'ils se seraient métamorphosés ?

J'suis sûr de rien, sauf que tu m'verras pas mettre ce truc dans mon café du matin.

Elle regarde derrière elle. De ce côté se trouve une cellule vide, puis celle où sont entreposés les sacs à viande, sept au total, qui tournent en rond et se bousculent comme une troupe d'aveugles.

D'après toi, pourquoi ils gardent des limaces en cage ? demande-t-elle.

Aucune idée. Peut-être qu'ils en font quelque chose. Qu'ils les bouffent. J'ai déjà vu ça.

Ouais, dit-elle. Moi aussi.

En voilà une belle abomination, déclare-t-il en secouant la tête. Si tu veux mon avis, la chaîne alimentaire, elle est censée aller dans un seul sens.

Elle ne répond rien. Et se rappelle les chasseurs qu'elle a rencontrés. Le plat de viande épicée qui sentait le romarin.

Moïse Todd soupire.

En tout cas, j'en ai ma claque de faire des suppositions, dit-il. J'suis prêt à me tirer d'ici.

Tu comptes faire quoi, tordre les barreaux ?

J'en sais rien. Faire quelque chose.

Génial. Quand t'auras un plan, fais-moi signe. En attendant, j'vais dormir un peu.

*

Plus tard, ils reçoivent la visite de la gamine, Millie, celle du bois. Elle apporte une miche de pain, dont elle fait trois parts qu'elle pousse entre les barreaux de leurs cellules. Puis elle ouvre un sac, en extirpe trois épis de maïs crus et les fait également passer entre les barreaux.

Qu'est-ce que vous allez faire de nous ? s'enquiert Moïse Todd.

Mais la fille ne répond pas.

Tu sais, on peut pas rester ici. On a des trucs à faire.

Elle part sans dire un mot.

Temple hèle Maury et brandit son épi de maïs. Elle lui montre comment l'éplucher et lui dit de faire la même chose avec le sien.

Le soleil se couche, le soupirail rectangulaire s'obscurcit. Elle s'endort.

*

Au creux de la nuit, au son du souffle lourd de Maury et de la ronde infatigable des limaces, elle est allongée sur son lit de camp et songe que le monde autour d'elle est si noir qu'ouvrir ou fermer les yeux ne fait aucune différence. Son esprit vagabonde au gré de rêves emmêlés si superficiels qu'ils ont du mal à traverser les murs du sous-sol où elle gît.

À un moment, dans le noir d'encre de la cellule voisine, elle entend grincer le grabat et la voix de Moïse Todd qui l'appelle, à peine plus qu'un murmure.

Hé, fillette. T'es réveillée ?

Ouais.

Cela semble suffire à le contenter pendant une minute. La confirmation de cet éveil, la fraternité des insomniaques.

Puis il lance : Tu penses à quoi ?

Moi ? À que dalle. Si t'espérais une histoire pour t'endormir, Mo, t'es mal tombé.

OK, dit-il. Très bien.

Elle attend qu'il dise autre chose mais rien ne vient et, bientôt, les ténèbres se mettent à lui taper sur les nerfs, à s'insinuer dans tous les recoins de sa conscience.

Au bout d'un moment, elle demande : Pourquoi ? Tu pensais à un truc ?

Elle l'entend prendre une profonde inspiration.

Oh, dit-il. Juste un machin que j'ai vu, y a longtemps.

Quoi donc ?

C'était dans la région qui s'appelle Sequarchie, dit-il d'une voix lente. Dans le Tennessee. Je faisais que passer quand j'ai vu cette fille, assise sur le trottoir devant l'hôpital, appuyée contre une borne d'incendie. Ils refusaient de la soigner parce qu'elle avait été mordue — l'avait une chemise d'homme en flanelle appuyée contre son cou, qu'était toute poisseuse, et elle essayait de trouver un morceau sec pour éponger le sang, mais comme il en restait pas, elle faisait juste pression avec. C'était pile après le commencement, tout était très confus. Et cette fille, qui devait avoir dix-huit ou dix-neuf ans, elle venait juste de descendre des collines où elle habitait ; elle avait même pas entendu que les morts revenaient. J'étais jeune à cette époque, à peu près son âge, j'dirais.

Le silence retombe un long moment. Elle commence à croire qu'il s'est assoupi lorsqu'il reprend.

Enfin bref, dit-il dans un soupir. Elle m'explique que son homme était mort la semaine d'avant, qu'il avait glissé et s'était cassé le cou au fond d'un ravin pendant une partie de chasse. Elle l'avait enterré en pleine nature, dans une clairière au milieu des cèdres, près d'un ruisseau ; la retraite préférée du gars quand il en avait assez de la foule. Elle pensait que c'était fini entre eux en ce bas monde, et elle avait commencé à le pleurer. Sauf — et elle me raconte ça comme si j'allais jamais y croire —, sauf qu'il revient la voir. Il se pointe une nuit, et elle dit que ça lui fait comme une révélation du grand amour. Y revient la voir, et elle lui a tellement manqué qu'il essaie de la bouffer toute crue. C'est ce qu'elle dit. Elle le répète sans arrêt : il est venu me retrouver, il est venu me retrouver. Et pendant tout ce temps, j'observe ses yeux, qui deviennent vitreux sur les bords, sa peau qui vire au gris — et je sais ce qu'est en train de lui arriver, même si elle croit qu'il lui faut juste quelques points de suture et qu'elle comprend pas pourquoi on veut pas la soigner. Il est venu me retrouver, qu'elle dit.

T'as fait quoi ? demande Temple.

Moïse Todd observe un long silence. Elle se dit que ce n'était peut-être pas la question à poser.

Je l'ai laissée là, finit-il par dire. J'aurais dû m'occuper d'elle. L'achever. Mais j'étais jeune. C'était avant que je pige que les choses ont un sens qu'il faut respecter, qu'elles soient moches ou pas. Qu'y a qu'une seule règle du jeu qui tienne.

Elle se retourne sur son lit en songeant que ce qu'il vient de dire est on ne peut plus vrai. C'est parfois quand la lumière vient à manquer que tout devient net et précis. Elle écoute la respiration de Maury et le brouhaha incessant des limaces emprisonnées, et se replie en une boule compacte de petite fille.

Tu veux savoir à quoi je pensais tout à l'heure ? dit-elle. (Et elle enchaîne sans attendre la réponse de Moïse.) Aux chutes du Niagara. Paraît que les gens y allaient en lune de miel. Une lune de miel au bord d'une grande faille de la terre. C'est quelque chose, non ? Voilà ce que j'appelle vivre en grand.

Moïse Todd renifle dans sa cellule.

Laisse-moi te poser une question, dit-il. Pourquoi t'es pas allée par là-bas, au lieu de foncer plein ouest ?

J'pouvais te filer le train vers le nord aussi facilement que vers l'ouest. T'aurais pu y arriver avant qu'on règle nos petites affaires.

J'avais un truc à faire avant.

Ah bon. Tu veux me rencarder là-dessus, au cas où on sortirait d'ici ? Ça me faciliterait la vie.

Bonne nuit Mo. Oublie pas de dire ta prière.

J'oublie jamais, fillette. J'oublie jamais.

*

Au matin, Millie revient avec une autre miche de pain, accompagnée cette fois de tranches de bacon trop cuit et de bouillie d'avoine trempée dans du lait. Tout ça sur un plateau agrémenté de serviettes à carreaux et d'une fleur dans un vase, comme si elle servait le petit déjeuner au lit à des invités. Elle place délicatement le plateau sur la table d'autopsie et porte une assiette à chaque cellule. Mais elle semble perplexe, ne comprend pas comment les faire passer entre les barreaux, et se contente de les poser par terre avant de s'éloigner, laissant chacun récupérer son repas.

Bon pti, dit-elle.

Répète voir ? dit Moïse.

Bon pti.

Tu piges ce qu'elle baragouine ? demande-t-il à Temple.

Ça doit être « bon appétit » en français.

Bonté divine, s'exclame Moïse. Il se tourne vers Millie et lance : Merci beaucoup, ma p'tite dame, dans un français hésitant.

Il se fend de son sourire le plus aimable, et Temple

constate que la gamine apprécie le côté formel du service, les usages et l'étiquette de la bonne société.

Elle joint les mains et les regarde manger. Lorsqu'ils ont fini, elle récupère les assiettes, les replace sur le plateau et repart avec le tout. Dans l'après-midi, elle leur apporte du thé et des rondelles de citron.

On dirait bien qu'on lui sert de poupées, toi et moi, dit Moïse à Temple.

Tant qu'elle nous apporte à manger…

Le soir venu, les deux hommes, Bodie et Royal, reviennent, et ils ouvrent la cellule de Maury et l'en font sortir. Elle observe la scène, tâche d'identifier la bonne clé sur le trousseau au cas où elle mettrait la main dessus.

Hé, dit-elle. Où vous l'emmenez ?

T'affole pas, poupée, répond Royal. T'y auras droit aussi. Mama s'intéresse à vous deux.

Et moi ? demande Moïse tandis qu'ils déverrouillent la cellule de Temple.

Des comme toi, tout l'monde connaît, dit Royal. Ton avenir, il est pas brillant.

Bodie fait franchir la porte à Maury et Temple suit, Royal la tenant fermement par le bras. Dehors, le soleil l'éblouit. Un court instant, elle envisage de fuir mais elle en voit d'autres, debout dans un coin ou assis dans des fauteuils en rotin à l'ombre des porches — qui interrompent tous leur conversation pour les regarder avancer dans la rue.

Combien vous êtes, ici ? demande-t-elle.

On est vingt-trois dans not' famille, répond Bodie.

Vingt-deux depuis qu'ton pote a flingué Sonny, corrige Royal.

C'est pas mon ami.

Ils tournent à l'angle d'une rue et se retrouvent dans une zone résidentielle, devant une grande maison blanche à colonnades aux volets clos.

À l'intérieur, il fait sombre et ça sent le moisi. Il flotte une odeur de putréfaction ravivée par d'autres senteurs, lanoline, magnolia, savon écœurant — comme si quelqu'un s'efforçait d'atténuer la puanteur d'un macchabée.

Mama ! beugle Royal au pied de l'escalier. Mama, on t'les amène, comme t'as demandé. On monte.

*

L'est fêlé çui-ci, dit Mama en tendant la main vers Maury. Fêlé du ciboulot. Tu veux faire partie d'ma famille, mon p'tit cœur ?

Elle est aussi monstrueuse que Dieu le permet, estime Temple. C'est une femme énorme, plus grande encore que les autres, pas loin de trois mètres si elle se tenait debout et non vautrée comme maintenant sur une montagne de coussins, au centre de la pièce. Elle est nue, mais sa nudité ne compte pas : des plaques osseuses lui couvrent presque tout le corps, comme si son squelette avait fondu pour se reconstituer à l'extérieur. Sa voix est grave, presque masculine — les cordes vocales surdimensionnées ne font sortir que des notes basses de son gosier —, et sa respiration rauque rend grotesques ses efforts de douceur. Ils l'appellent Mama, et Temple se demande combien sont effectivement ses rejetons — et cela ne la surprendrait guère d'apprendre qu'ils sont tous ses enfants, car Temple voit bien qu'elle est la Mama du monde, comme la terre elle-même : une puissante boursouflure de vie.

Quand elle bouge, son exosquelette produit une myriade de cliquetis et claquements secs, et Temple se dit que cela doit ressembler au bruit que font les insectes à condition d'avoir l'oreille assez petite pour l'entendre. Elle semble avoir du mal à se mouvoir, comme si la pesanteur de son propre corps œuvrait contre elle ; ses muscles paraissent incapables de rivaliser avec sa taille et le poids de ses excroissances osseuses.

Les plaques croûteuses qui lui couvrent le visage sont percées de cavités au niveau des yeux et de la bouche, qu'elle a soulignées de rouge à lèvres et d'ombre à paupière dans une parodie clownesque des générations passées.

Bodie, debout à côté d'elle, lui présente un verre de citronnade agrémenté d'une paille et, de temps à autre, elle se penche pour en aspirer une gorgée en faisant tanguer sa masse sur le parquet.

T'as une maman, petite ? dit-elle en se tournant vers Temple.

J'ai dû en avoir une autrefois, répond l'intéressée en s'efforçant de respirer par la bouche pour ne pas suffoquer dans cet air saturé de parfums. C'est comme ça que ça marche, non ?

Tu t'en souviens pas ?

Nan. Elle a sûrement été mangée.

Tu sais quoi ? On peut regretter un truc qu'on n'a pas connu. Ta maman te manque, petite ?

Temple y réfléchit. Sa voix est brutale et bestiale, mais elle y perçoit une véritable intonation maternelle.

Ça doit m'arriver, dit-elle. Si on vendait des mamans au bazar, j'pense que j'en prendrais une.

C'est sûr.

Mais faut savoir regarder le monde comme il est, sans se laisser embrouiller par ce qu'il est pas.

La femme hoche la tête et sirote sa citronnade à l'aide de la paille en plastique blanc maculée de rouge à lèvres. De nouveau, Temple songe à fuir à toutes jambes, mais elle n'arriverait jamais en bas de l'escalier. Sans parler de Maury.

La femme est prise d'une quinte de toux grinçante qui rappelle un mécanisme rouillé. Puis elle se reprend.

T'aimes notre famille ? demande-t-elle.

Bien sûr, répond Temple. Surtout la façon dont vous enfermez les gens dans des caves.

Les traits de la femme se tordent en une grimace irritée — mais juste un instant, avant de fermer les yeux, de se calmer et de se lancer dans une explication.

On a un truc que t'as pas, gamine, dit-elle. Un truc unique. Tu veux savoir ce que c'est ? Un sang loyal. On veille les uns sur les autres. C'est pour ça qu'on survit depuis si longtemps. Ma famille, c'est la plus ancienne du comté. Bon sang, j'parie même qu'à présent, c'est la plus ancienne de tout l'État. Des survivants, j'te dis. Tu vois, longtemps avant qu'ce fléau débile s'abatte sur le monde, on vivait déjà isolés — dans les bois, où personne venait nous embêter. On avait nos terres. On se faisait notre bouffe. Une seule famille, qu'est restée une seule famille pendant six générations. L'sang, c'est sacré. C'est un don de Dieu, faut pas l'diluer. Mes enfants, c'est un don de l'esprit, et qu'y soient légion.

À la fin de son discours, la femme est tout énervée, et elle s'est traînée sur le parquet jusqu'à finir nez à nez avec Temple, qui sent son haleine chaude et puissante sur ses joues. Puis elle se redresse et se ressaisit.

Elle sirote sa citronnade, ses os cliquètent.

Tu vois, poursuit-elle, c'fléau, l'a été envoyé pour purifier la terre. Il balaie tout, petite, et sourit à ceux qui sont assez forts pour rester ensemble. Il nettoie l'merdier des masses et laisse derrière les vrais Américains qu'ont su préserver leur lignée. De quelle lignée tu viens, p'tite ? Tu sais c'que c'est qu'la communion ? T'as déjà vécu ça ? Nous autres, on est l'sang d'la nation, t'as intérêt à m'croire.

Hon-hon, dit Temple. Donc, vous tous, vous êtes les héritiers de la terre ?

C'est la vérité du bon Dieu, p'tite. La question, c'est : est-ce que t'es assez maligne pour le voir ?

Temple réfléchit. Elle repense aux gens qu'elle a connus, aux choses qu'elle a vues. À la nation qu'elle sillonne depuis sa naissance, aux paysages désolés, à la pluie qui noie le sang et la poussière dans les mares couleur rouille.

Elle finit par hausser les épaules.

Très bien, dit-elle. Vous êtes les héritiers de la terre. C'est pas la chose la plus fausse que j'aie entendue.

La femme se laisse aller en arrière, satisfaite.

Mais, poursuit Temple, ça veut pas dire pour autant que je compte rester ici pour vous servir de toutou. Vous pouvez garder le vieux Moïse ; de toute façon, c'est un nid à problèmes. Mais Maury et moi, on a à faire ailleurs.

Pour tous les autres ils sont une malédiction,

déclare la femme en accompagnant son propos d'un revers de bras crayeux et encroûté. Pour nous, y sont bénis.

De qui vous parlez ? Des sacs à viande ?

Après l'fléau, on est descendu des collines et on s'est installés dans les foyers qui nous reviennent de droit. Et les carcasses des perdus, ceux qui marchent bêtement alors qu'ils sont morts, elles contiennent une bénédiction pour nous autres qui savons l'extirper. Notre famille, elle s'nourrit du sang de Dieu et des folies du passé — et on grandit comme des géants d'la terre.

OK, dit Temple. Les lèvres de Dieu sont collées à vos oreilles. J'avais déjà pigé.

Les mains de la femme jaillissent et saisissent Temple par le cou, ses griffes osseuses se referment sur sa gorge. Les doigts gigantesques en font tout le tour. Temple s'efforce de respirer, mais Royal lui maintient les bras dans le dos.

T'as une grande bouche, dit la femme. Fais gaffe, ça pourrait t'tuer.

Elle relâche son étreinte et Temple s'effondre, pantelante.

Puis le regard de la femme se pose sur Maury.

Bodie, dit-elle, çui-ci a quelque chose de spécial. Il est comme une lumière vive dans le firmament. Aussi vierge qu'un enfant de Dieu qui cherche une maison. En l'regardant, on voit la pureté dans ses yeux, sûr de sûr. J'veux voir c'que la bénédiction familiale fait sur lui. Va chercher Doc.

*

Ils sont reconduits à leurs cellules, et elle cligne des yeux pour s'habituer à la pénombre.

C'est qui Mama ? demande Moïse Todd.

Une grosse langouste blanche.

Et c'est quoi l'histoire ?

C'est les héritiers de la terre. Avant, c'était juste des ploucs. Maintenant, c'est les héritiers de la terre.

Quoi d'autre ?

Faut à tout prix filer d'ici, et en vitesse. Qu'ils nous aiment ou pas, on dirait bien que ça va aboutir à un truc désagréable. Oh, et je crois que j'ai pigé à quoi ils se shootent.

À cet instant, la porte d'entrée s'ouvre à la volée et Bodie et Royal entrent, suivis d'un troisième type plus petit, de taille humaine, flanqué de lunettes et de longues mèches qui forment une couronne autour de son crâne chauve. Il arbore l'expression maussade et narquoise d'un homme qui n'apprécie guère ses compagnons.

Cette fois, y m'faut une pleine dose, indique-t-il aux deux autres.

Fais pas la gueule, Doc, dit Bodie. Tu sais bien qu'on n'a pas le choix. Mama aime pas te voir gâcher tes superbes capacités motrices. T'es le seul qui sait comment récolter ce truc. J'ai dans l'idée qu'il suffit pas d'leur presser la tête comme un citron. Toi parti, on s'retrouve sans rien.

Le dénommé Doc ricane puis examine l'assortiment de limaces qui trébuchent les unes sur les autres dans leur cellule.

Celle-ci, dit-il en désignant une femelle, le menton maculé de coulures de sang séché qui lui donnent l'allure d'une marionnette de ventriloque. Elle a l'air fraîche.

Bon choix, Doc, dit Royal en déverrouillant la cage. On l'a ramassée avant-hier.

Il la fait sortir et repousse les autres dans le fond avant de refermer la cellule. Puis, tandis que Doc s'affaire avec la poignée d'instruments disposés sur la paillasse et prépare le matériel de laboratoire, Royal commence à jouer avec elle, tend le bras comme on propose un os à un chien et la promène dans toute la pièce en riant.

Elle ouvre la bouche et se rue sur lui, et il recule hors de portée de dents. Il éclate d'un rire strident.

Allez, dit-il. J'sais bien qu'tu veux un bout d'Royal dans l'bide, pas vrai ?

Après lui avoir fait traverser deux fois la pièce, il la conduit au pied de la table d'autopsie et, d'un geste rapide, l'attrape par la nuque, la retourne et la plaque sur le dos contre la surface métallique, où elle gigote pour essayer de se redresser. Puis il saisit les courroies en cuir, qu'il tend en travers de son torse et de ses jambes, et qu'il attache bien serré afin de l'immobiliser.

T'es pleine de vie, pas vrai ? Hé Doc, t'es prêt ?

Donne-moi quelques minutes, bon sang. S'agit pas d'creuser une citrouille, c'est d'la chirurgie.

Pas de souci. Elle est sacrément mignonne, celle-là. Elle pourrait servir un peu avant qu'on commence.

Une lueur lascive s'allume dans son unique œil, et Temple préfère se détourner. Voilà certainement un spectacle qui n'a rien à voir avec Dieu.

*

Temple ne distingue pas tout d'où elle se trouve, mais d'après ce qu'elle voit, l'opération consiste à ouvrir le crâne de la limace afin d'en extraire quelque chose. Bodie lui tient la tête à deux mains pour qu'elle reste droite pendant que Doc opère délicatement une découpe à la scie à os électrique. Temple se demande pourquoi ils ne la tuent pas plutôt que d'avoir affaire à un corps qui gigote en tous sens — puis elle en déduit que cela doit faire une différence, que la chose soit vivante ou non. Ils se donnent beaucoup de mal pour accéder au fond de la tête de la limace, dans une zone précise située à la base du crâne. Une fois la manœuvre terminée, et pas avant, Doc dit : OK. Bodie attrape alors un long couteau de boucher et l'enfonce dans la cavité pratiquée jusqu'à ce que la femme cesse de bouger.

Doc tient dans sa paume le petit morceau gris qu'ils viennent d'extirper du cerveau de la limace puis le pose sur la paillasse, où il l'inspecte à l'aide d'une grosse loupe, à la lumière d'une lampe. Ensuite il place le fragment dans un petit appareil avec un produit chimique, broie le tout pour obtenir un liquide épais qu'il verse dans un bécher avant de le chauffer sur un bec Bunsen.

Pendant l'essentiel du processus, Temple reste assise par terre, dos aux barreaux de sa cellule, les yeux rivés sur le soupirail rectangulaire à la vitre fêlée et le minuscule rai de lumière qui illumine un flot de poussière dans l'air renfermé du sous-sol. Elle se remémore le miracle-des-poissons-électriques — ces corps argentés et dorés qui décrivaient des cercles rapides autour de ses chevilles, comme si elle se tenait au milieu d'une autre lune —, la façon dont les choses peuvent sembler parfaites à certaines occasions — un Dieu limpide, un Dieu de messages et d'extases —, un moment au cours duquel on sait pourquoi on possède un estomac, pour ressentir cela, être saisie par l'essence de la magie.

Il compte désormais pour elle, ce souvenir ; aux heures sombres, elle peut l'exhumer et le scruter comme une boule de cristal qui ne révélerait pas de présages, mais des réminiscences. Elle le tient dans sa main comme une coccinelle emprisonnée et songe : J'en ai vu, des endroits, j'ai pris part à de sacrés moments de gloire pendant mes errances entre terre et paradis. Et si j'ai pas vu tout ce qu'il y a à voir, c'est pas faute d'avoir essayé.

La vraie mort, c'est être aveugle.

À travers le petit trou dans la vitre du soupirail, elle détecte un mouvement infime. Elle se concentre dessus, observe le menu déplacement grâce à l'ombre portée de la taille d'un doigt. C'est une chenille verte qui s'insinue dans la cassure puis rampe le long du rebord de la fenêtre.

Et elle pense :

Y a pas d'enfer assez profond pour empêcher le paradis d'y entrer.

*

Sur la paillasse, la mixture circule dans des alambics, des tubes spirales et des vases à bec où Doc ajoute de pleines pipettes d'autres ingrédients puis fait bouillir et touille avant d'inspecter la couleur du mélange à la lumière de la lampe jusqu'à ce que, enfin, il ouvre une valve à droite du dispositif et qu'un distillat limpide commence à s'écouler goutte à goutte dans la bouteille qu'ils ont utilisée la veille pour remplir leurs seringues.

Royal libère le corps inerte, qu'il balance sur son épaule et emporte au-dehors. À son retour, Bodie et lui-même prennent place dans des chaises métalliques pliantes et attendent que Doc ait fini.

Ça roule, Doc ? demande Royal.

Impec. Bien juteuse, celle-ci. Ça va nous faire plein d'produit.

Royal se frappe la cuisse.

J'en étais sûr, exulte-t-il. Quand on l'a trouvée, j'ai dit à Bodie qu'elle était bien mûre. C'est pas mot pour mot c'que j'ai dit, Bodie ? Qu'elle était bien mûre ?

Bodie ne répond pas. Il est penché sur la paillasse, les yeux rivés sur le flacon qui se remplit lentement de distillat translucide.

L'œil sans paupière de Royal se révulse, il glousse dans sa barbe et se remet à marmonner : Sûr, c'est les mots qu'j'ai dits.

Finalement, Body se redresse de toute sa hauteur et désigne Maury.

C'est pas l'tout, dit-il. Sors l'autre débile de sa cage. Dieu sait pourquoi, il a tapé dans l'œil de Mama, et elle veut l'voir grimper.

Royal gagne la cellule dont il ouvre la porte puis dit : Allez, m'sieur Bison, c'est l'heure de ta piqûre d'grande vie.

Temple veut rester en dehors de tout ça. Se concentrer sur le rai de lumière diffusé par la vitre brisée.

Suivre des yeux la progression de la chenille le long du châssis de la fenêtre. Elle veut fermer son esprit à tant de choses. Mais elle sent la panique fleurir en elle comme une graine semée il y a longtemps. Elle la sent s'épanouir dans son ventre et sa poitrine, et rien n'y a jamais fleuri aussi vite et aussi fort.

Hé, lance-t-elle en empoignant les barreaux de sa cellule. Pourquoi vous faites ça ? Il vous a rien fait, cet idiot.

La ferme, gamine, dit Royal. Sois pas pénible.

Ouais, dit-elle. J'ai capté. Des héritiers de la terre qui passent leur temps à s'défouler sur des morts et des idiots.

L'œil sans paupière de Royal tremble dans son orbite, grotesque simulacre de colère.

Tu ferais mieux d'la boucler, petite.

Sinon quoi, tu me fais le coup du regard qui tue ? Au jeu du dernier à baisser les yeux, t'es sûr de gagner, pas de doute là-dessus.

Dans la cellule voisine, Moïse Todd glousse en se caressant la barbe.

Toi aussi, ta gueule, beugle Royal en dévisageant tour à tour les deux prisonniers.

J'peux t'garantir un truc, m'sieur Royal, annonce Moïse Todd, c'est qu'elle est pas facile à tuer, celle-là.

La respiration de Royal se fait lourde, et il serre et desserre les poings. Ses yeux naviguent entre Moïse Todd et Temple.

Soyez maudits, vous deux, z'irez droit en enfer. Faites pas partie d'la famille. Z'avez rien de ce qu'on a. Y a les bénis et ceux comme vous, alors faites gaffe ou j'vous fais péter l'crâne comme un…

Royal ! crie Bodie. Royal !

Royal se maîtrise, mais continue à les fusiller du regard.

J'tiens l'débile, dit Bodie en conduisant Maury jusqu'au fauteuil. Pourquoi tu sors pas la fille, histoire qu'elle y passe après ? Qu'on rigole un coup. Une fois qu'elle aura vu d'près c'que l'aiguille fait à son toutou.

Royal sourit et se passe la langue sur les dents. Il ouvre la porte de la cellule de Temple et dit : Allez chérie, viens qu'on s'éclate.

Tu ferais mieux de pas me toucher, prévient-elle en se raidissant.

Mais il projette sa grande carcasse dans l'ouverture et l'attrape par les cheveux ; il lui tord le cou, et la contraint à le suivre si elle ne veut pas que sa tête saute comme une capsule de soda.

Faites comme vous voulez, lance Moïse Todd depuis sa cellule, mais si vous la tuez, j'vous ferai vivre l'enfer.

Royal la traîne par les cheveux jusqu'à l'autre bout de la salle et la tourne face au fauteuil où est assis Maury ; son regard vide et perplexe est posé sur elle et il gémit bruyamment.

Du calme, Maury, dit-elle. Tout va bien. Ils me font pas de mal.

Royal se tient derrière elle et la colle à lui en la tenant d'une main par le poignet gauche, qu'il remonte si haut dans son dos qu'elle s'attend à avoir l'épaule déboîtée ; de son autre main il lui empoigne toujours une grosse touffe de cheveux qu'il utilise pour lui faire pivoter la tête, comme on manipule un pantin. Il attire le visage de Temple près du sien et éclate de rire, et elle sent son haleine fétide, et distingue les petites larmes rouges qui perlent sur les bords des lambeaux de peau qui se détachent de son crâne, et entend l'œil qui roule dans sa cavité gélatineuse.

C'est toi l'monstre, siffle-t-il. C'est toi l'monstre. J'vais t'bouffer les paupières et on va s'regarder dans les yeux, et on verra qui c'est l'monstre.

Il lui tire à nouveau les cheveux et lui tourne la tête face au fauteuil où Maury continue à gémir sourdement ; une lamentation à la fois faible et spectaculaire, comme une créature râlant à la lueur d'une lune inviolable.

Il n'oppose pas de résistance à la poigne de Bodie tandis que Doc brandit la seringue.

Elle dit quelque chose, qui reste presque inaudible. Même pour elle, c'est un murmure, et une partie de son esprit se concentre pour l'entendre. On dirait un message venu d'ailleurs, qu'elle n'arrive pas à décrypter. Elle le répète, un peu plus fort cette fois — mais il ne veut toujours rien dire.

Quoi ? demande Royal. Qu'est-ce que tu racontes ?

Elle pense à un millier de choses — cascades et phares, électrophones et hommes qui voyagent en quête d'émerveillement, et le marmonnement assourdissant des cigales dans l'herbe sèche des plaines. Elle pense aux hauts empilements de cadavres et à toutes les choses mortes qui bougent encore, à la pluie drue qui repousse boue et détritus dans tous les recoins et sillons du monde, et elle pense aux avions et aux petits garçons et aux barbus aux dents serrées, et à ceux dont le faible gémissement s'élève sans relâche jusqu'à ce que l'on trouve le bon air à chanter et que la voiture s'emplisse de cette voix qui met enfin un terme à leurs pleurs.

C'est pas à moi d'le sauver, dit-elle.

Elle a dit quoi ? s'enquiert Bodie. Avec Doc, ils ont cessé leur manège pour la dévisager.

Allez-y, dit-elle. Je m'en moque. C'est pas à moi d'le sauver.

Et elle pense à des géants de fer — de grands hommes de fer à casque de chantier, la main posée sur le sommet d'un derrick, et elle pense à la rage, comme une braise ou un acide brûlant qui dévorerait tous ses viscères noués. À ces aveuglements qui poussent les hommes à commettre des horreurs, à une ivresse animale, aux jungles de l'esprit.

Elle les a déjà visitées. S'est promis de ne jamais y retourner. Dieu a entendu son serment. Il lui a montré l'île et l'immensité de l'océan, et une paix qui était si pure et solitaire qu'elle était plus vaste que tout.

C'est pas à moi d'le sauver, répète-t-elle, cette fois à voix haute.

C'est pas à moi d'le sauver.

Elle dit qu'c'est pas à elle d'le sauver, indique Royal.

J'ai entendu, dit Bodie.

Ça veut dire quoi ?

Ça veut dire, explique posément Moïse Todd, qu'la survie c'est pas un sport d'équipe.

Mais elle n'entend rien de tout cela parce qu'il pleut trop fort dans ses oreilles, et parce que l'homme de fer, symbole de progrès et de force, la domine de toute sa stature, et elle est agenouillée à côté du corps d'un petit garçon qu'elle serre contre elle. Et voici ce qu'elle dit à ce petit garçon qui n'en est plus un : Malcolm je suis désolée Malcolm Malcolm je suis désolée les avions volent Malcolm je suis désolée Malcolm regarde le géant Malcolm regarde les avions je suis désolée Malcolm Malcolm t'en va pas tu peux pas t'en aller.

Et elle n'entend plus rien dans la pièce à cause de la cacophonie dans ses oreilles, et de sa voix qui répète inlassablement :

C'est pas à moi d'le sauver. C'est pas à moi d'le sauver. C'est pas à moi d'le sauver.

Royal refait pivoter la tête de Temple, et cette fois, elle distingue une expression nouvelle sur son visage, de la panique qui transparaît sous son rire mort. Elle se concentre alors sur son œil béant et se répète : Pitié, pitié, je veux pas, je veux pas, il est pas à moi, pitié — mais c'est trop tard, et avant même qu'elle en ait conscience, son bras droit fuse vers le haut, ses doigts s'accrochent derrière l'oreille à la peau délabrée de Royal et son pouce, tel un poinçon, s'enfonce dans l'orbite sans paupière, qui cède comme une pêche mûre, un fluide clair ruisselle dans sa paume et le long de son poignet, puis le sang se met à couler.

Maintenant il hurle, lui lâche les cheveux et le bras et porte les deux mains à la cavité sanglante, tout le corps cambré contre le mur de parpaings.

Tout ce bruit dans sa tête. Le sang, quand il afflue, coule en flots denses et diluviens sur la terre — d'abord rouge tomate puis marron boueux et enfin noir charbonneux. Tout ce bruit. Elle se voit bouger, comme si elle se regardait de loin.

Sa machette gurkha est à l'autre bout de la pièce, et elle renverse la table d'autopsie métallique, qui va s'écraser au sol. Doc lâche sa seringue et recule, mais Bodie se redresse pour lui faire front.

Vais t'avaler tout entière, dit-il.

Elle ne ralentit pas. Venant le percuter de plein fouet, elle lui griffe le visage et envoie des coups de poing partout à la fois. Il est immense et dur comme une souche, et il la soulève et la projette contre la paillasse où elle sent des éclats de verre voler en tous sens. La machette gurkha est hors d'atteinte ; elle cherche autre chose et agrippe le couteau de boucher qu'ils ont utilisé pendant l'opération, et le lève juste au moment où Bodie fond sur elle. La lame frappe au ventre et fend sa chemise, et elle peut apercevoir les petites plaques osseuses qui ont poussé sur les muscles abdominaux.

Il baisse les yeux et constate que l'acier n'a pas percé sa carapace squelettique, puis il lui sourit, un rictus délibérément assassin. Le voyant revenir à la charge, elle étreint à deux mains le manche du couteau, se contracte des épaules aux genoux et frappe d'estoc à l'instant précis où il approche — et cette fois, la lame s'enfonce jusqu'à la garde.

Le coup a manqué le cœur, mais les yeux de Bodie s'écarquillent et il laisse échapper une toux étranglée, tout un marécage de sang qui lui bouillonne dans la gorge. Il s'immobilise, figé en plein élan ; ses doigts se replient et les coins de sa bouche se retroussent. Elle utilise tout son poids pour appuyer sur le manche du couteau le plus fort possible ; agissant comme un point d'appui, les côtes entre lesquelles la lame est coincée font remonter l'acier plus haut dans la poitrine, déchirant au passage poumons et artères. Il tousse encore, et vomit cette fois un jet de sang et de bile sur les cheveux et le visage de Temple, puis s'écroule sur le côté, mort.

Mama va t'tuer, Mama va t'tuer.

Elle lève les yeux et voit Doc qui brandit bien haut sa machette gurkha, prêt à l'abattre sur elle. Mais il n'a rien d'un combattant. Il la rate, et elle lui arrache l'arme d'un coup de pied, la ramasse et enchaîne par un coup oblique qui lui tranche presque le bras gauche. Le membre pendouille au bout d'un lambeau de muscle et de tendons.

Deuxième coup, cette fois en visant le crâne, mais elle manque sa cible et la lame s'enfonce à gauche, entre cou et épaule.

De la paume de la main, elle essuie le sang qui lui couvre les yeux et voudrait dire à Doc d'arrêter de hurler, car s'il cessait de beugler, elle pourrait se concentrer et en finir rapidement, mais sa voix ne fonctionne pas, sa voix est ailleurs, dans cette autre partie de son cerveau, et l'inondation dans sa tête ne peut être endiguée.

Elle arrache la lame fichée dans son épaule et l'abat à nouveau, d'un revers de gauche à droite, et la machette tranche proprement le crâne de Doc, pile au niveau de la racine du nez. Quand il s'effondre, une masse grisâtre dégueule de sa boîte crânienne retournée.

Elle laisse tomber la machette gurkha qui tinte sur le sol, et entend pleurnicher derrière elle. C'est Royal qui se tient l'œil et l'injurie à voix basse.

Maudite, maudite, sale moins-que-rien.

Elle ne réplique pas. Dans le fatras qui encombre la paillasse, elle déniche un bec Bunsen au lourd socle métallique et, le tenant fermement par son encolure en chrome oxydé, se dirige droit vers Royal qui gît à terre, recroquevillé sur lui-même.

Hé, s'exclame Royal. Tu fais quoi ? Arrête ça… j't'ai rien fait. Rien de rien que j't'ai…

Elle arme le poing et lui abat la base du bec Bunsen sur la mâchoire. Elle entend un craquement, et ses dents du haut ne sont plus en face de celles du bas.

Puis elle s'acharne sur sa tête, et se regarde faire derrière le rideau de pluie torrentielle qui s'abat à l'intérieur de son crâne, et ne cesse de frapper que longtemps après que le corps a cessé de remuer.

10

Au milieu de la puanteur chaude d'abats frais, elle se redresse tel le spectre effroyable d'un soldat mort au champ d'honneur, les mains poissées par l'épaisse lie de mort qu'elle a répandue. L'écho des clameurs s'est éteint sur le sol inondé, et le seul son audible dans la pièce est l'infime bourdonnement d'insecte des trois ampoules nues, pendues au plafond à des douilles en céramique. Même les limaces captives ont interrompu leur mouvement perpétuel pour porter un regard appréciateur sur la scène du massacre, comme au diapason de l'inexorable et silencieuse mélodie de ces morts violentes, comme si elles réservaient à ces victimes un accueil respectueux au sein de la communauté des défunts.

Debout, elle cligne des yeux, et ils sont comme des gaufrettes décolorées posées contre la bruine de sang brun qui sèche déjà en formant des plaques sur ses joues, ses lèvres et son cou. Elle ne lève pas la main pour se nettoyer, marquée par une violence rituelle et primitive, semblable à ces chasseurs qui se paraient des restes de leur proie.

Maury ne semble pas perturbé par la désolation

autour de lui. Quand elle s'approche, il pose les doigts sur son visage, comme pour effacer le masque sanglant et retrouver la fille qu'il a connue.

Que j'sois damné, fillette, murmure Moïse Todd, abasourdi, depuis sa cellule. Tu peux m'dire c'qui s'est passé au juste ?

Elle ne dit rien. Elle aide Maury à s'extirper du fauteuil et chasse à coups de pied les débris couverts de sang afin d'éviter qu'il marche dedans.

J'veux dire, poursuit Moïse, on a l'impression que t'as massacré vingt gars et pas trois, tellement tu t'es acharnée dessus. Je m'en plains pas, note bien, j'constate juste.

Elle ramasse la machette gurkha, qu'elle cale sous son bras, et conduit Maury vers la sortie.

Y a une sacrée flamme qui brûle en toi, dit Moïse. Pour sûr, j'aimerais pas m'trouver sur le chemin qu'tu t'es choisi. Mais c'est c'que j'fais, pas vrai ?

Elle l'ignore.

T'as l'air d'avoir un faible pour ton nouveau pote, ajoute-t-il. Maury. Chouette nom. J'ai eu un cousin qui s'appelait Maury. Pour tout dire, j'sais pas ce qu'il est devenu. Probable qu'il a fini mangé.

Elle se tourne vers lui et voit qu'il est assis par terre, dos au mur, l'air très à son aise.

À la revoyure, fillette.

Elle ne dit rien, fait franchir le seuil à Maury puis lui fait remonter les marches jusqu'à la grande pièce centrale du bâtiment municipal. Elle l'installe sur une chaise, loin de la fenêtre, et jette un coup d'œil à la rue. Ils sont quelques-uns dehors, pas beaucoup. Elle reconnaît la gamine, Millie, qui dessine à la craie sur l'asphalte au milieu du croisement.

Maury, dit-elle. Reste ici. C'est compris ? Reste ici. Je reviens dans une minute.

Il reste assis en silence, à cligner des yeux sous les rayons du soleil salis par les vitres.

Elle redescend l'escalier. Enjambe Royal, dont le crâne fracassé évoque les restes d'un melon juteux, et se poste face à la cellule de Moïse. Elle reste là un long moment, et ils se regardent l'un l'autre, puis elle prend la parole.

J'ai un problème, Mo.

Lequel, fillette ?

Regarde.

Elle désigne le carnage qui coagule derrière elle.

T'as fait qu'défendre ton ami, dit Todd.

C'était pas…, commence-t-elle, et elle sent sa voix se muer en murmure, comme si les morts dans son dos prêtaient grande attention aux secrets. Elle poursuit : J'étais pas obligée d'en faire autant. De faire comme ça. J'ai le diable en moi.

Approche, dit Moïse Todd. Comme elle ne sait pas quoi faire d'autre, elle va jusqu'à sa cellule et il tend la main à travers les barreaux. Il pose les doigts sur le côté de sa tête, près de l'oreille, et passe le pouce sur sa joue maculée avant de le relever pour lui montrer la trace de sang brun.

Regarde, dit-il. Ça s'en va.

Elle hoche la tête, prend une profonde inspiration et examine une nouvelle fois la pièce.

Entendu, dit-elle, et elle sent qu'elle accepte les clauses d'un contrat avec la nature, sauf qu'elle ne sait pas ce qu'il dit vu qu'elle ne sait pas lire.

Écoute, dit Moïse. (Il voit qu'elle s'apprête à partir, et sa voix trahit soudainement un certain pragmatisme.) Je peux pas te promettre que je te tuerai pas. Ça serait mentir, et je supporte pas le mensonge. Mais j'te propose un marché que t'es sûrement trop futée pour accepter. Tu m'sors de cette cellule, et j'te donne vingt-quatre heures d'avance. T'as ma parole.

Elle l'observe un moment.

Tu leur as fait du mal ? demande-t-elle.

À qui ?

Aux Grierson. Tu leur as fait du mal ?

Fillette, tu te méprends sur moi si tu me crois capable de faire du mal aux braves gens. La vieille m'a même fait un sandwich pour la route.

Je plaisante pas, Mo.

Tu me vois chercher à t'embrouiller alors que t'es encore toute poisseuse après cette boucherie ? Y avait du jambon, du pain, de la moutarde et des tomates de son jardin.

Elle le regarde de travers, mais il ne lui a jamais menti jusqu'ici.

J'ai pigé un truc sur ton compte, dit-elle.

Quoi donc ?

C'est la bagnole. Celle que je me trimballe depuis la Floride. T'as posé un mouchard électronique dedans. J'ai vu juste ou pas ? C'est pour ça que tu me retrouves tout le temps.

Il lui décoche un sourire de chien battu et se caresse la barbe.

Ils foutent des mouchards dans toutes les bagnoles, dit-il. Celle qui te l'a filée, Ruby, elle en savait rien.

Hon-hon. J'en étais sûre. J'savais que t'étais pas si fort.

Il part d'un rire jovial de gros ours.

J'te retrouverai quand même. Si cette cellule ne devient pas ma tombe, j'te retrouverai. Compte là-dessus, Sarah Mary Williams. Mutants ou pas, c'est pas fini, toi et moi.

Elle acquiesce.

Je sais.

Leurs regards se croisent, et il est possible que chacun voie dans les yeux de l'autre un inquiétant double inversé de lui-même — comme lorsque l'on se retrouve, dans une foire, face à un miroir déformant.

Elle soupire et lui tourne le dos. Elle s'approche du cadavre de Bodie, se penche et tire sur le manche du couteau de boucher, jusqu'à ce qu'il se décoince et glisse contre les côtes. Moïse l'observe tandis qu'elle lui tend le couteau entre les barreaux de sa cellule.

Prends-le, dit-elle.

Il ne bouge pas. Il reste assis là, dos au mur, à l'étudier. Il y a quelque chose, dans son expression, qu'elle n'a pas envie de voir. La haine lui est supportable, et elle sait faire face à l'antipathie. Mais l'affection est au-dessus de ses forces.

C'est pas les clés que je te donne, dit-elle. Ce couteau, il signifie rien. Il te donnera une chance au combat, mais j'espère bien qu'ils t'auront, tu piges ?

Il se relève et, sans changer d'expression, se frotte les mains pour en chasser la poussière et lui prend le couteau.

Je te sauve pas, dit-elle. C'est pas ça qui va te sauver. Si tu me retrouves après avoir réussi à te tirer d'ici, t'as intérêt à avoir la rage — parce que ta sympathie, je m'en tape.

Il hoche la tête, les yeux rivés sur elle comme s'il

lisait la toute fin d'un livre et ne voulait pas être interrompu.

Je te sauve pas, répète-t-elle presque malgré elle, mais plus elle le dit, plus il lui semble que cela sonne moins comme un serment que comme une supplique. Je te sauve pas, compris ?

Ces yeux posés sur elle, durs et profonds, et même paternels. Et quand il répond, c'est comme s'il signait un contrat solennel :

Compris.

Elle tourne les talons, mais avant qu'elle ait atteint l'escalier, Moïse l'interpelle.

Un dernier truc, dit-il, et elle s'arrête pour écouter, sans se retourner. Sa voix est porteuse d'un défi, comme pour la rabaisser. J'ai vu le mal, fillette, et tu l'as pas en toi.

Alors je suis quoi ? demande-t-elle en lui tournant toujours le dos.

Elle attend un peu, mais comme il ne répond pas, elle repart vers l'escalier en sentant peser sur elle son regard jusqu'au bout.

*

À l'arrière du bâtiment, Temple trouve une fenêtre qui donne sur une allée et elle s'y faufile en tenant le colosse chancelant par la main, l'obligeant à suivre le mouvement tandis qu'elle court d'un coin d'ombre à un autre, jusqu'à ce qu'ils soient assez loin du bourg pour ralentir.

Ils progressent en maintenant la route à leur gauche, et la suivent jusqu'à la voiture. Elle a été poussée dans le fossé, où elle penche de guingois dans les hautes herbes, la portière conducteur grande ouverte.

Le sac de sport bourré d'armes a disparu, mais elle récupère le pistolet et un chargeur plein qu'elle avait planqués sous le siège du conducteur. Dans un recoin du coffre est tassé un sac en toile où elle fourre tout ce qu'il y a à sauver — des vêtements, y compris la robe d'été jaune que Ruby lui a donnée il y a des semaines, des cartes routières qu'elle utilisait pour s'orienter vers l'Ouest, une bouteille d'eau à moitié pleine, un briquet et ce qui reste d'un grand paquet de crackers au fromage.

Dans la boîte à gants, elle tombe sur le jet miniature qu'elle avait ramassé au magasin de jouets. Elle le tourne et le retourne entre ses mains.

Hé, Maury, dit-elle. Viens voir.

Elle le lui tend, mais il n'en veut pas.

Regarde, insiste-t-elle. C'est un avion. Comme ceux dans les airs.

Elle désigne le ciel et lui montre comment un avion de chasse vole, en imitant le souffle du vent pour appuyer sa démonstration.

Tiens, c'est pour toi.

Cette fois, il l'accepte et le tient dans sa main, les yeux rivés dessus comme s'il s'attendait à le voir prendre son envol.

Va pas le perdre, dit-elle. Range-le dans ta poche.

Elle déniche également, tout au fond de la boîte à gants, le sachet plastique qui contient le bout de son petit doigt. Il s'est fripé comme un grain de raisin et a viré au gris sauf au niveau de l'ongle, toujours peint en rose bonbon. Elle examine ses neuf ongles restants, et constate qu'ils ne portent plus la moindre trace de vernis barbe à papa. En revanche, du sang caillé noir s'est accumulé sous ses ongles, comme si elle était dotée de griffes faites pour creuser et non de doigts.

Elle roule le sachet plastique et le fourre dans une poche.

Fais tes adieux à la voiture, dit-elle à Maury. On va tracer un bout à pied, le temps de nous trouver de nouvelles roues.

Ils longent l'agglomération en repartant, mais, dans le lointain, ils entendent du chahut et des pleurs — de profonds cris de rage et de désolation.

J'imagine qu'ils ont trouvé le chantier qu'on a laissé, dit-elle. Tu crois qu'ils vont nous courir après, Maury ? Va falloir surveiller nos arrières. Je me demande ce qu'ils ont fait du vieux Mo.

À trois ou quatre kilomètres de la ville, ils rejoignent la voie ferrée, qu'ils suivent en direction de l'ouest, ce qui leur permet de rester à l'écart de la route principale, de progresser d'un bon pas et de voir si quelqu'un les rattrape. Temple utilise sa machette gurkha pour tailler un bâton de marche à Maury, et il le laisse traîner sur les traverses, créant un staccato de bois contre bois, tel le bruit d'un vieux podomètre à roue qui mesurerait la distance parcourue lors de leur périple.

Le soleil plonge dans le ciel face à eux, et leurs ombres, toujours plus étirées et déformées, sont les seules à les suivre. Le gravier du ballast crisse sous leurs pieds, et elle remarque que les rails ne sont pas brunis par la rouille mais étincelants, et elle se demande si quelqu'un les utilise encore.

Le soleil se couche mais le ciel reste lumineux un long moment, comme s'ils arpentaient le périmètre d'une terre plate. Il fait encore jour lorsque le rideau d'arbres morts à leur droite, asphyxiés par le kudzu, s'amincit suffisamment pour leur laisser entrevoir une rivière parallèle à la voie.

Si c'est pas beau, ça, dit-elle.

Le cours d'eau est large et placide, et la berge envahie de roseaux. Elle scrute l'horizon derrière eux mais ne voit rien venir.

Amène-toi, Maury. T'as besoin d'un bain, presque autant que moi.

Ils se déshabillent donc et avancent dans les flots comme les suppliants crasseux d'une terre profanée — l'homme au corps pâle et épais, quasiment glabre, assis à la manière d'un rocher dans l'eau peu profonde, immobile dans le courant qui contourne ce simple obstacle, et elle, la minuscule innocente, dépouillée, qui nettoierait les stigmates de sa déchéance, plonge la tête sous l'eau comme pour trouver dans l'onde pure le royaume des cieux baptismal, puis se relève alors que sa chair rose commence à percer sous le masque de putréfaction. Elle se passe la main dans les cheveux et contemple l'eau qui emporte les caillots de sang, lambeaux de chair et bouts d'os. Vue du dessus, elle pourrait passer pour une comète et sa queue, tête miroitante prolongée par un delta étiré et tournoyant de boue brunâtre. Elle s'assoit ensuite avec de l'eau jusqu'à la taille et entreprend d'ôter les bouts de verre fichés dans la peau de son visage et de ses mains, puis lave ses plaies à l'eau fraîche jusqu'à ce que la sensation de brûlure disparaisse.

Elle récupère alors ses vêtements sur la berge verdoyante, les rince et les essore jusqu'à les débarrasser de toutes les croûtes — mais les taches couleur rouille refusent de partir, et elle suppose qu'elles y resteront à jamais.

Lorsqu'ils émergent de la rivière, purifiés, le ciel d'encre est teinté de nuances violettes, et les étoiles sont visibles entre les nuages nocturnes couleur de cendre.

Ils ramassent au pied des arbres du petit bois, qu'elle empile avant d'y bouter le feu à l'aide d'un fagot d'herbes sèches derrière un affleurement de roche, de façon que les flammes soient invisibles depuis la ville derrière eux. Elle étend ses vêtements sur les pierres près du feu et les regarde sécher en libérant de fines langues de vapeur grises. Le vent a fraîchi avec la nuit, et tout son corps se couvre de chair de poule.

Elle contemple le feu et sent le sommeil la gagner, et quand elle le tisonne à l'aide d'une branche, les braises montent haut dans le ciel, tel un escadron d'insectes furieux, avant de disparaître comme si elles avaient trouvé refuge dans l'un des nombreux replis de la nuit.

Elle se tourne vers l'homme assis à son côté, dont les yeux ternes sont rivés sur les flammes, comme débordés par la contemplation. Il n'y a guère de place dans sa caboche, et pour l'heure, tout l'espace est occupé par le spectacle mouvant du feu.

C'qui s'est passé là-bas, dit-elle. Je sais bien que t'as rien demandé, mais quand même.

Il ne détourne pas les yeux du feu.

À mon avis, ça fait trop longtemps que je côtoie les sacs à viande, poursuit-elle. Ça m'arrive parfois de péter un plomb. Comme un interrupteur qu'on actionnerait quelque part dans mon cerveau, tu vois ? Et alors, mes mains, elles commencent à tout fracasser et déchirer, et elles se fichent pas mal du pourquoi et du comment.

La sève des branches qu'ils ont ramassées crépite et siffle dans les flammes.

Et c'est mal, c'est un péché aussi gros qu'le monde dans lequel on vit, plus gros, même — poser ses mains sur une créature de Dieu et l'étriper comme ça. Même quand cette chose est bien moche, c'est quand même un péché, et Dieu te balancera une terrible vengeance — je le sais, je l'ai vu faire. Mais la vérité… la vérité, c'est que je sais pas où j'ai pu dérailler. Moïse, il dit que j'suis pas mauvaise, mais si c'est vrai… si c'est vrai, je suis quoi au juste ? Parce que mes mains, tu vois, on dirait qu'elles servent à rien sauf quand je fracasse un crâne ou quand je tranche une gorge. C'est tout ce qui compte, dans cette affaire. Les sacs à viande aussi, ils tuent, mais ils en tirent aucune satisfaction. Maury, sûr que tu te balades sur une planète de solitude — pleine d'injustices et d'atrocités — mais la vraie abomination, elle est assise à côté de toi.

Au-dessus de leurs têtes, la lune n'est qu'un fin copeau dans le ciel, comme une flamme de bougie, délicate et ténue face au caractère irréductible de la nuit. Comme s'il fallait retenir son souffle de peur de l'éteindre.

Si le colosse à son côté a compris un traître mot de ce qu'elle vient de dire, il ne le montre pas.

Elle hoche la tête pour elle-même.

Tout ça pour dire, annonce-t-elle en guise de conclusion, qu'on a intérêt à t'emmener au Texas, que tu te débarrasses de moi.

11

Des jours durant, ils suivent les rails en gardant le soleil matinal dans le dos. Maury marche à côté d'elle en traînant des pieds : un mouvement gravitationnel, et auquel elle seule donne une direction. Dès qu'elle se met à couvert dans les bois lorsqu'elle croit entendre quelque chose arriver, il la suit sans question ni hésitation. Quand elle fait halte pour scruter le soleil ou se tremper les pieds dans le cours d'eau qui coule toujours parallèlement aux rails, il fait de même.

Les crackers terminés, ils se nourrissent de baies et de poissons pêchés dans la rivière à l'aide d'un sac de toile qu'elle a déniché dans les débris qui jonchent le remblai. À chaque passage à niveau, elle espère trouver une voiture en état de marche, mais la voie ferrée les a éloignés de toute zone urbaine, tant et si bien qu'elle envisage d'essayer de rejoindre les routes principales avant de juger préférable de s'en tenir à un itinéraire peu susceptible d'attirer du monde. Et puis ici, c'est paisible, avec ces rails et cette rivière qui courent sur une même ligne droite. Il leur arrive de marcher des heures sans voir le moindre sac à viande — et ceux qu'ils aperçoivent crèvent la dalle au point d'être parfois incapables de tenir debout.

Un matin, tandis qu'elle s'asperge le visage, elle distingue une silhouette qui flotte sans but au gré du courant. C'est un sac à viande aux gestes lents et désordonnés, incapable de se redresser ou de relever la tête hors de l'eau, emporté par les flots paresseux — et qui finira peut-être, imagine-t-elle, dans l'océan lointain.

Une autre fois, dans une clairière proche des rails, ils tombent sur une pile de cadavres humains calcinés. L'amas friable, plus haut qu'elle, est un enchevêtrement de membres brûlés et fusionnés, pétrifiés en une sorte d'igloo noir. Chaque bourrasque de vent fait claquer de fins lambeaux de peau charbonneuse, comme des guirlandes de Noël. Il n'y a aucun signe de vie alentour, et elle s'interroge sur la signification d'une telle construction dans un endroit aussi éloigné du flot ordinaire du discours humain.

L'après-midi du troisième jour, ils sont dépassés par un bateau à moteur qui remonte le cours d'eau avec dix ou quinze passagers, dont deux enfants qui la regardent à travers des lunettes de soleil surdimensionnées. Le pilote fait faire une embardée au canot, mais sans couper le moteur bruyant. Il fait signe à Temple, et elle lui répond. Puis il lève et baisse tour à tour le pouce pour s'enquérir de son état. La voyant répliquer par un pouce en l'air, il fait un autre geste, un rond formé par le pouce et l'index qui signifie OK. Il vire ensuite de bord et le bateau continue à remonter la rivière.

De jour, leurs pas soulèvent une fine poussière qui les contraint à avancer pour la laisser derrière eux.

S'ils s'arrêtent, le nuage créé par leur passage les rattrape et les fait s'étrangler, tousser et cracher.

Il leur arrive de tomber sur des cabanes effondrées dans des clairières envahies par la végétation, et ils les fouillent en quête d'objets utiles et de curiosités.

Le soir, elle fait bouillir de l'eau dans de vieilles boîtes de conserve trouvées près des rails. Elle y ajoute les baies et herbes aromatiques qu'elle sait n'être pas toxiques.

L'eau de rivière, dit-elle. C'est pas l'élixir des dieux, mais ça descend tout seul quand on a soif.

Parfois, elle chante pour se tenir compagnie.

L'était menue comme un lutin[1]
Mais chaussait du 51.
Fallait d'bien grosses boîtes à sardines
Pour faire sandales à Clémentine.

M'nait ses canetons à la rivière
Tous les matins sonnées matines.
L'a trébuché sur une grosse pierre
Et versé dans l'onde mutine.

Lèvres rubis tout juste affleurent,
Soufflent des bulles dans sa débine.
Hélas je suis pas bon nageur,
Et c'est pareil pour Clémentine.

Dans un jardin d'curé bohème
Poussent des lianes serpentines,

1. Librement inspiré de *My Darling Clementine*, ballade folk du XIXe siècle. (*N.d.T.*)

De jolies roses et des poèmes
Fertilisés par Clémentine.

Nuit après nuit elle me hante
Dans ses frusques dégoulinantes,
Puis se dresse dans l'eau cristalline,
Et là j'embrasse ma Clémentine.

Je la regrette, je la regrette,
Elle me manque, ma Clémentine,
Pis j'ai embrassé sa sœurette
Et oublié ma Clémentine.

Et elle rit et rit encore, en donnant des coups de talon dans la poussière.

T'as pigé, Maury ? La sœur de Clémentine, elle doit être craquante !

Les nuages viennent, puis la pluie, bien vite avalée par tous les pores d'une terre desséchée. Il pourrait pleuvoir des jours entiers sans que se forme la moindre flaque, tant est brûlé et nu le sol dur qu'ils arpentent. Ils ne s'abritent pas mais continuent à marcher, appréciant le contact tonifiant des gouttelettes sur leur peau. Elle offre son visage au ciel et tire la langue pour laisser la pluie lui couler dans la gorge. Le tintamarre assourdi du tonnerre résonne à la manière d'un canon médiéval qui leur parviendrait non pas du lointain mais depuis des siècles révolus — comme si, en longeant la rivière, ils remontaient vers un passé primitif. Quand l'orage approche, les éclairs peignent le ciel d'un blanc absolu, comme sous le flash d'un appareil photo ; Maury se met à gémir et refuse d'aller plus loin, et tend vers le ciel des mains qui s'ouvrent et se referment.

T'inquiète, Maury, dit-elle. Ce chahut va pas te faire de mal. C'est juste Dieu qui se donne en spectacle en mariant le ciel et la terre. Faut qu'il le fasse de temps en temps, pour pas qu'on oublie qui est le patron. Allez, garde les yeux sur les rails et écoute mes vocalises. J'vais chanter jusqu'à ce que ça s'arrête.

Elle le prend par la main et le tandem repart, la voix de Temple, forte et claire, s'élève dans le ciel plombé jusqu'à ce que passent les nuages et que le soleil perce en longs rubans si nets et précis que l'on jurerait pouvoir glisser dessus, à condition de trouver une échelle assez grande pour y grimper.

Au sommet d'un haut rocher qui surplombe la rivière, ils s'allongent sur le dos pour faire sécher leurs vêtements, et les gouttelettes qui ruissellent sur la peau de Temple sont à la fois insupportables et délicieuses.

Si tu fermes les yeux face au soleil, explique-t-elle à Maury, tu verras les bestioles minuscules qui vivent dans tes orbites.

En se redressant, elle constate que Maury s'est endormi.

Elle soupire et contemple à nouveau les nuages qui s'effilochent.

Seigneur, dit-elle, une fille peut couvrir un sacré morceau de terrain dans sa vie. J'parie que j'ai des endroits à visiter dont j'ai encore jamais entendu parler.

*

Ils en sont à leur cinquième jour de marche lorsqu'elle entend le bruit. Elle croit d'abord qu'il s'agit encore du tonnerre, mais le son dure trop longtemps, il insiste, contrairement à l'orage ou à une vague qui s'écrase, et à toutes ces choses de la nature qui se brisent puis s'arrêtent en crachotant. Elle se baisse et pose une main sur l'acier du rail.

On ferait mieux de s'écarter, Maury. Possible qu'on puisse monter si c'est pas un train plein de mutants —, mais à mon avis les héritiers de la terre sont pas du genre à dévorer du rail.

Elle sort la machette gurkha de son sac et la tient dans son dos.

Ça pourrait être des ennuis, poursuit-elle, mais, très franchement, mes pieds ont besoin d'une pause. Tiens-toi droit, Maury, et tâche de pas avoir l'air d'un oiseau de mauvais augure.

Une motrice diesel apparaît à l'est, suivie par trois wagons de marchandises, aux portes coulissantes ouvertes telles les gueules noires de poissons géants. Le train ralentit immédiatement après la courbe, et quand il s'arrête, il le fait pour elle, ce monstre de métal, de vilebrequins et de graisse qui pile sur les rails à quelques mètres de l'endroit où elle se tient avec Maury ; ses freins pneumatiques toussent et l'acier frotte contre l'acier — et elle songe à David et Goliath et à toutes ces histoires où le monstre s'arrête et s'agenouille, dans un craquement d'articulations, pour prendre la mesure de son minuscule adversaire.

Elle resserre sa prise sur la lame cachée dans son dos.

Sans sourire ni froncer les sourcils. Elle a conscience de tous les bruits qui l'environnent, pépiement des oiseaux, lointain écoulement de la rivière et souffle du vent dans les arbres.

La locomotive a l'allure d'un bouledogue, avec un museau retroussé et des bajoues. Peinte en vert forêt, elle arbore sur la calandre un emblème jaune et ailé, mais la poussière amassée au fil d'un millier de voyages s'est collée à sa surface et lui donne l'air d'une créature qui vient de surgir de terre.

Une porte latérale de la motrice coulisse brusquement, et le visage noir de suie d'un vieil homme en émerge. Il porte une casquette de base-ball, qu'il ôte pour s'éventer tout en inspectant Temple et Maury de la tête aux pieds.

Au même instant, elle remarque d'autres visages masculins qui jettent un coup d'œil par les portières des voitures, un peu plus loin.

Le vieil homme crache dans la poussière et s'essuie la bouche d'un revers de manche.

Z'avez des ennuis, tous les deux ? demande-t-il.

J'en sais rien, dit Temple. On en a ?

Pas nous qu'allons vous en causer.

C'est bon à savoir.

Le vieil homme essuie la sueur de son front, et y laisse une traînée noire.

Vous allez où ? s'enquiert-il.

Vers l'ouest.

Bonne chose. Faut pas aller vers l'est. S'y passe des trucs moches.

Vraiment ?

Les limaces, on s'habitue. Mais au bout d'un moment, on en a assez vu et on arrête de regarder.

Hon-hon.

Le vieil homme désigne Maury d'un hochement de tête.

C'est quoi, son histoire ?

Il parle pas. C'est juste un idiot.

Les yeux du vieil homme reviennent étudier Temple — mais juste comme ça, sans tenter de la reluquer par en dessous ni rien de ce genre.

Quel âge t'as ? demande-t-il.

Quinze ans, répond-elle en donnant sa chance à la vérité, et à l'instinct paternel de l'homme à la casquette.

Quinze ans ! T'es trop jeune pour crapahuter en pleine cambrousse. Bien trop jeune.

J'ai bien essayé d'être plus vieille, mais ça se commande pas.

Il glousse et se frotte les yeux, puis tourne le regard vers le cours d'eau par-delà la rive verdoyante avant de le ramener vers elle.

T'as quoi d'planqué dans l'dos ? demande-t-il.

Elle révèle la machette gurkha, et la lève pour la lui montrer.

Tu comptais faire quoi, avec ce truc ?

Si vous m'aviez fait des misères, j'vous aurais tué avec.

Le vieil homme pose sur elle des yeux aussi calmes qu'une mare à grenouilles après un orage, quand l'air est saturé d'ozone. Puis il éclate de rire.

*

Le vieil homme s'appelle Wilson. Avec ses gars, huit en tout, ils parcourent la ligne Atlanta-Dallas, recueillent ceux qui, comme Temple, sont égarés au pays des cactus et les déposent dans des communautés plus sûres, plus peuplées. Ils brisent également tous les amas de limaces qu'ils trouvent, leur plantent des clous dans le crâne à l'aide d'un pistolet pneumatique au butane puis empilent les corps et les brûlent.

Dans l'ancien temps, Wilson était ingénieur. Il revenait de Washington quand les ennuis ont commencé, en ce premier jour où les morts se sont relevés pour marcher comme les vivants. Sa famille, sa femme et ses deux enfants, y était déjà passée le temps qu'il rentre chez lui. Brusquement, tout a changé. Ce nouveau monde, un monde qui a désormais un quart de siècle au compteur, il n'a jamais eu à l'affronter avec les siens à ses côtés. La terre a changé et lui avec, et il compte bien rester en mouvement puisqu'il semble n'y avoir nulle part où s'installer durablement ni personne avec qui le faire. Il se souvient, dit-il, du Wilson d'avant — mais à peine.

Les autres sont, pour la plupart, d'anciens militaires. Mercenaires en manque de système économique à exploiter ou opportunistes qui, après avoir amassé un monceau de cash, ont déchanté en constatant que tout était désormais gratuit, en libre-service, avec la bénédiction de la planète entière. Dans cette Amérique qui avait changé à leur avantage, leurs dettes réglées du jour au lendemain, ils se sont tournés vers la seule occupation ressemblant à celle de soldat de fortune dans ce paysage sens dessus dessous : sillonner le pays tels des desperados, en aidant leur prochain.

Et les voici, assis autour d'une table de jeu bancale, crochetée à la paroi du wagon de marchandises pour éviter qu'elle ne se renverse à chaque arrêt ou départ, à jouer au poker Omaha et picoler dans des tasses en fer-blanc, ou assis les jambes dans le vide du côté ouvert de la voiture, à admirer le paysage qui défile en démontant leur arme pour la nettoyer, ou à graver des figurines dans une branche de tilleul à l'aide d'un canif. Les voici, les nouveaux chevaliers errants de ces étendues dévastées — des hommes perdus qui secourent des hommes perdus et les traînent en sécurité par leur col poussiéreux.

Ils sont à leur place, songe Temple. Partout où ils vont, ça leur colle à la peau. Ce monde est leur monde, et ils prennent possession de chaque mètre parcouru, et conduisent soir après soir le soleil à sa tombe.

*

Point Comfort ? dit Wilson. (Il ôte sa casquette et se gratte la tête.) Ça me dit quelque chose. Une heure au sud de Houston, peut-être. Pourquoi faut que vous y alliez ?

Maury a de la famille là-bas.

T'en es sûre ?

Non.

Ce gars-là a de la chance de t'avoir trouvée.

Je compte juste le déposer. Il peut pas rester avec moi.

Hmm-hmm.

Il reste un long moment à l'étudier en hochant la tête, comme si les infos défilaient à la surface des yeux de Temple.

Ma foi, conclut-il, montez donc avec nous jusqu'à Longview et, de là, vous pourrez peut-être trouver un moyen d'aller au sud. J'connais des gens sur place.

Ce serait très aimable à vous, dit-elle. À force de marcher, j'ai les pieds qui fatiguent.

Ton gars, il aime la citronnade ?

J'crois bien, fait-elle en haussant les épaules. Il en boit, en tout cas. Mais il aime pas les mûroises.

Puis elle regarde Wilson, et sent qu'elle s'est fait piéger, sans trop savoir comment. Le vieil homme sourit et contemple, à travers les hautes herbes, les lignes parallèles des rails qui courent devant eux et convergent dans le lointain.

Comme j'ai dit, clarifie-t-elle, il est rien pour moi.

*

Avec Maury, ils grimpent dans le troisième wagon de marchandises, en compagnie de quelques réfugiés. Blottis les uns contre les autres et impuissants, ils posent sur Temple des yeux qui semblent prédire la mort. Ils sont déjà foutus, ces femmes avec leurs nourrissons plaqués sur la poitrine, ces hommes qui soignent leurs plaies en se demandant quelle contagion se répand dans leur sang, ces fils et filles de la terre dont la force d'âme s'est déjà écoulée par les déchirures de leur chair et les chancres de leur cervelle.

Temple les hait d'instinct. Wilson, tel un passeur funeste qui s'ignore, n'a pas conscience de rapatrier un plein wagon de mort. Et ces défunts-là sont pires encore que les sacs à viande, car ils n'ont même pas faim.

Elle s'assoit dans l'embrasure d'une porte coulissante et regarde le monde défiler. À côté d'elle,

Maury tourne et retourne l'avion de chasse miniature.

Tiens, regarde, dit-elle.

Elle lui prend le modèle réduit et lui montre comment le tenir par en dessous en le regardant de côté, de façon à avoir l'impression qu'il fend l'air tandis qu'ils avancent.

Essaie, dit-elle. Pigé ? Tu vois comment il vole ? On dirait qu'il fonce, pas vrai ? Mais un vrai avion de chasse, ça va encore plus vite. Plus vite que le mur du son.

Maury contemple le jouet entre ses doigts, et tout en lui se fait calme et paisible.

Ça te plaît, hein ? Vu ton âge, t'as dû voir des tas d'avions quand t'étais gamin, non ? Je parie que tu t'en souviens très bien. J'en ai vu aussi, mais pas des masses.

Elle le regarde, examine ses yeux.

T'as l'air de t'envoler dans ta tête, Maury. Comme si tu fonçais à travers les nuages. Moi aussi. Moi aussi.

Et elle tourne le dos aux perdus et aux morts et aux piétinés, elle les laisse à leurs tombes à ciel ouvert et, avec le colosse à son côté, ils lèvent les yeux vers le ciel pour y trouver non seulement des portes et des anges, mais d'autres merveilles, comme ces avions qui vont plus vite que le son et ces statues plus grandes que n'importe quel homme, ces cascades plus grandes que n'importe quelle statue et ces gratte-ciel plus grands que n'importe quelle cascade et des histoires plus grandes encore, qui s'élèvent et vous accrochent par la culotte au croissant de lune, d'où l'on peut contempler la terre tout entière, et d'où l'on peut voir à quel point cette petite bille, en définitive, est dérisoire et précieuse.

*

Dès que le train s'arrête, elle prend Maury par la main et grimpe dans le wagon suivant. Celui-ci est moins peuplé car plus spartiate. Dans la voiture précédente, il y avait des matelas et des bouteilles d'eau, un vieux canapé fatigué et quelques sièges. Celle-ci est presque vide. Les hommes de Wilson s'y hissent pour y dormir quand leur propre wagon se fait trop bruyant. Et d'autres, aussi, assis à même le plancher et adossés à la paroi, occupés à fumer, les yeux brièvement illuminés par le cylindre incandescent calé entre leurs doigts. Un dernier gars dort dans un coin, son Stetson posé sur la poitrine.

Elle guide Maury par la main jusqu'à l'angle le plus sombre où elle espère dormir un peu. Elle lui dit de s'allonger, et il obéit, puis elle s'installe à côté de lui, croise les mains sous sa tête et attend que le roulis du train lui fasse trouver le sommeil.

Dans ses rêves, il y a un homme. Elle croit d'abord qu'il s'agit d'oncle Jackson, vu qu'il approche pour placer ses bras autour d'elle et que Malcolm est derrière lui. Mais à la façon dont Malcolm la regarde, elle comprend qu'il y a un problème. Il paraît effrayé, et elle voudrait lui dire qu'il n'y a rien à craindre. Mais il désigne son avant-bras, toujours collé au dos d'oncle Jackson dans leur étreinte et, en baissant les yeux, elle constate que sa peau s'est couverte de furoncles, et songe : C'est bizarre, je dois déjà être morte et j'en savais rien. Elle tente alors de s'excuser auprès de Malcolm qui est en droit d'avoir peur d'elle, car elle comprend qu'elle le dévorerait à la moindre occasion, l'engloutirait tout entier en commençant par les joues — et que cet appétit de chair, voudrait-elle lui expliquer si elle en était capable, n'est pas très différent de la soif de protéger et de préserver, mais peut-être est-ce l'œuvre de son esprit perverti. À cet instant, oncle Jackson la serre plus fort, et elle remarque que la barbe de l'homme lui pique le visage alors qu'oncle Jackson est toujours rasé de près, et que le type qui l'étreint n'est pas du tout oncle Jackson. Et elle voudrait dire : Attends Mo, attends Mo, mais c'est impossible à cause de Moïse Todd qui lui coupe le souffle parce qu'elle est un sac à viande et que la seule chose que Moïse Todd déteste plus encore que Temple, ce sont les limaces, ce qui justifie le fait qu'il veuille la tuer et que Malcolm ait peur d'elle — tout cela se tient…

Et quand elle ouvre les yeux, c'est vrai, il est là, Moïse Todd, penché sur elle dans le wagon de marchandises, et il lance : Ça alors, qui voilà !

Mue par un instinct brutal, elle frappe, lui décoche un coup de poing rapide à la mâchoire, puis se dégage d'une roulade et se relève.

Oh, dit-il.

Mais elle lui a déjà sauté dessus, l'attrape par le cou et dégaine en un éclair la machette de l'autre main, qu'elle lève pour porter le coup fatal.

Tout doux, dit-il en se ratatinant, les paumes tournées vers elle en signe de soumission. Du calme, poupée, c'est moi. J'te veux aucun mal. C'est moi, Lee.

Lee.

Ses yeux accommodent dans la pénombre du wagon, son esprit chasse les chimères du sommeil et elle remarque qu'autour d'elle, les autres hommes se sont levés pour braquer flingues et armes diverses dans sa direction.

Ça va, dit l'homme qu'elle tient à la gorge à l'intention de tous les autres occupants de la voiture. J'lui ai flanqué la frousse, c'est tout. Voilà ce qu'on récolte quand on arrache quelqu'un à ses rêves.

Lee. Pas du tout Moïse Todd. Lee. Le chasseur. Lee, l'homme qui lui a fait goûter un steak de limace fraîche, parfumé au romarin. Qui lui a parlé des chutes du Niagara. C'était lui qui dormait dans un coin du wagon avec son Stetson.

Lee, dit-elle à haute voix.

Tout juste, poupée. On dirait qu'un miracle nous a de nouveau réunis.

*

Désolée de t'avoir cogné, dit-elle.

Il fait bouger sa mâchoire, l'ausculte du bout des doigts.

J'ai connu pire, répond-il. Mais y a une chose de sûre : je te réveillerai pas de sitôt quand tu piques un somme.

Le train s'est arrêté à un embranchement, dans une petite ville où Wilson et ses gars partent en quête de survivants et d'approvisionnement. L'un des hommes de Wilson, un gros Mexicain qu'ils appellent Popo, patrouille d'un air dégagé, approche les limaces comme s'il allait leur demander un renseignement pour braquer au dernier moment le pistolet à clous sur leur tête. Temple et Lee, installés sur un banc en bois sous l'auvent d'un magasin, assistent de loin à la scène. Ils entendent le sifflement pneumatique du pistolet et voient les limaces s'immobiliser un instant, comme sous l'effet de la surprise, tanguer légèrement dans la brise puis s'effondrer à la manière d'animaux gonflables victimes d'une fuite soudaine.

Où sont passés tes amis ? demande-t-elle.

Eh bien, Horace s'est trop approché d'une limace. L'a été mordu au bras. Après ça, il s'est senti mal. Il est resté à attendre de mourir ou de se transformer, ou Dieu sait quoi. Ça a duré un bon moment, plus longtemps qu'on aurait pensé.

Et ça s'est fini comment ?

J'en sais trop rien. Avec Clive, on s'est réveillés un matin, et il avait disparu. Il avait laissé tout son barda, mais il était parti. On l'a attendu jusqu'au coucher du soleil, mais on l'a pas revu. Peut-être qu'on sent le truc arriver. Je sais pas. Ou on a peut-être honte de mourir. Il a pu vouloir s'isoler en sentant son heure arriver.

Lee allume une cigarette et s'adosse au banc, puis étend les jambes et croise les chevilles.

Quant à Clive, ben, il voulait qu'on continue à deux. Mais moi, j'en avais ma claque du train-train de la plaine, si tu veux tout savoir. Je lui ai dit que j'allais mettre le cap à l'ouest, histoire de voir comment fonctionne cette communauté californienne dont j'ai entendu parler. On s'est séparés, après avoir planté une plaque pour Horace sous un poivrier, où personne ira l'enlever. C'est pas grand-chose, mais ça nous a fait du bien.

Il fait tomber sa cendre sur le trottoir et passe le dos de sa main sous son nez.

Et toi ? (Il hoche la tête dans la direction de Maury, qui est assis au bord du trottoir avec un bouquet de fleurs des champs coincé dans sa grosse main.) Tu t'es trouvé un compagnon de route, on dirait.

Elle lui parle de Maury, lui raconte comment elle l'a trouvé, peu après les avoir quittés. Comment il trimballait sa mamie sur la route, suivi par tout un défilé de sacs à viande en quête de festin. Elle lui explique qu'elle est tombée sur un bout de papier dans sa poche, où figurait son nom ainsi que l'adresse de parents, au Texas, et ses efforts pour l'y conduire, lesquels se soldent chaque fois par des contretemps qui la détournent de sa mission.

Elle a vu des choses, résume-t-elle, mais n'a pas envie d'entrer dans les détails. En bref, elle en a bavé.

En tout cas, dit-il en s'appuyant au dossier du banc pour l'ausculter à la manière du plus mauvais médecin du monde, t'es écorchée de partout, mais on dirait bien que tu sais comment survivre.

Ouais, dit-elle. Rester en vie, c'est pas sorcier. Le problème, c'est de rester juste.

Qu'est-ce que t'essaies de dire ?

Que j'ai fait des trucs dont j'ai pas envie de parler.

P'tite sœur, y a pas un vivant qu'a pas une collection d'ces trucs-là.

Possible, mais sentir qu'on a quelques machins pourris à l'intérieur de soi, qui ricochent comme des fayots dans leur boîte, c'est une chose. C'est autre chose de sentir qu'on a le cœur, l'estomac et la cervelle fabriqués avec ces mêmes machins.

Elle chasse cette pensée, se redresse et croise les bras sur la poitrine.

Enfin, peu importe, dit-elle. Ça me vient quand je réfléchis trop. C'est pour ça qu'il faut pas ralentir longtemps. Faut garder le cerveau fatigué pour pas se mettre à tourner en rond dans sa tête.

Il acquiesce et tire une bouffée sur sa cigarette.

J'peux quand même te demander un truc ? dit-il.

Essaie toujours.

Quand tu m'as sauté dessus, tout à l'heure. Tu croyais que c'était qui ?

Ça fait partie des trucs auxquels j'aime pas penser.

Qui ?

Rien qu'un gars que j'ai laissé crever.

*

Wilson conduit le train assez lentement pour permettre à tous ceux qui le souhaitent de lui faire signe, mais assez vite pour empêcher les limaces de grimper à bord. Elles s'y essaient parfois, tendent la main et attrapent le rebord métallique. Il leur arrive de s'accrocher et de se faire traîner sur un bon kilomètre avant de lâcher prise et de tomber sur le remblai, telles des mottes de terre chassées par la locomotive.

Celles qui traînent sur les rails sont broyées par les roues du train qui laisse derrière lui des amas organiques tordus et méconnaissables.

Quand vient la nuit, le paysage prend la couleur du goudron. Les phares du convoi pénètrent à peine les buissons qu'il dépasse, canevas d'herbes hautes et de ronces à travers lequel, de temps à autre, elle aperçoit les visages blafards des morts qui la regardent passer, comme si ces rails menaient directement à un Pré de l'Asphodèle lugubre où l'armée des damnés prodiguerait ses conseils avisés, et témoignerait son respect à ces pèlerins d'un autre monde.

Dans le lointain, on distingue parfois l'éclat ténu d'un feu de camp, diffus et implacable. Des mirages, affirme Wilson, des illusions nocturnes vouées à s'éloigner sans cesse à mesure que l'on s'en rapproche. À l'image des chatoyantes sylphides d'antan qui guidaient les voyageurs vers un précipice ou le dédale sans fin d'une caverne. Tout n'est pas bienveillant dans la magie de la terre. Temple les observe avec attention, et elles semblent parfois proches, ces lueurs intenses cerclées de brume, parfois tout juste hors de portée, et elle se surprend à se pencher, à tendre le bras vers elles dans les ténèbres par-delà la portière du wagon de marchandises.

Ça, c'est une bonne stratégie pour une amputation rapide, petite, dit l'un des hommes de Wilson, et elle rentre son bras.

Le lendemain, un dimanche, des gars de Wilson grimpent dans la voiture des réfugiés pour un office chrétien. Popo le Mexicain lit des passages de la Bible d'une voix basse et monotone.

> *Le champ, c'est le monde ; la bonne semence, ce sont les fils du royaume ; l'ivraie, ce sont les fils du malin ; L'ennemi qui l'a semée, c'est le diable ; la moisson, c'est la fin du monde ; les faucheurs, ce sont les anges. Or, comme on arrache l'ivraie et qu'on la jette au feu, il en sera de même à la fin du monde.*

Ils prient, certains en silence, d'autres en marmonnant, d'autres encore en soufflant leur fumée de cigarette vers Dieu dans son paradis céleste. Temple regarde. Le Dieu qu'elle connaît est trop grand pour avoir besoin des suppliques des insignifiants vagabonds de la terre. Dieu est un dieu roublard, Il dispose d'une magie sans pareille — comme ces lueurs tentatrices qui vous mènent dans les entrailles de la bête, ou parfois d'autres lumières, clair de lune ou poissons phosphorescents, qui vous reconduisent à l'air libre.

La nuit vient, et quand le soleil se lève à nouveau, il brille sur un désert immobile, sur des rues où s'entassent des voitures rouillées, déglinguées, des villes où roulent des buissons d'amarante et se succèdent des bâtiments décrépis, des panneaux tordus et penchés dont les flèches désorientées pointent vers le sol ou le ciel, des affiches publicitaires aux images chatoyantes et aux mots bigarrés qui, à moitié décollées, claquent au gré du vent, des vitrines couvertes par plusieurs décennies de crasse, des vélos aux pneus dégonflés, abandonnés à un carrefour, et dont les roues tournent mollement, tels d'apathiques moulins à vent en fer-blanc, des édifices carbonisés, d'autres à demi effondrés, immeubles hauts fendus en deux qui se dressent à la manière d'un empilement de boîtes à chaussures, leurs tableaux toujours accrochés aux murs restés debout, les téléviseurs encore en place sur un meuble qui vacille au bord du gouffre, le reste du salon ayant basculé dans une montagne de béton, de poussière et de matériaux divers, comme les jouets abandonnés d'un enfant titanesque.

Pour tout dire, un tel spectacle pourrait faire penser que le monde, au lieu de subir un cataclysme, s'est figé au beau milieu de sa construction, et que, en réalité, la main divine du Bâtisseur connaît un arrêt momentané, que cette structure squelettique évoque davantage la promesse, l'espoir et l'ingéniosité que la déchéance et la ruine.

Mais il existe également d'autres lieux, qui furent autant d'oasis pour le voyageur, conglomérats de stations-service, fast-foods, motels. Les fenêtres sont intactes, l'électricité fonctionne, les portes vitrées coulissent encore, les haut-parleurs laissent toujours échapper leur musique métallique, distordue. Des villes fantômes. Entièrement coupés du monde, ces endroits sont si morts que même les morts n'y habitent plus.

Ces villes-là, Wilson et ses hommes les traitent avec un respect silencieux, comme lorsqu'on arpente un cimetière sur la pointe des pieds. Il y a quelque chose de sinistre et de viscéralement solitaire dans cet abandon total. De spectral dans la façon dont pourriture et décomposition n'ont pas réussi à atteindre ces lieux à travers l'immense désert. Être abandonné par la dévastation, c'est être abandonné quand même.

12

Ils atteignent Longview, Texas, alors que le soleil est au zénith. Sa brûlure est sèche et purificatrice, et il semble à Temple que les éléments sablent le grain de sa peau.

Le centre-ville est barricadé et des hommes armés montent la garde, mais quand ils voient le train approcher, ils font des signes de la main et quelqu'un déplace l'autobus qu'ils utilisent pour condamner la voie ferrée. Une fois le convoi à l'intérieur des fortifications, le bus referme l'accès.

Trois sur trois, indique Wilson. Ça leur fait neuf pâtés de maisons sécurisés. La plus grosse forteresse à l'est de Dallas. C'est là qu'tu t'arrêtes, si tu comptes toujours aller au sud.

Des enfants jouent dans la rue et, quand ils voient le train, ils laissent tomber leur vélo par terre et accourent, et les mères leur ordonnent de ne pas trop s'approcher. Mais il n'y a pas que des enfants. Des gens de tous âges et de toute sorte émergent des immeubles et des boutiques pour s'attrouper autour du train, qui s'arrête en grinçant.

Les hommes de Wilson connaissent les femmes

d'ici, et les couples se forment au milieu de la foule puis s'éloignent ; certaines, gloussantes, jetées sur l'épaule des hommes, fesses en l'air, se voient même flattées comme on claque un sac de grain.

D'autres autochtones aident les réfugiés à descendre des voitures, et Wilson en personne palabre avec un homme et une femme, les aînés de la ville, pour décider qui peut rester et qui ira jusqu'à Dallas.

Une fois le train vidé de ses passagers, les enfants commencent à jouer aux cow-boys et aux indiens en l'utilisant comme terrain de jeu géant.

J'vais me chercher un truc bien frais à boire, lui dit Lee. Tu veux quelque chose ?

Maury et moi, on va juste faire un petit tour.

Comme tu voudras. Mais tâche de cogner personne en ville, d'accord ?

Elle reste un moment au beau milieu de la rue, sans savoir quoi faire. Sa place, comme il l'a été prouvé maintes et maintes fois, se trouve au-dehors avec les sacs à viande et la bestialité, et non ici, confinée dans le périmètre d'une gentille petite bourgade. Elle a déjà tenté le coup, et ça n'a pas marché. Ce qu'elle désire vraiment, c'est sentir le poids de la machette gurkha dans sa main — elle en a la paume moite rien qu'à l'idée —, mais elle la garde dans son fourreau pour ne pas effrayer les gamins.

Elle s'essaie à croiser les bras sur la poitrine, puis à joindre les mains dans son dos, puis à les enfoncer dans ses poches, mais aucune posture ne semble convenir et elle souhaiterait se trouver dehors, seule avec Maury, où elle saurait comment s'occuper, en allumant un feu, en échappant à un poursuivant ou en massacrant un sac à viande.

Au bout d'un moment, un garçon s'approche d'elle. Un peu plus grand qu'elle, il porte une chemise à carreaux rentrée dans son jean et une ceinture de lanières de cuir tressées, avec une grosse boucle en argent ornée d'un cheval.

Je m'appelle Dirk.

Salut, Dirk.

Tu comptes me dire comment tu t'appelles ?

Sarah Ma… Temple, je crois.

Tu crois ? Tu n'es pas sûre ?

Ça ne lui vient pas naturellement, mais elle donne une chance à la vérité vu que l'endroit semble propice à la franchise.

C'est Temple, dit-elle.

D'où viens-tu ? demande-t-il.

D'un tas d'endroits.

Je voulais dire, où as-tu grandi ?

Dans le Tennessee, essentiellement.

Je sais où ça se trouve. Enfin, je l'ai vu sur une carte, à l'école. Je suis né ici, et je ne suis jamais allé nulle part, sauf une fois à Dallas en train. Ailleurs, ce n'est pas sûr.

J'suis pas habituée aux endroits sûrs.

Temple, tu ne devrais pas dire « j'suis pas ».

Pourquoi pas ?

C'est grammaticalement incorrect, dit-il comme s'il citait quelque chose. Cela fait preuve d'un manque de sophistication.

Le pas correct, c'est tout c'que j'connais, en grammaire.

Quel âge as-tu ?

Je sais pas trop. Quel jour on est ?

Dirk examine sa montre à affichage numérique, qui donne aussi la date.

Le 4 août.

Alors ça me fait seize ans. Mon anniversaire, c'était la semaine dernière.

Elle tente de se souvenir de ce qu'elle a pu faire ce jour-là, mais traîner sur les routes tend à brouiller les lignes entre les jours.

Seize ans ! s'exclame-t-il gaiement. Moi aussi, j'ai seize ans. Voudrais-tu sortir avec moi ?

Sortir ?

Nous pourrions aller au resto, boire un Coca.

Avec des glaçons ?

Ils le servent toujours avec des glaçons.

OK, alors sortons.

Ils marchent jusqu'au restaurant, et Dirk insiste pour la tenir par la main. Il paraît déçu lorsque Maury leur emboîte le pas en silence, mais elle refuse de le laisser seul. Le resto est un authentique *diner* avec comptoir, tabourets, tables séparées par des cloisons basses et tout, et ceux qu'elle a vus jusqu'ici étaient décatis et poussiéreux, sur des bas-côtés déserts. Dirk souhaite s'installer dans un box, mais Temple ne raterait pour rien au monde l'occasion de s'asseoir au comptoir ; le trio prend donc place sur trois tabourets contigus et Dirk commande trois Coca puis, décidé à jouer un rôle plus chevaleresque, déballe la paille de Maury.

Tu aimes la musique ? demande Dirk.

Ouais. Y a des gens qu'aiment pas ?

Nous avons de la chance, nous avons un plein magasin de musique. Juste en bas de la rue. Je parie que je pourrais citer cent musiciens différents dont tu n'as jamais entendu parler.

Pas risqué, comme pari.

J'aime bien certains groupes de rock and roll, mais j'écoute surtout les compositeurs classiques. Tchaïkovski, Rachmaninov, Smetana. C'est une musique pour les gens vraiment civilisés. As-tu déjà écouté la symphonie n° 9 de Dvorak ? C'est la plus belle chose du monde. Elle donne l'impression que tout est possible.

Il continue à parler de choses pour l'essentiel étrangères à Temple, mais elle sirote son Coca puis pêche les glaçons dans son verre à l'aide d'une cuiller et les écrase entre ses dents, et l'univers qu'il lui dépeint paraît très beau, très désuet, bien qu'il détonne un peu avec ce qu'elle a vu et les gens qu'elle a connus. Cela dit, elle apprécie ses visions grand format et ses lendemains qui chantent, et ne voudrait pas les gâcher pour tout l'or du monde.

Il décrit la façon dont les administrateurs de la ville comptent agrandir celle-ci, repousser les barricades pâté de maisons par pâté de maisons, jusqu'à ce qu'ils aient reconquis toute l'agglomération. Il ne leur manque que des troupes pour défendre les abords, et il arrive chaque jour de nouveaux pionniers, des gens robustes et talentueux, sagaces et visionnaires.

Et quand tout Longview sera à nous, dit-il en s'échauffant de plus en plus, nous pousserons toujours plus loin, jusqu'à atteindre Dallas à l'est et Houston au sud. On peut y arriver. Il faut juste du monde. Et une fois ces villes reliées les unes aux autres, nous serons en mesure de marcher sur tout le

Texas, de le reprendre et d'y instaurer la civilisation, et nous avancerons tandis que des haut-parleurs diffuseront du Dvorak car il a composé cette musique pour un nouveau monde, et nous en bâtirons un, et très bientôt, les gloutons n'auront plus que l'océan où aller.

Les gloutons ? dit-elle.

Tu sais bien. Dehors. Comment les appelles-tu ?

Drôle de nom. J'avais encore jamais entendu quelqu'un les appeler comme ça.

Oh.

En voyant Dirk tout découragé, elle s'en veut d'être intervenue — puis s'irrite de s'en vouloir pour ce garçon à grosse boucle de ceinture en argent.

Mais il a tôt fait de se ressaisir et de revêtir les oripeaux de l'optimisme et de la gaieté, puis il la prend par la main et lui fait arpenter de long en large les neuf pâtés de maisons de Longview, Texas.

Sa paume devient moite et elle tente de se libérer, mais il refuse de la lâcher. Il sourit sans cesser de lui parler et regarde droit devant lui, comme persuadé qu'une fois qu'ils seront mariés, il lui restera toute une vie pour la contempler.

Qu'aimes-tu faire ? lui demande-t-il.

Comment ça ?

Temple, c'est agaçant, à la fin, cette façon de toujours répondre par une question.

Il pousse un soupir et lui sourit, s'efforçant de garder son calme.

Par exemple, explique-t-il, j'aime écouter de la musique. Mais aussi lire des livres, écrire des histoires, et comme nous avons une guitare à la maison, il m'arrive d'en jouer. Et toi, qu'aimes-tu ?

La plupart des choses qu'elle aime faire ont un rapport avec la survie en ce bas monde, ce qui semble se situer à un autre niveau que jouer de la guitare. Elle s'efforce de trouver une réponse adaptée à sa question, mais sans y parvenir.

Les mêmes choses que toi, dit-elle. J'les aime aussi.

Nous avons beaucoup de points communs.

Ouais. Bon, faut que je file.

Entendu.

Sans relâcher sa main, il vient se placer face à elle.

J'ai beaucoup apprécié notre sortie, dit-il.

Sûr. Pareil pour moi. Merci pour le Coca.

J'aimerais bien qu'on le refasse, un de ces jours.

Formidable, mais je compte pas rester à Longview. J'veux dire, c'est très sympa, ici, mais Maury et moi, faut qu'on aille quelque part.

Il se redresse, encaisse la nouvelle comme un homme.

Je ne t'oublierai pas, promet-il.

Ouais, OK.

Il l'embrasse et ça lui fait tout drôle, elle a l'impression d'embrasser un enfant sur la bouche. Les lèvres de Dirk peinent à trouver les siennes, et quand il rompt leur étreinte, elle doit essuyer un filet de bave sur sa lèvre inférieure. Elle songe à James Grierson. Ses baisers avaient goût de whisky, et ils ne rataient jamais leur cible.

Elle fait ses adieux à Dirk et ramène Maury au train, où elle retrouve Lee qui l'y attend.

Où t'étais ? demande-t-il.

J'avais un rencard.

Un rencard ? (Il part d'un rire chaleureux.) Alors

comme ça, la princesse guerrière des étendues sauvages émoustille les petits jeunes…

C'est pas drôle.

Ça l'est pourtant, et elle rit de bon cœur avec lui, et tous deux se tiennent les côtes et défient la clarté mourante du jour.

*

Wilson présente Temple à un dénommé Joe qui, se fiant au conducteur du train, accepte de lui prêter une voiture à condition qu'elle ramène le véhicule lorsqu'elle remettra le cap au nord. Il lui dit que Point Comfort se situe un peu au sud de Houston, à environ une journée de route, en fonction de l'état de la chaussée. Il déplie une vaste carte sur la table et lui montre l'itinéraire à suivre en traçant la route du doigt. Elle fait très attention aux numéros des autoroutes. La 259 jusqu'à Nacogdoches, où elle bifurquera sur la 59, qui l'amènera quasiment à destination. Arrivée à un endroit nommé Edna, elle devra prendre la 111 puis la 1593.

Tu ne prends pas de notes ? s'étonne Joe.

Pas besoin, j'ai bonne mémoire. 259, 59, 111, 1593.

Bon, ben prends au moins la carte.

Il surligne la route au marqueur jaune, replie la carte en un rectangle bien net et la lui confie, puis il ajoute des sandwichs préparés par la gérante du *diner* et quelques vêtements récupérés par le comité d'accueil de la ville.

Plus tard dans la soirée, Lee la retrouve assise sur un banc public, près d'une barricade où deux hommes installés dans des chaises de jardin braquent sur les ténèbres de gros projecteurs qui les percent péniblement.

Il prend place à côté d'elle.

Tu pars quand ? dit-il.

Demain matin. D'après Joe, si la route est en bon état, j'y serai à la nuit tombée.

Hon-hon. Et ces gens à qui tu comptes confier Maury, tu feras quoi s'ils sont pas là ?

J'en sais rien. Je le ramènerai ici, ou à Dallas. Ça manque pas de gens pour s'occuper de lui.

Et après ?

Elle hausse les épaules.

Je traînerai dans le coin. Pour voir ce qui s'y passe.

Écoute, dit-il en se tournant vers elle. J'imagine que tu me laisseras pas t'accompagner vers le sud ?

T'imagines bien.

Pourquoi ça ?

Si tu meurs, ça me fera un truc de plus à trimballer.

Temple, ça fait des années que je vis sur le terrain. J'vais pas mourir.

Si, tôt ou tard. Tout ce que je demande, c'est que tu sois pas à côté de moi quand tu passeras l'arme à gauche.

T'as la peau dure, petite.

Pas vraiment.

Je sais.

Elle sent le regard de Lee posé sur elle, et se refuse à le croiser. Elle garde les yeux rivés sur la rue. Un truc incrusté dans l'asphalte le fait miroiter sous l'éclairage urbain.

J'ai une autre idée, dit-il. Si t'oubliais Point Comfort ? Viens plutôt en Californie avec moi. On prend le train pour Dallas, et après on fonce plein ouest, tous les trois. D'après ce que j'ai entendu dire, y a des villes entières protégées. On peut y marcher une heure entière sans se retrouver face à une barricade. Comme si la civilisation était restaurée.

Et les chutes du Niagara ? Elles sont barricadées ?

Il s'appuie contre le banc, vaincu.

On prend de l'âge, Temple. Le vaste monde, c'est une chouette aventure pendant un bon bout de temps, c'est vrai. Mais il arrive un matin où on se réveille, et où tout ce qu'on veut, c'est boire un café sans penser à la vie et à la mort.

Ouais, eh ben j'y suis pas encore.

Bon sang, gamine, c'est quoi ton histoire ? T'as des choses qui te pèsent. Tu pourrais me les dire.

Peut-être, avoue-t-elle. Mais j'en suis pas encore là non plus.

*

Sur la route du sud, Maury est silencieux. Il joue avec ses doigts et regarde par la vitre, sans observer quoi que ce soit de précis. Le matin, une pluie légère grise le ciel et vient moucheter le pare-brise, mais une heure après le départ de Longview, elle cesse et les nuages se brisent pour former des piles de linge sale éparses dans l'azur éclatant.

Le paysage alentour est en deux dimensions — désert aride ponctué de rares touffes végétales hérissées de piquants et d'herbe sèche. Au bord de la route, des voitures sont arrêtées sur la bande d'arrêt d'urgence ou à demi renversées dans le fossé. Elle jette un coup d'œil chaque fois qu'elle en dépasse une, en quête de survivants réfugiés à l'intérieur, et soulagée de ne trouver personne. Au pied de certains véhicules, des cadavres, pour la plupart réduits à l'état de squelettes — peau et chair dévorées —, les os polis et blanchis par les tempêtes de sable. D'autres, que les limaces n'ont pas découverts ou enfermés derrière des portières qu'elles n'ont pu ouvrir, sont intacts, parcheminés, brunis par le soleil, la peau tendue sur les os des doigts et du visage.

À part ça, rien. Elle arrête la voiture et coupe le moteur, baisse la vitre pour tendre l'oreille. Stérile et vide, le paysage reste muet. Un monde de surdité.

Ses pensées dérivent vers des lieux désolés. Elle songe à Dieu et aux anges qui décideront si, oui ou non, elle entrera au paradis. Elle revoit tous ses crimes — tout le sang qu'elle a versé sur la terre. Elle pense aux frères Todd, celui dont elle a volé le dernier souffle, à qui elle aurait tout autant pu écraser la trachée de ses propres mains, et l'autre qu'elle a laissé mourir de la main d'autrui alors qu'elle aurait pu le sauver. Elle repense à Ruby et ses jolies robes, au vernis à ongles rose dont il ne reste plus une trace — et aux Grierson, qui avaient eux aussi de jolies choses, tourne-disque et piano, maquettes de bateau et horloges à pendule, dessus de table en marbre poli et thé glacé avec des feuilles dedans. Mais songer aux Grierson lui rappelle également les hommes solitaires piégés dans cette grande maison, le triste James Grierson, et son frère Richard dont les horizons étaient toujours situés au-delà de barrières qu'il n'osait franchir, sans oublier le patriarche aux yeux limpides dans sa cage au sous-sol, désorienté par son état. À lui aussi, elle a volé la vie.

Elle doit vraiment avoir des mains de mort, pour qu'autant de vie s'éteigne à leur contact.

Et elle pense au géant de fer, et au garçon nommé Malcolm qui était peut-être son véritable frère de sang, et à la forme de son corps, si flasque dans ses bras et si léger qu'il semblait fait de chiffons.

*

Elle sait qu'elle se trouve dans les faubourgs de Nacogdoches quand elle voit apparaître des panneaux indiquant la route 59. Là, sa silhouette se découpant devant les ruines d'une fête foraine à l'abandon, elle aperçoit une vieillarde occupée à cueillir des fleurs de cactus.

Elle sort de la voiture et s'approche de la femme, qui semble ne pas la remarquer.

Tout va bien, m'dame ?

Mis hijos tendrán hambre.

La vieille femme continue sa besogne, et rassemble les fleurs de cactus dans un tablier noué autour de sa taille.

J'parle pas autre chose que l'anglais. Vous parlez anglais ?

Mis hijos necesitarán comida para cuando regresen.

Vous vivez dans le coin ?

La vieille femme semble enfin remarquer la présence de Temple.

Venga. Usted también come…

Elle fait signe à Temple de la suivre. La jeune fille récupère Maury dans la voiture, et le tandem accompagne l'aïeule jusqu'à la haute et solide clôture qui entoure la fête foraine abandonnée. Ils longent l'enceinte jusqu'à un portail fermé par une chaîne et un cadenas. La vieille femme sort une clé d'un repli de sa jupe, déverrouille le portail et les invite à entrer, puis les guide à travers les étranges machines bariolées, des choses brisées au long cou et des guirlandes d'ampoules colorées, des sièges en vinyle déchiré et des pistes sinueuses.

Temple aimerait examiner les machines, et elle se les imagine en mouvement, grinçant sur des essieux graissés et étincelant tels des dinosaures de foire.

La vieillarde les conduit jusqu'à une zone abritée, un vaste auvent en bois qui fournit de l'ombre à plusieurs tables de pique-nique. Au centre se trouve un foyer surmonté d'une table de cuisson bricolée, sur laquelle repose une casserole noircie.

Siéntese, dit la femme. Siéntese.

Vous vivez ici ? demande Temple. (À proximité, elle remarque une caravane dont la porte est entrouverte.) C'est là que vous dormez ?

Temple attend une réponse. N'en obtenant aucune, elle hausse les épaules.

Côté sécurité, ça doit aller, dit-elle. Après tout, vous avez tenu jusqu'ici, non ?

La vieillarde fait quelque chose avec les fleurs de cactus et en met plusieurs dans la casserole fumante qui contient déjà d'autres ingrédients, puis touille l'ensemble à l'aide d'une cuiller en bois. Non loin du feu, Temple aperçoit deux tombes — de simples croix en bois avec les photos de deux jeunes hommes clouées dessus.

La guerra se llevó muchos hombres buenos. La luz del día dura demasiado tiempo.

Je comprends rien à ce que vous dites, dit Temple.

(Elle désigne son oreille et secoue la tête.) Je ne comprends pas.

La vieille femme hume la vapeur qui monte de la casserole puis remplit de soupe un bol en plastique, qu'elle tend à Temple avec une vieille cuiller en métal. Temple y goûte, et c'est bon, ça a le goût qu'aurait le désert si les endroits avaient un goût à eux, ce qui est le cas — elle avale sa part et l'essentiel de celle de Maury, qui rechigne à faire quoi que ce soit hormis explorer les surfaces avec ses doigts, peinture écaillée sur les visages de clown en fibre de verre, estrades en bois fendues, rouille accumulée sur les essieux et les roues, fanions en plastique coloré qui claquent au vent brûlant.

Elle remercie la vieille femme, bien que celle-ci n'y prête aucune attention et se contente d'empiler les bols qu'elle remise dans un coin avant de s'asseoir en tailleur à même le sol et d'entamer un chant qui ressemble à une prière ou une incantation.

Soy una sepultura —
doy a luz a los muertos.
Acojo a los muertos —
Soy una sepultura.

La vieillarde répète encore et encore, sans changer d'intonation, sa mélopée incessante et monotone, et l'ombre nette projetée par l'auvent glisse lentement — comme si le soir était une entité qui s'étendait par taches à partir des graines d'ombre que produit le jour. Puis la voix s'arrête de façon si abrupte que l'on croirait qu'une fiche électrique vient d'être arrachée à sa prise, et la femme sort une écharpe incroyablement longue d'un coffre en bois et reprend son ouvrage à l'extrémité où sont fichées ses deux aiguilles. L'écharpe serpente, poussiéreuse d'être ainsi traînée sur le sol, patchwork multicolore de laines disparates, l'autre bout toujours enfoui dans la malle derrière elle.

Temple attend, mais la femme ne dit rien de plus et l'ombre rampe toujours plus loin.

Maury s'est écarté, les yeux plongés dans ceux d'un dragon peint.

Temple parle. Elle explique à la femme qu'elle a beaucoup voyagé, et que même en se rappelant tous les noms des lieux qu'elle a visités, elle se sent perdue, bien qu'elle sache la chose impossible puisque Dieu, qui est un dieu roublard, fait en sorte que vous soyez toujours à l'endroit qu'Il a choisi pour vous. Elle avoue à la femme qu'elle a fait de vilaines choses — des choses que Dieu n'approuverait pas — et qu'il lui arrive parfois de se demander si Dieu est fâché après elle, et si elle est seulement capable de faire la différence entre bénédiction et châtiment vu que le monde est plein de merveilles, même quand on a le ventre vide et du sang séché dans les cheveux.

Elle dit à la femme qu'elle a voyagé toute sa vie, depuis ses plus lointains souvenirs, et que son esprit lui paraît désormais presque rempli, de gens et de panoramas, de mots et de péchés et de rédemptions.

Elle lui parle de cet étonnement si spécial devant toute la beauté du monde qu'éprouvent les gens mauvais comme elle — probablement parce que beauté et mal sont chacun d'un côté d'un mur, tels deux amants qui ne pourront jamais vraiment se toucher.

Elle lui parle des gens qu'elle a tués, énonce les

noms qu'elle connaît et décrit les autres, mais elle ne se souvient pas de tout le monde, et sait qu'elle ne devrait pas oublier ce genre de chose et elle les consignerait bien par écrit pour se les rappeler, sauf qu'elle ne sait ni lire ni écrire parce qu'à l'âge où elle était censée apprendre son alphabet, elle se terrait dans un égout à cause des sacs à viande qui étaient venus tout dévorer dans son orphelinat.

Et elle lui avoue son plus gros péché, l'événement qui lui a fait changer d'état, passer du statut d'être humain à celui d'abomination. Elle lui parle d'un garçon appelé Malcolm, qu'elle a tué — de la façon dont cela s'est passé au pied du géant de fer parce que Dieu voulait lui rappeler sa petitesse. La curiosité qui l'a poussée à explorer l'entrepôt situé derrière le géant de fer car des merveilles pouvaient s'y trouver cachées, la façon dont elle a dit à Malcolm de l'attendre dehors, au cas où il y aurait un nid de sacs à viande à l'intérieur. Comme elle avait prévu de ne jeter qu'un rapide coup d'œil pour s'assurer que l'endroit était sûr, mais avait trouvé un petit bureau qui dominait l'entrepôt, au sommet d'un escalier métallique, et, couvrant les murs de ce bureau, des schémas sur un fond d'un bleu qu'elle n'avait encore jamais vu. Elle lui raconte la magie de ces schémas sur fond bleu aux lignes blanches comme de la craie, les valeurs et les nombres et les flèches comme une nomenclature de la grandeur de l'homme, les objets qu'ils décrivaient tels des artefacts perdus, laissés là, dans une langue indéchiffrable, à l'intention de races futures, plus futées qu'elle, qui seraient capables de la décrypter. Et c'était une merveille, ces marques d'une imagination de mortel étalées en grand sur papier, vestiges d'une vision qui dépassait de très loin sa pauvre cervelle fatiguée, témoins d'une foi dans la capacité de l'ingéniosité humaine à façonner quelque chose à partir de rien pour ensuite prendre du recul, contempler son ouvrage et hocher la tête en affirmant : Oui, voilà ce que j'ai fait, voilà une chose qui n'existait pas auparavant dans l'histoire du monde.

Et elle lui dit comment son esprit a dérivé en quête de cette capacité à imaginer au point qu'elle s'est perdue dans ses pensées sans remarquer que la lumière du jour baissait et virait au rouge à travers les fenêtres crasseuses, ni combien de temps s'était écoulé. Et lorsqu'elle s'est enfin reprise, elle a couru, paniquée, jusqu'à l'extérieur où elle avait dit à Malcolm de l'attendre, et l'a aperçu au milieu d'un amas de sacs à viande, quinze ou vingt peut-être, qui avançaient sur lui, l'un d'eux l'ayant déjà rejoint. L'un d'eux l'avait rejoint. L'avait déjà rejoint, l'enfant, Malcolm, celui dont elle avait la charge. Allez savoir d'où ils étaient sortis. Elle ne l'a pas entendu crier parce qu'elle est devenue sourde à tout, hormis aux palpitations de son cerveau envoûté.

C'est alors qu'elle a déchaîné l'enfer sur elles, les limaces, les a massacrées l'une après l'autre, tous azimuts, sans réflexion ni raison ni égards. Et elle lui dit qu'au cours du carnage, son sang est devenu fou — dans tous ses vaisseaux, il s'est mis à bouillir, à battre la mesure comme un tambour et à lui montrer l'enfer noir partout où elle regardait, il a fait d'elle un monstre gonflé de vanité, de ce péché qui consiste à se croire immortel, tel le géant de fer. Elle lui raconte comme elle abattait la machette gurkha et se ravissait du bruit de l'acier s'enfonçant dans un crâne, la joie mauvaise qui accompagnait son geste, l'illusion odieuse qui l'a conduite à voir dans ces mises à mort un acte vertueux et dans son bras armé une épée de lumière — mais aussi la passion, l'appétit viscéral qui la poussait à frapper de droite et de gauche, comme si son corps avait soif de mort — comme si, désormais devenue l'une des leurs, elle allait se repaître de la mort noire et dévorer les âmes des vivants à condition de savoir où les trouver. Tel est le démon qui l'habite.

Et quand ce fut fini, ses vêtements trempés de sang et de bile et incrustés de matière grise, elle a essuyé son visage maculé des viscères arrachés aux carcasses des morts — produit de son propre cannibalisme effréné — et a enfin réussi à ouvrir complètement les yeux sur la clarté orangée, mordante et vengeresse du jour mourant.

C'était trop tard. Le petit Malcolm n'était plus qu'une plaie béante du cou au nombril, aussi sûrement que si les griffes brutales de Temple s'étaient chargées du dépeçage.

Elle dit à la vieille femme comment elle a étreint le corps du garçon, le berçant et s'efforçant, avec ses doigts poisseux, de refermer le sillon oblique creusé dans sa chair. Elle lui raconte comment elle est restée assise si longtemps, le garçon dans ses bras, que le ciel a fait pleuvoir toutes ses larmes pour baptiser Malcolm, le purifier pour la tombe, une tombe qu'elle a creusée à mains nues dans la boue, aux pieds du géant de fer, avant d'y poser la dépouille, puis comment elle l'a préparé pour le paradis en lui coupant la tête avec la machette gurkha afin qu'il ne se perde pas et ne revienne pas errer à la surface du globe comme tant d'autres avant lui — et comment cette sombre besogne ne lui a causé aucune souffrance, car désormais, le mal était en elle et elle savait que nul acte, pour grotesque ou impie qu'il soit, ne saurait entacher la chose qu'elle était devenue.

Elle lui raconte ensuite son errance, la façon dont elle s'est soustraite aux regards et aux cœurs des hommes de bien en se claquemurant dans des maisons abandonnées pour, une fois découverte par des individus généreux venus la sauver, fuir plus loin encore aux confins des grands espaces les plus déserts. Des semaines d'affilée sans voir âme qui vive. À entretenir sa voix à l'aide de chants rauques pour ne pas finir muette.

Elle lui parle des périodes d'oubli, lorsque le mal qui la ronge semble s'estomper et lui permet d'admirer le glorieux spectacle de la vie. Lors de ces répits, il faut savoir se montrer prudent, car ces instants furtifs ne sont pas conçus pour elle, mais pour la délectation d'autres enfants de Dieu. Ou, s'ils lui sont destinés, ils risquent de lui briser le cœur aussi aisément qu'ils peuvent le soulager, car cette beauté d'un monde en souffrance est celle-là même qui l'a égarée, la conduisant à oublier sa charge puis à porter un regard méprisant sur son âme égoïste.

Elle lui parle de l'île, du phare, de la lune et du miracle-des-poissons-électriques.

Elle avoue toutes ces choses à l'aïeule dont les doigts sans âge font cliqueter les aiguilles l'une contre l'autre, mais Temple l'abandonne à l'ombre qui s'étire — car entre elles, la seule langue commune est l'argot de la désolation, dont les mots ne sont destinés qu'à la surdité du vaste, vaste ciel.

TROISIÈME PARTIE

13

La route au sud de Nacogdoches est dégagée et rectiligne, et traverse un paysage plat, mal dégrossi. Au loin, l'horizon charbonne, assombri par une longue et épaisse bande de nuages.

On dirait qu'il va pleuvoir, Maury. Pour tout dire, j'aurais rien contre un peu de fraîcheur.

L'homme regarde par la vitre.

T'es prêt pour les grandes retrouvailles, Maury ? Prêt à te libérer de cette folle qui te colle aux basques ?

Les yeux de l'idiot sont rivés sur le ruban d'asphalte qui se déroule devant eux.

Ouais, ben de toute façon, t'as jamais été un compagnon de route bien terrible.

Quand ils parviennent enfin à l'agglomération tentaculaire qui doit être Houston, les nuages ont envahi tout le ciel et une violente averse tambourine sur le toit de la voiture. Elle roule lentement, car la chaussée est imprévisible et chaque flaque d'eau peut dissimuler un nid-de-poule fatal.

L'autoroute sur laquelle elle est engagée, la 59, la conduit droit vers le centre-ville. En regardant par-dessus le rail de sécurité, elle aperçoit les limaces qui errent sous la pluie — le visage parfois tourné vers le ciel, l'eau de pluie noyant leurs yeux pour seule réponse. D'autres sont assises dans les caniveaux engorgés, le regard fixé sur le flot qui les submerge. Parfois, les morts peuvent paraître clownesques ou enfantins. Elle se demande comment les gens ont pu se laisser repousser dans les recoins et les placards du monde par des créatures aussi stupides.

Elle débouche sur un pont autoroutier effondré, les débris d'une voie jonchant la chaussée d'une autre, et doit faire demi-tour en quête d'une sortie puis se frayer un chemin dans les rues pour tenter de récupérer l'autoroute un peu plus loin. La ville semble ne compter aucun survivant. Les limaces s'agglutinent autour d'elle tandis qu'elle sillonne les artères, frappent la voiture quand celle-ci passe assez près puis se traînent à sa suite à un train d'escargot, poussées par l'instinct plus que par la logique. Combien de temps continuent-elles, une fois le véhicule hors de leur vue ? Elles doivent insister jusqu'à oublier ce qu'elles pourchassent, jusqu'à ce que l'image de la voiture s'évapore de leur esprit. Combien de temps cela prend-il ? Combien de temps persiste la mémoire des morts ?

Le centre-ville. Le quartier des affaires, dominé par des monolithes de verre et d'acier. La pluie tombe toujours et certaines intersections sont inondées, grandes et profondes mers urbaines qui arrivent à hauteur du châssis de la voiture. Les détritus s'amassent en petites flottilles — vêtements tachés et déchirés, sacs plastiques et cartons d'emballage, vieux lambeaux de peau flasque, touffes de cheveux intactes, fragments de papier, documents de travail par milliers qui se sont échoués dans les rues, telles des feuilles d'automne tombant des gratte-ciel aux bureaux saccagés, matière fécale grise et épaisse, gluante et bouillonnante, et même un amas de fleurs jaunes artificielles qui flotte au milieu à la manière d'un bouquet de mariée cauchemardesque.

Elle lève les yeux vers les immeubles de bureaux. Les trous noirs des fenêtres fracassées évoquent le sourire édenté d'un vieil homme. De l'une des béances s'écoule une cascade miniature ; le toit du bâtiment s'est effondré, devine-t-elle. Elle imagine l'eau de pluie ruisseler dans la structure et les cages d'escalier en béton, sur la moquette des alignements de box de travail, pour s'échapper enfin par la fenêtre démolie. Elle voudrait bien voir ça de près. Ça ne lui déplairait pas d'explorer l'un de ces édifices en ruine. Mais elle a autre chose à faire.

Elle se tourne vers Maury, dans le siège passager.

Tu t'accroches à une fille qui peut pas vivre sa vie à cause de toi. Tu le sais, pas vrai ? Un gros tas d'embrouilles, voilà ce que t'es.

Elle l'observe. Il est fasciné par la façon dont la pluie circule dans la ville à l'arrêt, par les formes que prend l'élément liquide en s'écoulant.

Jeb et Jeanie Duchamp arriveront peut-être à te faire manger des mûroises, t'en dis quoi ?

Il cligne lentement des yeux, entrouvre la bouche.

J'espère qu'ils sauront quoi faire de toi, parce que j'suis à court d'idées. Ta mamie devait être une femme à la patience infinie. J'suis contente qu'on l'ait enterrée comme il faut. Tu rumines quoi, là, juste tes pensées juteuses ?

Sa mâchoire décrit des cercles lents, comme celle d'une vache.

Enfin bref, dit-elle en reportant son attention sur la route inondée. Je m'arrêterai peut-être ici au retour — histoire de remettre mon chapeau d'exploratrice, une fois que je serai débarrassée de toi.

Elle atteint un imposant bâtiment, un opéra ou quelque chose du genre, et le tracé des rues, au cœur du centre-ville, se mue en un inextricable lacis. Elle tourne de-ci de-là sans prendre le temps de s'arrêter et de réfléchir. Il lui faut maintenir la voiture en mouvement pour empêcher les limaces de s'agglutiner.

La pluie tombe toujours à verse et l'absence de soleil l'empêche de s'orienter ; elle repasse deux fois, voire trois, devant les mêmes édifices, cherchant des yeux un panneau où figurerait le numéro 59. Lorsqu'elle débouche sur un gros carrefour, elle n'arrive pas à décider quelle route prendre. Sur une façade, elle découvre un message peint en rouge terne par un autre voyageur. Une flèche pointe dans une direction précise, accompagnée de lettres aussi hautes qu'une personne :

ROUTE SÛRE

Ça dit quoi d'après toi, Maury ? demande-t-elle. Si seulement les gens dessinaient des images… Un crâne ou un visage souriant, n'importe quoi. Cet alphabet, il joue pas dans mon camp.

Avertissement ou invitation, elle n'aime pas l'allure de ce message et choisit une autre route qu'elle suit au fil d'avenues détrempées, et la ville désolée qui la surplombe semble tolérer qu'elle y rampe comme une fourmi. Enfin, elle repère des panneaux indiquant 59, et elle les suit, et débouche sur l'autoroute qui l'emmène plein sud.

La métropole a connu d'autres voyageurs égarés qui cherchaient à franchir ce labyrinthe d'un bout à l'autre. Si loin au sud, sa population n'a pas pu résister au fléau des morts — et les habitants ont fui vers d'autres villes, laissant derrière eux une coquille vide. Des groupes ont tenté de s'y établir, mais se sont fait déborder. Une fois, une bande de vingt pillards s'est même retranchée dans un cinéma, au cœur de la ville. Ils ont posé des pièges à l'intention des autres vagabonds, peint des signes sur les façades pour les entraîner vers des impasses où ils pouvaient les attaquer, les dépouiller et les abandonner à l'armée neutre des limaces qui sillonnent les rues.

Si d'aventure quelqu'un suivait ces indications, il tomberait sur des cimetières en cul-de-sac, où d'anciens squelettes, entiers ou démantibulés, pendent aux portières des automobiles, s'entassent dans les caniveaux et empêchent l'eau de pluie de s'écouler ; certains sont même figés dans une fuite pathétique, leurs doigts osseux crispés sur la porte condamnée d'un magasin vide, le bas de leur corps dévoré vif tandis qu'ils étreignaient la poignée, dans un spasme d'agonie.

Mais aujourd'hui, en suivant les flèches, il n'y a plus à redouter l'hostilité des pillards, eux aussi débordés, plusieurs années auparavant, dans le cinéma qui leur servait de refuge, où ils avaient appris à allumer le projecteur et regardé défiler les bobines antiques d'*Autant en emporte le vent* jusqu'à en connaître toutes les répliques par cœur, chacun se demandant s'il était envisageable, sur cette terre, de voir un jour refleurir une telle époque.

*

L'averse s'abat, incontestable. Il pleut comme si cela devait être la toute dernière fois — le déluge de Noé, créateur d'océans, comme si les mers étaient montées dans les nuages pour se déverser sur la plaine. Il pleut toute la nuit, parfois si fort qu'elle doit arrêter la voiture car elle ne distingue plus la route.

Elle coupe le moteur et s'assure que les portières sont verrouillées, puis elle dort ; elle est réveillée par le crépitement du tonnerre qui laisse dans l'air une odeur minérale et de brûlé. À la faveur d'un éclair, elle aperçoit la ligne d'horizon, invraisemblablement longue, invraisemblablement lointaine, et pour autant nette et précise comme le rebord d'une scène d'où elle pourrait tomber par mégarde.

Elle se frotte les yeux et reprend la route.

À intervalles réguliers, elle regarde dans le rétroviseur, pensant y voir Moïse Todd, ses phares, toujours à ses trousses. En vérité, elle ne sait si elle le redoute ou l'appelle de ses vœux. Mais elle sait la chose impossible. En admettant qu'il ait survécu, elle a laissé derrière elle la voiture équipée du mouchard. Il ne dispose d'aucun moyen de la suivre — d'aucun moyen d'imaginer qu'elle puisse sillonner ce fichu désert, abandonné depuis bien longtemps par la civilisation.

Et le reflet dans le rétroviseur reste vide.

La pluie l'a ralentie, et c'est au petit matin qu'elle atteint Point Comfort, sous un jour blafard et cadavérique qui peine à percer les nuages de pluie crachant toujours une bruine tenace.

C'est une petite bourgade au bord d'un lac, un alignement sage de pavillons à un étage blottis derrière des pelouses qui ont depuis longtemps été gagnées par la mauvaise herbe. Hormis ce retour de la nature sous une forme plus primitive, la zone n'a pas été dévastée. Il doit s'agir de l'une de ces villes évacuées au tout début — vidée afin que les limaces n'aient aucune raison d'y venir — et si loin des zones sécurisées qu'elle n'a pas été découverte par les pillards et les maraudeurs.

Une ville fantôme.

En observant au passage le quartier résidentiel, elle voit que les boîtes à lettres intactes forment une jolie petite ligne, comme des soldats de fer blanc — certaines ont même encore leur petit drapeau levé. L'éclairage urbain, lui aussi, fonctionne toujours depuis la nuit précédente, ce qui signifie que la ville doit se trouver dans le périmètre d'une centrale encore opérationnelle.

Des voitures sont garées dans les allées, des vélos, couchés sur les trottoirs. L'une des maisons devait être en rénovation à l'époque ; les bâches en plastique qui en couvrent le dos acheminent la pluie jusqu'à des mares qui creusent la terre nue de l'arrière-cour. Les portes de certains garages sont ouvertes, et elle peut apercevoir les attributs de la vie de banlieue résidentielle alignés contre les cloisons intérieures : tondeuses, chaises de jardin et kayaks, outils de jardinage dont la fonction précise lui échappe, marteaux, scies et perceuses pendus à des crochets, sur de grandes planches trouées fixées au-dessus des établis.

Les portes blanches sont larges et accueillantes, bien que de nombreuses fenêtres au rez-de-chaussée soient bloquées par des massifs devenus luxuriants.

Elle se tourne vers l'homme assis à côté d'elle, dans le siège passager.

Voilà un endroit bien solitaire, Maury, dit-elle.

Il regarde droit devant lui et semble agité, un gémissement ténu enflant dans sa gorge.

Tu reconnais quelque chose ?

La plainte en sourdine continue — chant ou lamentation ? Impossible à dire. Son regard reste vacant et inexpressif.

Laisse-moi te dire un truc, Maury. Ça se présente pas trop bien, pour les Duchamp. On dirait bien que tes parents, y se sont fait la malle en vitesse à la première sirène d'alarme. Bien vu de leur part, d'après moi. Mais ça veut dire qu'ils peuvent être n'importe où dans le pays. S'ils sont encore vivants, bien sûr.

Le gémissement s'intensifie.

D'accord, quelque chose te bouffe. Tu reconnais cet endroit ? Ou tu beugles juste après l'bon vieux ciel gris ? Des fois, j'aimerais bien que tu causes, gros benêt. Ça serait plus facile pour toi et moi.

Elle regarde alentour. La pluie s'est calmée, mais les essuie-glaces balaient toujours un crachin épais comme de la rosée qui brouille le panorama.

Bon, dit-elle, j'imagine qu'on pourrait au moins trouver la maison, maintenant qu'on est là. Dans ces cas-là, vaut mieux être sûr à cent pour cent.

Ainsi roule-t-elle au hasard jusqu'à faire correspondre le nom de rue sur fond vert avec celui écrit sur le morceau de papier provenant de la poche de

Maury. Puis elle continue jusqu'à repérer le numéro de la bonne maison, 442, et se gare juste devant.

C'est alors qu'elle remarque très distinctement que, contrairement aux autres pavillons du quartier, une étrange lueur intermittente filtre depuis une fenêtre de la façade.

*

T'es prêt pour un miracle, Maury ? dit-elle. Parce qu'on dirait bien qu'on en a un pile devant nous.

Mais elle a le sentiment, qu'elle s'autorise à peine, qu'il ne s'agit pas tout à fait d'un miracle. Ils restent assis dans la voiture et elle observe la maison pendant vingt minutes d'affilée — cette étrange lumière tremblotante qui ressemble à celle d'un feu. Elle attend de voir si elle se répand, si le pavillon brûle vraiment, peut-être frappé par la foudre lors du dernier orage. Mais l'intensité de la lumière ne varie pas. Temple démarre et fait le tour du pâté de maisons, puis du suivant, pour revenir au bâtiment par-derrière. Elle se range ensuite une nouvelle fois contre le trottoir et reste dix minutes de plus à regarder la lueur. Aucune silhouette dans la rue, morte ou vivante, aucune autre maison témoignant d'un quelconque signe de vie, et rien d'autre qui semble sortir de l'ordinaire au numéro 442.

Allez, Maury, dit-elle enfin. Jetons un œil, histoire de savoir si les Duchamp sont chez eux. Reste derrière moi, j'suis sûre de rien.

Elle dégaine sa machette gurkha et avance à pas lents sur le trottoir. Plutôt que de se rendre directement à la porte principale, elle traverse la pelouse et regarde attentivement par la fenêtre de devant. La lumière émane bel et bien d'un feu de cheminée, qui brûle paisiblement dans le salon. Aucun signe de vie par ailleurs.

Ne sachant quoi faire d'autre, elle frappe à la porte et se tient bien droite, la machette dans le dos, tenue d'une main tremblante, prête à s'abattre.

Elle patiente puis frappe une nouvelle fois, plus fort.

Ils répondent pas, glisse-t-elle à Maury d'une voix à peine audible.

Elle essaie la poignée. C'est ouvert, et le battant pivote vers l'intérieur dans un grincement qui résonne fort. Dans ce quartier immobile et le silence ouaté laissé derrière elle par l'averse, elle a l'impression que le bruit s'est entendu dans toute la rue.

Une chose est sûre, c'est pas une mission d'guérilla.

Elle pénètre dans le vestibule et tente de regarder partout à la fois. Rien ne bouge. Le feu crépite.

Le seul autre bruit perceptible, c'est la plainte en sourdine de Maury, derrière elle, et qui se déplace subitement sur sa gauche lorsqu'il la dépasse pour tourner et disparaître dans une autre pièce.

Attends, Maury, attends…

Elle le rejoint dans la salle à manger, où il ouvre les portes d'un dressoir pour y prélever un objet de la taille d'une balle de base-ball, mais transparent. Sa trouvaille en main, il va ensuite s'asseoir dans un coin du salon, genoux fléchis sous le menton, et caresse la chose.

T'as trouvé quoi, Maury ?

Elle se place à sa hauteur et tend la main.

Il lève les yeux vers elle, comme s'il hésitait à lui faire confiance, puis pose l'objet dans sa paume.

C'est un presse-papiers. Une sphère de verre, tronquée de façon à pouvoir être posée sans rouler. Elle contient un motif qui ressemble à une fleur, des rubans d'encre colorée entortillés sur eux-mêmes. Elle lui rend l'objet.

Tu savais où le trouver, dit-elle. T'es déjà venu ici. Tu t'en souviens, pas vrai ? Ça fait combien de temps ? Tu devais être tout gamin.

Il tient le presse-papiers comme le ferait un enfant, chérit son contact, le couve en attendant de se retrouver vraiment seul afin de le contempler et de prendre la pleine mesure de sa beauté.

Elle sent quelque chose grossir en elle, enfler comme un ballon dans sa poitrine.

J'suis contente que tu l'aies trouvé, Maury. Vraiment contente.

La salle à manger semble être restée en l'état depuis des années — comme si les occupants des lieux s'étaient évaporés juste avant l'heure du souper. La table est dressée pour quatre : assiettes, fourchettes, cuillers, couteaux, serviettes, le tout sous une couche de poussière torpide. Elle passe un doigt dans le fond d'une assiette, et un sillon d'un blanc luisant apparaît.

Reste ici, dit-elle à Maury. J'fais un petit tour.

Elle retourne près de la cheminée et inspecte le bois. Certaines des bûches ne brûlent pas depuis plus d'une heure, selon son estimation. De l'autre côté du vestibule, un petit salon où trônent un canapé à fleurs et des fauteuils assortis. Un plateau d'échecs est posé sur une table basse, toutes ses pièces alignées selon une symétrie parfaite. Il lui prend l'envie d'en saisir une, en forme de cheval, pour la fourrer dans sa poche, mais elle s'abstient. Peut-être à cause de son ordonnancement de musée, l'endroit lui donne le sentiment, plus que tout autre lieu où elle se serait rendue, que les objets présents *appartiennent* à quelqu'un. Prendre ce petit cheval, ce serait du vol.

La cuisine est aussi bien rangée que le reste. Aucun signe de lutte ou même d'évacuation précipitée. Pas le moindre indice, ni chaise renversée ni message laissé à l'intention d'éventuels arrivants ; rien. Pas même une trace quelconque de vie quotidienne : tasse à café laissée dans l'évier, couverts ou assiettes dans le lave-vaisselle, chiffon en boule sur le plan de travail.

C'est quoi ce cirque ? murmure-t-elle.

Elle ouvre la porte du réfrigérateur, dont le moteur a grillé depuis longtemps, et découvre sur les rayons des aliments décomposés, noircis et ratatinés qui ont dépassé le stade de la puanteur des produits périssables.

Dans la salle à manger, Maury est toujours assis dans un coin, occupé à tourner et retourner l'orbe de cristal entre ses gros doigts.

Reste ici, Maury, répète-t-elle. J'vais voir à l'étage.

Au sommet de l'escalier moquetté, elle perçoit un son qui provient du bout du couloir — un léger sifflement qui lui fait penser à de l'eau s'écoulant dans un tuyau.

Y a quelqu'un ? lance-t-elle.

Sa voix sonne creux dans le vide assourdissant des lieux. Troublée par le caractère dérisoire de cet appel, elle décide de ne plus parler.

Elle progresse dans le couloir, ouvre les portes une à une — en se tenant sur le côté pour éviter ce qui pourrait lui sauter dessus.

Salle de bains, chambre, bureau, penderie. Elle resserre son étreinte sur la machette gurkha en approchant de la pièce d'où provient le sifflement. La porte est entrouverte, et elle remarque une autre lueur, bleutée cette fois-ci, qui rayonne de la chambre.

Elle pousse la porte du pommeau de sa machette et découvre une tanière meublée d'un canapé face à un vaste meuble vidéo, de ceux qui couvrent tout un mur et sont dotés d'une centaine de petites portes et de tiroirs. Le son qu'elle entendait émane d'un grand téléviseur. Les parasites affichés sur l'écran emplissent la pièce d'un halo bleuté maladif, et un sifflement constant et immuable s'échappe des haut-parleurs.

Plus aucun programme n'est diffusé depuis fort longtemps, depuis avant la naissance de Temple. Et même si la télé avait été laissée allumée au moment du départ des occupants, ce type d'électronique grille au bout de quelques années.

Elle envisage la possibilité que la maison soit hantée. En temps normal, elle ne prête pas foi aux histoires de fantômes, mais elle est en proie à un mauvais pressentiment qu'elle ne parvient pas à identifier. Elle ne s'est jamais trouvée si près — et en même temps si loin — de la vie telle qu'elle était avant les limaces. Sa peau se hérisse et elle voudrait éteindre le téléviseur, mais elle redoute de perturber quelque chose — comme si la voix des morts, des *vrais* morts, allait s'élever pour la réprimander.

Elle sort à reculons.

Il reste une dernière pièce au bout du couloir, et elle s'en approche à pas lents et pousse la porte. La chambre principale.

Elle a perdu tout espoir de trouver les Duchamp chez eux ; ils y sont pourtant. Sur le grand lit à fanfreluches, couchés sur l'édredon dans leurs plus beaux habits, gisent deux corps côte à côte. Ils ne sont pas étendus sur le dos comme dans un cercueil mais couchés sur le flanc en position fœtale, le dos de la femme collé au S que forme l'homme, les bras de ce dernier passés autour du buste de sa moitié dans une éternelle étreinte.

Elle avance jusqu'au pied du lit. Ces deux-là sont morts depuis des années. La mort est avant tout une affaire de peau, Temple le sait. Elle sèche et devient fine comme du papier, se rétracte autour des jointures et des autres os pour créer des squelettes momifiés. Elle change de couleur, d'abord grise, puis brune et enfin noire, mais conserve fréquemment sa pilosité. La peau du visage se tend, fait béer la mâchoire et donne aux morts un rictus dément et outragé.

Deux mannequins hystériques, goguenards, dans une étreinte poussiéreuse.

Vêtements, corps, toiles d'araignées : une masse inextricable, cimentée par les fluides de décomposition séchés qui ont formé un cocon squameux autour d'eux.

Jeb et Jeanie Duchamp, murmure-t-elle.

Tous ces kilomètres sur des routes défoncées, tout ce sang qu'elle a dû verser.

Crotte de crotte.

Elle contourne le lit jusqu'à la table de nuit et ramasse un flacon de médicaments. Vide. Elle le repose en s'efforçant de le remettre exactement au même endroit, dans le petit cercle sans poussière en forme de pièce de monnaie.

Puis elle s'agenouille pour examiner le visage de Jeanie Duchamp. On dirait un nid de guêpes posé sur l'oreiller — une chose qui révélerait des milliers de galeries et de cavités cachées si l'on en brisait la surface. C'est ici que vit le passé, archivé dans les creux minuscules de nos têtes.

Ses paupières sont soudées et concaves, comme aspirées par les orbites desséchées. Les joues desquamées et couvertes de poussière rappellent à Temple les pages d'un vieil album photo dont les clichés se seraient tous décollés. La bouche est grande ouverte et les dents sont comme des perles. Hilare, hilare. À l'intérieur, elle distingue une langue ratatinée comme une lanière de viande séchée, comme une souche au fond de son palais. Hilare, hilare. Langue racornie, peau parcheminée et dents telles de grosses perles de culture.

Qu'est-ce qui te fait marrer, grand-mère ? demande-t-elle. J'ai ton gamin. J'te l'ai ramené — neveu, cousin, va savoir. Je l'ai ramené.

Jeanie Duchamp ne dit rien.

C'est un bon gars, poursuit Temple. Il parle pas beaucoup, et il est pas très malin — mais c'est un bon gars. Il t'aurait plu.

Jeanie Duchamp est hilare, hilare.

Ouais, dit Temple. Enfin bref. J'fais quoi, maintenant ? J'en ai ma claque. J'te le dis comme je l'pense. J'en peux plus.

Jeanie Duchamp est silencieuse.

Regarde-toi, dit Temple. Qu'est-ce que t'en sais, d'abord ? T'es rien qu'une belle collection de dents.

Et là, en réponse, une voix s'élève derrière elle, une voix qu'elle reconnaît immédiatement et dont elle comprend soudain qu'elle l'attendait, puisque les maisons qu'elle explore semblent toujours hantées par le même individu, la voix de Moïse Todd en personne :

C'est pour mieux te manger, mon enfant.

14

Elle se redresse et pivote d'un seul mouvement en levant la machette gurkha, qui luit faiblement dans la chambre poussiéreuse.

Mais Moïse Todd est hors de portée de sa lame. Il se tient calmement sur le palier, et braque un pistolet sur le crâne de Temple.

Tout doux, fillette, dit-il. Reste un truc à finir entre toi et moi, mais c'est pas la peine de tout chambouler ici.

Il est différent de celui qu'elle avait laissé dans sa cellule souterraine, dans la ville où vivent les héritiers de la terre. Pour commencer, sa barbe est taillée plus court que dans son souvenir. Ensuite, il a autour de la tête une longue bande de tissu à motif cachemire rouge, probablement un ancien bandana, qu'il porte en biais de façon à lui couvrir l'œil gauche.

Ça doit faire à peu près une semaine que je t'attends, dit-il. J'commençais à croire qu'tu viendrais pas. T'as dû flâner en route.

Comment ? parvient-elle à dire.

Elle ne comprend pas : Moïse Todd, vivant, ici, à

Point Comfort, Texas. Comment a-t-il su qu'elle comptait y venir ?

Comment ? répète-t-elle.

Et si on descendait et qu'on s'asseyait un moment ? J'ai fait du feu pour toi et tout.

Elle pense à Maury dans la salle à manger, qui tourne et retourne l'orbe de cristal entre ses doigts.

J'irai pas en bas avec toi, Mo.

Comme tu voudras. On va régler nos comptes ici, alors. Assieds-toi.

Il désigne un siège tapissé, dans un coin de la pièce, et elle s'assoit. Il s'empare d'une chaise cannée située à l'angle opposé, qu'il cale face à la porte et sur laquelle il s'installe à califourchon, les bras croisés sur le dossier. La chaise proteste bruyamment sous son poids. Il tient toujours l'arme, mais il s'en sert désormais pour souligner ses gestes, plus que comme instrument de violence.

Si tu veux me flinguer, flingue-moi, le défie-t-elle avec une audace instinctive.

Oh, t'inquiète pas pour ça, fillette. J'vais te faire sauter le caisson.

La sobriété de ces paroles la décourage instantanément. Il n'a aucune intention de la laisser vivre. C'est une terrible vérité, même pour lui visiblement.

Elle s'appuie au dossier de son siège, pose la machette gurkha sur ses cuisses. Elle ne peut rien faire, à part attendre qu'il passe à l'action. D'ici là, elle compte apprendre deux ou trois choses.

Alors comment ? demande-t-elle.

Eh bien, dit-il en souriant et en se caressant la barbe, c'est assez marrant, en fait. C'est ton pote Maury qu'a craché le morceau. Enfin, il me l'a pas *dit* mais montré. Quand on était tous enfermés. Tu vois, une fois KO, t'as dormi assez longtemps. Avec ton gros copain, on a fait ami-ami. M'a même montré le bout de papier qu'il avait dans sa poche.

L'adresse.

Tout juste. Au fait, t'as foutu un sacré bordel à Mutant-ville. Doivent vraiment s'aimer, parce que le fait que t'en aies refroidi trois, ça les a drôlement secoués. Jamais vu autant de laideur chialer d'autres mochetés. J'ai voulu leur expliquer que c'était pas vraiment ta faute, que t'as juste un problème quand on s'en prend à tes amis. Comme un genre de maladie. Mais j'crois bien qu'ils étaient pas d'humeur à m'écouter.

Ferme-la, dit-elle à voix basse.

Il change de position, et sa chaise craque bruyamment dans la touffeur de la pièce.

En tout cas, poursuit-il, j'ai fini par me tirer. La lame que tu m'as donnée m'a bien aidé, et je t'en remercie. Mais ç'a quand même pas été une partie de plaisir. J'y ai perdu un œil.

D'un geste désinvolte, il désigne de la pointe de son arme l'endroit où le bandana lui couvre l'œil gauche.

Ouais, ça m'a coûté un œil, et il a fallu que je prenne un otage pour qu'ils me laissent partir. La petite Millie. Tu te souviens, celle que t'as croisée dans les bois ? Nous aime pas beaucoup, vu que je l'ai enlevée et que toi, t'as buté trois de ses frangins-cousins. Marrant, non, comment la violence appelle la violence ? Je l'ai toujours avec moi. Je comptais la jeter sur le bas-côté une fois assez loin du bled, mais je l'ai pas fait.

Pourquoi ça ?

J'en sais rien, avoue-t-il. (Il hausse les épaules et paraît presque gêné.) Où est-ce qu'elle irait, faite comme elle est ? Pis tu te rappelles toute la jolie et bonne bouffe qu'elle nous apportait ? Je compte la larguer près de chez elle sur la route du retour, à condition qu'elle se mêle pas d'mes affaires.

Voyant que Temple ne dit rien, Moïse Todd est subitement sur la défensive.

T'as tes responsabilités, dit-il, et j'ai les miennes. Enfin bref.

Ils observent tous deux un silence qui se prolonge une minute, et, entre eux, de nombreux non-dits restent en suspens, comme des lianes sinueuses.

Elle lâche enfin : J'te croyais mort.

C'est dit sans animosité ni soulagement, comme le simple énoncé d'une vérité. Parmi toutes les informations qu'il lui a données, l'esprit de Temple ressasse le fait que Moïse Todd est assis face à elle, alors qu'elle l'avait laissé mourir. Elle songe à la façon dont il est déjà mort une fois dans ses pensées, aux circonstances de son retour parmi les vivants pour venir discuter avec elle, dans cette petite ville abandonnée du Texas. Et cela la conduit à réfléchir à la nature des choses, à la difficulté qu'ont les choses mortes ou oubliées à le rester, et au fait que l'histoire n'est pas réservée aux encyclopédies — elle existe partout où l'on regarde.

Elle imagine qu'il y a plus de passé que de présent dans le monde d'aujourd'hui. Dans la balance.

J'commençais à croire la même chose de toi, dit Moïse Todd. Qu'est-ce qui t'a pris tout ce temps ?

Elle hausse les épaules.

On a fait un bout du chemin à pied, dit-elle. Puis on a pris un train, mais il allait pas vite.

Un train ? Il semble perplexe.

Ouais.

Bon sang, s'exclame-t-il. J'en ai pas vu rouler d'puis… ça doit faire quinze, vingt ans.

Sûr, fallait voir ça.

Elle sourit un peu en y repensant, malgré elle.

À vapeur ?

Nan. Diesel.

Quand j'étais gosse, dit-il, avant tout ça, y avait un dépôt de chemin de fer près de chez moi. La nuit, j'sautais par-dessus le grillage et j'montais dans tous les trains. En essayant de pas me faire voir de ma mère — elle aimait pas que j'y aille. Mais après, mes mains me trahissaient. Elles étaient noires comme tout.

Il regarde ses paumes, comme s'il s'attendait à les trouver maculées de suie. Il se secoue pour sortir de sa rêverie et pose les yeux sur les cadavres allongés sur le lit.

Jeb et Jeanie Duchamp, dit-il. T'en penses quoi ?

Comment ça ?

Ils ont pris la sortie express, dit-il. Sûrement juste après que ça a commencé, y sont morts depuis un bail. Ils ont lavé la maison, mis leurs plus belles fringues et avalé une poignée de Nembutal. Voulaient pas voir le monde d'après, m'est avis.

Probablement pas.

Elle se tourne vers eux, les défunts enlacés. Et prend conscience d'une chose : elle les hait d'être morts.

Alors, tu comptais faire quoi après ? demande

Moïse Todd. Si ça donnait rien ici, tu serais allée vers où ?

J'en sais trop rien, avoue-t-elle. J'y ai pas réfléchi. Au nord, peut-être.

Les chutes du Niagara ? s'enquiert-il.

Les chutes du Niagara.

J'y suis allé une fois, songe-t-il tout haut. Quand t'es au sommet de la falaise près des chutes et que tu te penches par-dessus la rambarde, t'en as le souffle coupé.

Paraît, oui.

Pas de pot, dit-il en référence à ses plans, qui viennent bousiller ceux de Temple.

Ouais, convient-elle, pas de pot.

Hé, dit-il en désignant les cadavres sur le lit d'un signe de tête, t'as remarqué leurs oreilles ?

Qu'est-ce qu'elles ont ?

Jette un coup d'œil. Tu peux y aller, c'est pas pour te piéger.

Elle se lève, approche du côté du lit et se penche. De chaque oreille serpente un mince filet de sang, séché et noirci, incrusté sur les joues grises.

Elle se rassoit dans son fauteuil.

Quelqu'un s'est occupé d'eux, dit-elle. Histoire qu'ils reviennent pas.

Intéressant, non ? Qui a bien pu faire ça, d'après toi ? Jeb a pu s'occuper de Jeanie, bien sûr, mais pour lui ? En tout cas, ce quelqu'un n'a pas voulu les bouger. Une attention romantique, à mon avis. T'en dis quoi ? Un fils ou une fille, en larmes pendant qu'ils étaient forcés de les finir pour de bon ? Un voisin curieux ? Les fédéraux pendant le dernier contrôle d'évacuation ? À ton avis ?

J'en sais rien, dit-elle. C'est pas les gens bien qui manquent pour faire ce qu'il faut. Tout le monde est pas pourri jusqu'à l'os.

Ça, c'est bien vrai, approuve-t-il. (Il hoche la tête et sourit, ravi par cette affirmation.) T'as jamais rien dit de plus juste.

En tout cas, dit-elle, les Duchamp, ils me servent plus à rien, maintenant.

Moïse Todd lui lance un regard curieux.

T'es pas touchée par leur tragédie ? demande-t-il.

C'est pas une tragédie. Rien qu'une connerie, du genre que je supporte pas. Qui les rend pires que les sacs à viande.

Comment ça ?

Au moins, les sacs à viande, ils courent après un truc. Ils s'acharnent et s'acharnent jusqu'à la dernière minute, jusqu'à ce qu'ils tombent en tas de poussière. Il leur vient pas à l'idée de quitter le monde dans leur coin.

Y a pas mal de gens qui le trouvent insupportable, ce monde, vu ce qu'il est devenu.

Devenu ? Depuis que j'y vis, il a pas changé d'un poil.

Moïse Todd lui sourit, un sourire à l'évocation du jeune âge de Temple.

Bon, sérieux, poursuit-elle. Je veux savoir… il est devenu quoi ?

Il est devenu…

Moïse Todd commence à répondre puis réfléchit à ce qu'il va dire, comme si c'était de la plus haute importance. Puis il reprend :

On s'y sent seul.

Elle plisse les yeux et l'observe, incrédule.

Les gens se sentaient jamais seuls, dans le temps ? demande-t-elle.

Les gens, si. Mais pas le monde.

Elle hoche la tête.

Encore un truc, dit-elle. La fois d'avant, dans la cave, t'as dit que j'étais pas mauvaise. Pourquoi ça ?

Parce que c'est vrai.

Qu'est-ce que t'en sais ?

Je le sais, c'est tout, dit-il simplement. T'es un livre ouvert que je sais comment lire, fillette.

Mais tu m'as jamais répondu, l'autre fois. Si j'suis pas mauvaise, j'suis quoi ?

T'es juste en colère. Et chagrinée, comme tout l'monde. Sauf que tu refuses de l'admettre. C'est pourtant pas si compliqué.

Elle tourne et retourne cette idée dans sa tête. Sans parvenir à en retirer une notion précise, elle sent qu'il y a là une vérité qui fait mouche. Elle range la réponse de Moïse au fond d'une poche, dans un recoin de son crâne, pour y réfléchir par la suite.

C'est alors que Moïse Todd s'extirpe de sa chaise pour avancer vers elle. Il soupire et secoue lentement la tête, comme quelqu'un qui aimerait prolonger cet instant et qui se lamente sur le caractère inexorable du temps qui passe.

Il lui sourit gentiment.

Je crois qu'on sait pourquoi on est là, dit-il.

Ouais, on le sait.

Si tu lâchais ta lame ?

Juste parce que tu le demandes ? J'vais pas te faciliter le boulot, Mo.

Il lève le flingue et vise la tête de Temple.

Lâche-la, et tout de suite.

Il se tient tout juste hors d'atteinte. Peu importe la vitesse à laquelle elle peut se déplacer, il aura le dessus. C'est idiot, comme façon de mourir. Elle lâche la machette gurkha, qui tombe par terre, et Moïse Todd fait deux pas en avant et l'envoie sous le lit d'un coup de pied. La gueule du pistolet est maintenant à trente centimètres de son front.

Pourquoi tu fais ça, Mo ? T'en as même pas envie.

L'envie a rien à voir là-dedans. Tu le sais bien, fillette. T'as tué mon frangin.

C'était pas un type bien.

Moïse Todd a un haussement d'épaules empreint de tristesse.

Y a des gens, dit-il, qui veulent pas voir le monde comme il est. Qui font profil bas en tremblant. Qui se trouvent quatre murs assez hauts pour cacher tout le reste. Pour ceux-là, le monde est un endroit effrayant. Toi et moi, tu vois, on est différents. Quand on doit bouger, on bouge. On s'fout de la raison ou de la distance. Vengeance ou générosité, sagesse ou folie — pour nous autres, c'est du pareil au même. Que ça nous plaise ou non, on y va. Parce que toi et moi, fillette, on est des enfants de Dieu, des soldats, des baroudeurs. Et pour nous, le monde, c'est un émerveillement.

Ses propos frappent Temple par leur justesse, bien malgré elle. Et les yeux de Moïse sont implorants, comme s'il avait besoin qu'elle le comprenne — comme si le flingue braqué sur sa tête était en réalité une main tendue dans un geste fraternel.

Ce qu'il est, elle le sait.

Une fraternité entre vivants, qui s'exprime dans la langue des morts.

La volonté de Moïse de la détruire, sa propre volonté de ne pas l'être — deux choses à la fois belles et sacrées.

Et maintenant ? demande-t-elle.

Maintenant, tu meurs, dit-il simplement.

Entendu, dit-elle.

Tu ferais mieux de te retourner.

Nan. Va falloir que tu le fasses en me regardant dans les yeux.

Ça m'empêchera pas de le faire.

Je sais.

Ça serait plus facile pour toi si tu voyais pas le coup arriver.

Facile, c'est pas ma méthode.

Je vais le faire.

Ben vas-y.

Elle le regarde bien en face, aperçoit son propre reflet dans son œil, un être de violence, une chose brutale, triste. Puis elle pose le regard sur la main de Moïse, ferme, l'index appuyé sur la détente. Elle se concentre sur ce doigt, en guette le plus petit mouvement.

Il lui reste une chance. Le rebord d'un instant, une marge guère plus épaisse qu'un ongle — le grain de poussière qui sépare le moment où le cerveau de Mo lui ordonne de presser la détente de celui où son doigt le fait. C'est son créneau. Trop tôt, et le flingue suit le mouvement de Temple en toute lucidité. Trop tard, c'est trop tard. Mais il existe une fraction de seconde, elle le sait ; cette ombre entre pensée et action. C'est là que vivent les regrets, la conscience s'excusant déjà de l'acte que le corps s'apprête à commettre. Elle le sait. Dieu sait qu'elle le sait. Elle sait l'effet que cela produit sur la peau, dans les doigts. Elle le voit aussi nettement qu'aux rayons X.

Moïse Todd, son œil restant, ses lèvres sous cette barbe noire, le canon du pistolet, le doigt sur la détente, l'infime mouvement, le moment — là.

Elle bondit en se tassant, et la détonation retentit à l'endroit où sa tête se trouvait une milliseconde auparavant. Elle heurte Moïse en plein ventre, et il se plie en deux ; elle attrape le flingue par le canon et imprime un mouvement de torsion jusqu'à ce que son étreinte se relâche. Mais avant qu'elle puisse le retourner contre lui, d'un revers de main, il envoie valser l'arme qui rebondit contre le papier peint à fleurs et finit sa course derrière la table de chevet.

Bordel, fillette.

Moïse Todd reprend son souffle, la repousse contre le siège et referme ses mains autour du cou de Temple, en lui enfonçant ses pouces épais dans la trachée. Elle lui saisit les poignets et tente de desserrer l'étau, mais il a les bras lourds et denses, comme des branches fraîchement coupées.

Il faut que tu meures de mes mains, fillette, dit-il d'une voix pleine d'autre chose que de la colère. C'est comme ça, c'est tout. Sans quoi tout ça veut foutrement rien dire. Tu l'sais. Toi et moi, on a des yeux pour *voir*.

L'intérieur des paupières de Temple est tapissé d'étoiles et sa tête semble vouloir s'envoler, et elle n'arrive plus à déglutir et tout ce qu'elle entend, hormis son cœur qui bat à tout rompre, c'est la voix de Moïse qui paraît débiter les paroles d'un sage.

On a des yeux pour voir, répète-t-il.

Elle donne un coup de pied, violent, qui l'atteint à

l'entrejambe, et les mains n'enserrent plus sa gorge, et elle s'étrangle et tousse, et ses poumons se remplissent d'air, et le martèlement dans sa tête continue — mais elle n'est plus légère comme une plume, elle a retrouvé la pesanteur et de la force, et elle se relève et le dépasse en se ruant vers la porte.

Derrière elle, un beuglement de douleur venu du fond de la gorge, qui se mue bientôt en un grondement furieux. Moïse Todd vient s'écraser contre le montant de la porte et projette en avant son corps vacillant juste au moment où elle arrive en haut de l'escalier, au bout du couloir.

L'éloigner de Maury, voilà ce à quoi elle pense. L'éloigner de Maury. Dehors. Quelle que soit la suite, il faut qu'elle se déroule à l'extérieur. Maury n'a pas besoin de voir ou d'entendre. Maury en a assez vu à ses heures.

Elle dévale les marches et ouvre la porte d'entrée à la volée.

Puis tout ralentit.

Elle jette un coup d'œil furtif derrière elle. Elle aperçoit le visage de Maury, dans la pénombre, tourné vers elle depuis le coin de la salle à manger où il se tient toujours, étreignant en silence la boule de cristal avec la fleur en son cœur.

Maury. Son nom qui résonne dans la tête de Temple. Maury. Maury. Maury. Comme pour l'y fixer une bonne fois pour toutes. L'incruster dans le vieux cuir de sa cervelle fatiguée. Il vient alors se mêler à un autre nom. Malcolm. Encore Malcolm. Toujours Malcolm. Tant de choses, rangées là pour plus tard. Tant de choses à contempler, auxquelles réfléchir quand tout sera plus calme.

Maury.

Elle se détourne alors et sort en courant, une, deux, trois, quatre foulées entières avant de repérer la gamine qui se tient face à elle.

Quand elle enregistre l'information, il est trop tard.

C'est Millie. La mutante. L'héritière de la terre. Millie et ses dents comme des pelles, une fille grotesque et surdimensionnée, telle une poupée qui aurait dépassé la taille de Temple elle-même, avec sa peau déchirée aux jointures et sa main complètement écorchée — comme si elle grandissait plus vite de l'intérieur que de l'extérieur.

Elle porte toujours la robe à carreaux que Temple lui a vue sur le dos, la dernière fois. Et sa voix, boudeuse et inarticulée, grondante et bovine :

Vé t'tuer.

Elle tient quelque chose dans sa main, qu'elle braque maladroitement sur Temple en le tenant par en dessous.

C'est seulement après avoir entendu la détonation que Temple comprend qu'il s'agit d'un flingue.

Temple se fige et tombe à genoux sur la pelouse toujours humide et envahie par la mauvaise herbe, devant la maison.

Il y a un souci. Le genre de souci qui vous envahit tout le corps. Elle le sent dans ses orteils, et derrière ses yeux, et dans ses genoux qui sont déjà mouillés à cause de l'humidité qui transperce son pantalon, et dans des recoins plus profonds encore.

Il y a un souci, et quand elle plaque une main sur sa poitrine et regarde ses doigts, elle sait ce dont il s'agit. C'est du sang. Sa vie fuit par un trou. Ici, dans la banlieue fantôme de Point Comfort, Texas, elle fuit.

Ce n'est pas douloureux — elle voyage.

Agenouillée, elle reste immobile telle une suppliante prête à communier. Tout est tranquille. Subitement, plus rien ne presse. Du temps, elle en aura pour tout. Pour la brise qui souffle et l'eau de pluie qui sèche dans les caniveaux, pour trouver un endroit sûr à Maury dans le vaste monde, pour faire revenir Malcolm d'entre les morts afin qu'il lui pose des questions sur les oiseaux et les avions de chasse. Pour les grandes choses aussi, des choses comme la beauté et la vengeance et l'honneur et la droiture et la grâce de Dieu et la lente bascule de la terre entre jour et nuit, entre nuit et jour.

Tout est étalé sous ses yeux, comprimé en un unique instant. Elle pourra tout voir — si elle parvient à garder ouverts ses yeux ensommeillés.

C'est comme un rêve, là où elle se trouve. Un rêve où l'on découvre qu'on est sous l'eau, où l'on panique un instant avant de se rendre compte qu'on n'a plus besoin de respirer, que l'on peut rester à jamais sous la surface.

Elle sent son corps tomber sur le côté. Cela se passe au ralenti — et elle s'attend à un choc qui n'arrive jamais, car son esprit tressaute et ne reconnaît plus le haut du bas, comme la lune au-dessus d'elle et les poissons en dessous avec elle qui flotte entre les deux, à la surface du bras de mer, dérivant entre terre et ciel, un monde tout en peau, en ligaments, dont elle aussi fait partie.

Moïse Todd lui a raconté que lorsqu'on se penche au bord des chutes du Niagara, on a le souffle coupé, comme si l'on était retourné de l'intérieur — et Lee le chasseur lui a confié qu'autrefois, certaines personnes se calaient dans un tonneau avant de se jeter par-dessus bord.

Et c'est ce qu'elle fait, elle aussi, elle dérive vers le bord de la cascade, le rugissement de l'eau est tellement assourdissant qu'il donne l'impression de ne rien entendre du tout, comme si on avait des coussins pressés contre les oreilles, et l'eau est à la température exacte du corps, comme si on chutait en même temps que les flots, et l'eau n'est jamais qu'une extension de son propre corps, comme tout le reste, d'ailleurs, il s'agit simplement d'une autre configuration des choses qui vous constituent.

Elle est là, emportée dans l'à-pic, toujours plus bas, et cela dure longtemps car ces chutes sont l'un des grands mystères de Dieu, si hautes qu'elles dépassent le bâtiment le plus monumental, elle tombe ainsi en chute libre en tournoyant dans les airs, les yeux fermés car ça tourne aussi à l'intérieur de son corps, toujours plus bas.

Elle se demande si elle va jamais toucher le fond, si l'impact avec l'eau va se produire.

Peut-être pas — car Dieu est un dieu roublard, et il en connaît un rayon sur les infinis. Les infinis sont des espaces tièdes dont on ne voit jamais la fin. Et il n'y est pas question de bien ou de mal, ils sont justes paisibles et calmes, c'est là que les voyageurs finissent au bout du compte, et ils sont arrondis où que l'on regarde parce qu'un infini ne peut pas avoir d'arêtes.

Et ainsi, ils rendent l'éternité acceptable.

15

Moïse Todd déboule par la porte principale juste au moment où le corps de la fille agenouillée s'affaisse en douceur — comme un château de cartes qui s'effondre en beauté, sans bruit, avec la complicité d'un courant d'air.

Sa fille. Sa fillette.

Non, dit-il dans sa barbe.

C'est alors qu'il aperçoit la mutante, qui brandit toujours maladroitement le flingue par en dessous.

Non, bordel ! éructe-t-il en se dirigeant vers la mutante à grandes enjambées avant de lui arracher l'arme, de presser le canon sur son flanc osseux et de lui tirer à deux reprises dans la poitrine.

Elle trébuche en arrière, l'air étonné, puis s'effondre tête la première, alors que le sang commence déjà à dessiner des fleurs écarlates sur sa robe à carreaux.

Va au diable ! tempête Moïse Todd, le regard posé sur la gamine, puis il envoie trois balles supplémentaires dans le torse de la masse inerte qui gît à terre.

C'était entre nous, dit-il sans trop savoir ce qu'il raconte. Elle et moi.

Il tire un nouveau coup de feu, sans viser, dans

l'arrière du crâne de la mutante. Il aimerait pouvoir la tuer de nouveau, la tuer encore et encore jusqu'à ce que reflue en lui la terrible vague. Jusqu'à ce que fureur et peur, amour et chagrin dans sa poitrine soient balayés par cet accès de violence purificatrice.

Il gagne l'endroit où sa fillette est couchée dans l'herbe, sur le flanc. S'accroupit près d'elle et pose ses doigts sur sa gorge blanche et délicate en quête d'un pouls, mais il n'en trouve pas, comme il s'y attendait. Il dégage les mèches qui lui barrent le visage et les coince derrière son oreille.

Elle connaissait les énergies des choses et comprenait la Belle Amérique, et elle n'avait pas peur, hormis d'elle-même.

Le désastre terminé, consommé, Point Comfort, Texas, a retrouvé son perpétuel silence. La qualité humide, ouatée de l'air après des jours d'averse torrentielle, l'absence de voix ou de chants d'oiseaux, l'eau de pluie résiduelle qui coule encore des avant-toits et des gouttières des pavillons, d'un bout à l'autre de la rue.

À l'angle du pâté de maisons, quelque chose bouge, et il aperçoit un couple de coyotes efflanqués, figés entre deux foulées, qui le regardent. Attirés par les coups de feu, peut-être — promesse d'activité dans ce désert suburbain. Leur regard croise un instant le sien, puis les deux créatures osseuses s'en vont chercher leur pitance ailleurs.

Il se remémore des lieux comme celui-ci, à quoi ils ressemblaient avant l'arrivée des limaces. Pour tout dire, ils n'ont quasiment pas changé. Les maisons alignées comme des pierres tombales dans un cimetière. Protégées, même alors, des assauts de la réalité.

Il dévisage à nouveau la fillette. S'interroge sur l'endroit où elle a pu aller, ce petit feu d'artifice de vie, cette fille-marionnette écumante et pétaradante. Se demande s'il est capable de le deviner à l'expression sur son visage.

Et il sourit, parce qu'il le sait.

Pour sûr, les anges auront bien voulu d'elle.

*

Il fait en sorte qu'elle ne revienne pas — une seule balle dans la tête, sans que cela macule son visage.

Puis il lâche son arme et se relève, s'étire et inhale l'air humide tandis que le soleil levant perce les nuages et que, tout autour de lui, la rosée commence à s'évaporer.

Il regagne la maison et franchit la porte qui mène au garage. Il y trouve une pelle qu'il apporte sur la pelouse en friche et entreprend de creuser une tombe assez profonde pour que les coyotes ne la déterrent pas. Ça lui prend près d'une heure. Une fois son ouvrage achevé, il porte la fillette en terre, et s'étonne de sa légèreté. Il se demande si elle était plus lourde de son vivant, si une quelconque propriété de la vie lui permettait de peser assez pour ne pas s'envoler au moindre souffle de vent.

Il la dépose délicatement et place ses mains sur sa poitrine et arrange ses vêtements, pour qu'ils ne plissent pas aux épaules et aux hanches.

Debout devant la tombe, il s'efforce de trouver quelques paroles à dire — mais comme aucune des prières qu'il connaît ne semble convenir à la situation, il dit juste :

Fillette. Fillette.

Puis il le répète une troisième fois, car cela lui paraît approprié :

Fillette.

Il comble la tombe puis y dispose les mottes de gazon, et la fille est si menue que c'est à peine si la terre forme un monticule à l'endroit où elle repose.

Dans ce qui fut autrefois un jardin fleuri à l'arrière de la maison, il déniche une brique rouge puis s'assoit sur le perron et utilise son canif pour y graver son nom :

SARAH MARY WILLIAMS

Il creuse ensuite un petit trou au sommet de la tombe où il ensevelit à moitié la brique, afin que les anges sachent où la trouver quand ils viendront la chercher.

Une autre idée lui vient et, pour finir, il ramasse le flingue qu'il avait laissé choir et le dépose sur la sépulture car, après tout, c'était aussi une guerrière.

*

Il retourne à l'intérieur du pavillon, grimpe l'escalier et arpente le couloir jusqu'à la chambre de Jeb et Jeanie Duchamp, où il remet tout en ordre, et replace les sièges dans leur position initiale en se fiant aux creux dans le tapis.

Puis il se met à quatre pattes, soulève le dessus-de-lit, tend le bras et tâtonne jusqu'à tomber sur ce qu'il cherche. Il extirpe l'objet de dessous le lit et le tourne dans ses mains.

La machette gurkha. Sa lame, encore étincelante par endroits, lui renvoie le reflet d'un œil vieilli et misérable.

Il embrasse une dernière fois la pièce du regard et redescend au rez-de-chaussée, et a presque quitté les lieux lorsqu'il entend un son provenant de la salle à manger.

Le gros garçon aux membres épais, assis par terre dans un coin, étreint quelque chose et lance à Moïse Todd un regard vide avec ces soucoupes en faïence qui lui servent d'yeux.

Alors t'étais planqué là, dit Moïse Todd. J'me demandais où t'étais passé.

Il prend l'une des chaises de la table à manger et la retourne pour s'asseoir face à Maury. Moïse Todd est un homme massif, et son poids éprouve le vieux siège en bois qui n'a pas supporté le fardeau d'une personne depuis vingt-cinq ans.

Les deux hommes restent un moment à se regarder, celui sur la chaise penché en avant, les coudes sur les genoux, occupé à tourner la machette gurkha en tous sens afin de faire décrire au reflet du soleil, qui brille par la fenêtre, un large arc de cercle autour de leurs corps constellés.

C'était pas censé se passer comme ça, finit-il par dire.

Il éprouve le besoin de l'expliquer à quelqu'un, d'expliquer comment les événements ont déraillé.

Elle méritait pas de mourir à la légère, ajoute-t-il. La mort, ça devrait avoir un sens, comme la vie.

Il guette quelque chose sur le visage de Maury et opine, satisfait par ce qu'il y a trouvé. Puis il désigne d'un mouvement de menton ce que tient l'idiot.

T'as quoi, là ?

Moïse tend la main et Maury lui confie un orbe de verre qui contient ce qui ressemble à une fleur, mais qui n'en est pas une.

Moïse Todd fait rouler l'objet dans sa paume ; il apprécie la perfection de sa forme et de son poids. Peu de choses en ce monde sont aussi nettes et définies.

Joli, dit-il.

Les yeux de Maury quémandent, oscillent entre le visage de Moïse Todd et l'objet dans sa main.

Tu veux savoir un truc ? dit Moïse Todd. J'ai eu une fille, dans le temps. Qui s'appelait Lily, comme la fleur de lys. Sa mère l'a emmenée à Jacksonville en caravane. On était censés se retrouver là-bas, mais je les ai plus jamais revues. Toute la foutue caravane avait disparu. J'ai sillonné pendant deux ans les routes d'un bout à l'autre, entre Orlando et Jacksonville.

Il observe une pause, plongé dans ses souvenirs.

Deux ans à courir après un truc, et on finit par le voir un peu partout. Lily dans les bras de sa mère, comme des fantômes. Derrière chaque panneau publicitaire. À tous les maudits coins d'rue. Il a fallu que j'arrête de chercher, tellement ça tournait mal. Trop de choses perdues, ça t'achève un homme.

Il tourne et retourne la boule de verre entre ses mains.

L'aurait eu à peu près son âge, dit-il en désignant du menton la pelouse de devant.

Il rend la sphère à Maury, qui l'étreint à deux mains contre sa poitrine.

C'est vraiment un chouette jouet, dit-il.

Puis il se lève et pose le regard sur la machette

gurkha, et se souvient de la main de la fille, petite mais calleuse, solidement refermée sur le manche.

Ben, dit Moïse Todd, on dirait que c'truc-là et toi, vous êtes mon héritage.

Il demande à Maury de se lever, et celui-ci obéit. Puis il le conduit à la pelouse, près de la tombe, et dit à l'idiot de faire ses adieux.

Maury se tient devant le monticule de terre, l'air un peu perdu, et se laisse bientôt distraire par un oiseau terne au plumage couleur de boue, qui vient se poser au-dessus de sa tête, sur une branche.

OK, conclut Moïse Todd. Il est temps de larguer les amarres. On va au nord, et ça sert à rien d'attendre les morts.

16

Ils font route vers le nord.

Sur le bas-côté, juste après la ligne Mason-Dixon[1], Moïse Todd aperçoit une femme à terre en train de batailler contre elle-même. Il se gare. Difficile de déterminer si c'est une malade aux portes de la mort, ou une morte qui en revient. Début et fin sont polarisés et se complètent parfaitement.

Il attend de s'être fait une opinion puis lui tire une balle dans le front.

En Ohio, des chevaux sauvages galopent à l'assaut des collines.

Maury tient sa boule de cristal à deux mains, et quand il s'endort, l'objet roule sur le plancher de la voiture et Moïse Todd se penche pour le ramasser puis le met dans le porte-gobelet de la console centrale, où il se cale comme s'il avait été conçu pour.

Moïse Todd s'exprime rarement, sauf lorsqu'ils croisent d'autres voyageurs.

Un soir, tard dans la nuit, il décide qu'il tuera

1. Ligne délimitant les frontières du Delaware, de la Pennsylvanie et du Maryland. (*N.d.T.*)

quiconque s'en prendrait à Maury, et après cela, il trouve aisément le sommeil.

Dans une quincaillerie, Moïse Todd déniche une pierre à aiguiser, du papier de verre fin, du lubrifiant et une peau de chamois — et le soir, quand ils se reposent de leur journée de route, il affûte et polit la machette gurkha jusqu'à ce qu'elle étincelle comme un miroir aux yeux du monde.

Ils traversent sept États pour aller de Point Comfort, Texas, aux chutes du Niagara, et ça leur prend deux semaines.

À trois kilomètres de distance, ils peuvent entendre mugir la cascade.

Au bout d'un sentier envahi par la végétation, les arbres laissent place à un surplomb dégagé depuis lequel ils embrassent tout du regard. Comme si la planète retournée remplissait son colossal gosier. Une telle quantité d'eau, vous n'avez pas idée. Une rambarde toute rouillée est fichée dans le roc, et Moïse Todd s'y agrippe fermement, de ses deux mains lourdes et calleuses, tandis qu'une fine couche d'embruns lui couvre le visage et les bras.

Il est déjà venu, mais c'était dans une autre vie, quand les merveilles étaient rares et prévues d'avance — comme les parcs de loisirs ou les voyages scolaires.

Désormais, elles sont partout, offertes à la délectation de ceux, parmi les survivants, qui se font chasseurs de miracles.

Et la splendeur qu'il contemple n'est saisissable que par une fillette qui, grâce à la profondeur insondable de son âme éblouie, aurait pu en goûter la pleine mesure.

REMERCIEMENTS

Avant tout, il me faut remercier Josh Getzler pour son bon sens professionnel et son amitié indéfectible, et Marjorie Braman pour une sagesse éditoriale aussi sensible qu'inestimable. Mes remerciements vont également aux premiers lecteurs et soutiens de cet ouvrage : Maria Carreon, Phil et Patti Abbott, Amanda Newman, John Reed, Alanna Taylor, Anne Dowling, Annabella Johnson et tout particulièrement Steven Milowitz, un véritable ami. Je dois plus que je ne saurais l'exprimer à ma mère, Delores Maloney, qui a toujours cru en moi en faisant preuve d'une loyauté féroce, et à mon père, Sam Gaylord, en compagnie duquel j'avais l'habitude de lire et de manger un cheesecake chez *Art's Deli*, sur Ventura Boulevard. Et, par-dessus tout, je suis redevable à tous les professeurs que j'ai eus au fil des ans, avec une mention spéciale pour Richard McCoun et Carol Mooney, sans lesquels ma vie aurait été indiciblement raisonnable.

DU MÊME AUTEUR

Aux Éditions Bragelonne

LES FAUCHEURS SONT LES ANGES (Folio Science-Fiction n° 459)

Dans la même collection

203. Stephen R. Donaldson — *Un cavalier passe* (L'appel de Mordant, II)
204. Thomas Burnett Swann — *La trilogie du Minotaure*
205. Jack Vance — *Croisades*
206. Thomas Day — *L'homme qui voulait tuer l'Empereur* (INÉDIT)
207. Robert Heinlein — *L'homme qui vendit la lune* (Histoire du futur, I)
208. Robert Heinlein — *Les vertes collines de la Terre* (Histoire du futur, II)
209. Robert Heinlein — *Révolte en 2100* (Histoire du futur, III)
210. Robert Heinlein — *Les enfants de Mathusalem* (Histoire du futur, IV)
211. Stephen R. Donaldson — *Le feu de ses passions* (L'appel de Mordant, III)
212. Roger Zelazny — *L'enfant de nulle part*
213. Philip K. Dick — *Un vaisseau fabuleux*
214. John Gregory Betancourt — *Ambre et Chaos* (INÉDIT)
215. Ugo Bellagamba — *La Cité du Soleil*
216. Walter Tevis — *L'oiseau d'Amérique*
217. Isaac Asimov — *Dangereuse Callisto*
218. Ray Bradbury — *L'homme illustré*
219. Douglas Adams — *Le Guide du voyageur galactique*
220. Philip K. Dick — *Dans le jardin*
221. Johan Héliot — *Faerie Hackers*
222. Ian R. MacLeod — *Les Îles du Soleil* (INÉDIT)
223. Robert Heinlein — *Marionnettes humaines*
224. Bernard Simonay — *Phénix* (La trilogie de Phénix, I)

225.	Francis Berthelot	*Bibliothèque de l'Entre-Mondes* (Guide de lecture – INÉDIT)
226.	Christopher Priest	*Futur intérieur*
227.	Karl Schroeder	*Ventus*
228.	Jack Vance	*La Planète Géante*
229.	Jack Vance	*Les baladins de la Planète Géante*
230.	Michael Bishop	*Visages volés* (INÉDIT)
231.	James Blish	*Un cas de conscience*
232.	Serge Brussolo	*L'homme aux yeux de napalm*
233.	Arthur C. Clarke	*Les fontaines du Paradis*
234.	John Gregory Betancourt	*La naissance d'Ambre* (INÉDIT)
235.	Philippe Curval	*La forteresse de coton*
236.	Bernard Simonay	*Graal*
237.	Philip K. Dick	*Radio Libre Albemuth*
238.	Poul Anderson	*La saga de Hrolf Kraki*
239.	Norman Spinrad	*Rêve de fer*
240.	Robert Charles Wilson	*Le vaisseau des Voyageurs*
241.	Philip K. Dick	*SIVA* (La trilogie divine, I)
242.	Bernard Simonay	*La malédiction de la Licorne*
243.	Roger Zelazny	*Le maître des rêves*
244.	Joe Haldeman	*En mémoire de mes péchés*
245.	Kim Newman	*Hollywood Blues* (INÉDIT)
246.	Neal Stephenson	*Zodiac*
247.	Andrew Weiner	*Boulevard des disparus* (INÉDIT)
248.	James Blish	*Semailles humaines*
249.	Philip K. Dick	*L'invasion divine*
250.	Robert Silverberg	*Né avec les morts*
251.	Ray Bradbury	*De la poussière à la chair*
252.	Robert Heinlein	*En route pour la gloire*

253. Thomas Burnett Swann — *La forêt d'Envers-Monde*
254. David Brin — *Élévation*
255. Philip K. Dick — *La transmigration de Timothy Archer* (La trilogie divine, III)
256. Georges Foveau — *Les Chroniques de l'Empire,* I *(La Marche du Nord — Un Port au Sud)*
257. Georges Foveau — *Les Chroniques de l'Empire,* II *(Les Falaises de l'Ouest — Les Mines de l'Est)*
258. Tom Piccirilli — *Un chœur d'enfants maudits* (INÉDIT)
259. S. P. Somtow — *Vampire Junction*
260. Christopher Priest — *Le prestige*
261. Poppy Z. Brite — *Âmes perdues*
262. Ray Bradbury — *La foire des ténèbres*
263. Sean Russell — *Le Royaume Unique*
264. Robert Silverberg — *En un autre pays*
265. Robert Silverberg — *L'oreille interne*
266. S. P. Somtow — *Valentine*
267. John Wyndham — *Le jour des triffides*
268. Philip José Farmer — *Les amants étrangers*
269. Garry Kilworth — *La compagnie des fées*
270. Johan Heliot — *La Lune n'est pas pour nous*
271. Alain Damasio — *La Horde du Contrevent*
272. Sean Russell — *L'île de la Bataille*
273. S. P. Somtow — *Vanitas*
274. Michael Moorcock — *Mother London*
275. Jack Williamson — *La Légion de l'Espace* (Ceux de la Légion, I)
276. Barbara Hambly — *Les forces de la nuit* (Le cycle de Darwath, I)
277. Christopher Priest — *Une femme sans histoires*

278. Ugo Bellagamba et Thomas Day — *Le double corps du roi*
279. Melvin Burgess — *Rouge sang*
280. Fredric Brown — *Lune de miel en enfer*
281. Robert Silverberg — *Un jeu cruel*
282. Barbara Hambly — *Les murs des Ténèbres* (Le cycle de Darwath, II)
283. Serge Brussolo — *La nuit du bombardier*
284. Francis Berthelot — *Hadès Palace*
285. Jack Williamson — *Les Cométaires* (Ceux de la Légion, II)
286. Roger Zelazny et Robert Sheckley — *Le concours du Millénaire*
287. Barbara Hambly — *Les armées du jour* (Le cycle de Darwath, III)
288. Sean Russell — *Les routes de l'ombre* (La guerre des cygnes, III)
289. Stefan Wul — *Rayons pour Sidar*
290. Brian Aldiss — *Croisière sans escale*
291. Alexander Jablokov — *Sculpteurs de ciel*
292. Jack Williamson — *Seul contre la Légion* (Ceux de la Légion, III)
293. Robert Charles Wilson — *Les Chronolithes*
294. Robert Heinlein — *Double étoile*
295. Robert Silverberg — *L'homme programmé*
296. Bernard Simonay — *La porte de bronze*
297. Karl Schroeder — *Permanence*
298. Jean-Pierre Andrevon — *Šukran*
299. Robert Heinlein — *Sixième colonne*
300. Steven Brust — *Jhereg*
301. C. S. Lewis — *Au-delà de la planète silencieuse*
302. Jack Vance — *Les langages de Pao*
303. Robert Charles Wilson — *Ange mémoire* (INÉDIT)
304. Steven Brust — *Yendi*

305. David Brin — *Jusqu'au cœur du Soleil* (Le cycle de l'Élévation, I)
306. James A. Hetley — *Le Royaume de l'été*
307. Thierry Di Rollo — *Meddik*
308. Cory Doctorow — *Dans la dèche au Royaume Enchanté* (INÉDIT)
309. C. S. Lewis — *Perelandra*
310. Christopher Priest — *La séparation*
311. David Brin — *Marée stellaire*
312. Ray Bradbury — *Les machines à bonheur*
313. Jack Vance — *Emphyrio*
314. C. S. Lewis — *Cette hideuse puissance*
315. Frederik Pohl et C. M. Kornbluth — *Planète à gogos*
316. Robert Holdstock — *Le souffle du temps*
317. Stéphane Beauverger — *Chromozone* (La trilogie Chromozone, I)
318. Michael Moorcock — *Le nomade du Temps*
319. John Varley — *Gens de la Lune*
320. Robert Heinlein — *Révolte sur la Lune*
321. John Kessel — *Lune et l'autre* (INÉDIT)
322. Steven Brust — *Teckla*
323. Mary Gentle — *La guerrière oubliée* (Le livre de Cendres, I)
324. Mary Gentle — *La puissance de Carthage* (Le livre de Cendres, II)
325. Mary Gentle — *Les Machines sauvages* (Le livre de Cendres, III)
326. Mary Gentle — *La dispersion des ténèbres* (Le livre de Cendres, IV)
327. Charles Dickinson — *Quinze minutes*
328. Brian Aldiss — *Le Monde Vert*
329. Elizabeth Moon — *La vitesse de l'obscurité*

330.	Stéphane Beauverger	*Les noctivores*
331.	Thomas Day	*La maison aux fenêtres de papier* (INÉDIT)
332.	Jean-Philippe Jaworski	*Janua vera*
333.	Laurent Kloetzer	*Le royaume blessé*
334.	Steven Brust	*Les Gardes Phénix*
335.	Isaac Asimov	*Fondation* (Le cycle de Fondation, I)
336.	Isaac Asimov	*Fondation et Empire* (Le cycle de Fondation, II)
337.	Isaac Asimov	*Seconde Fondation* (Le cycle de Fondation, III)
338.	Isaac Asimov	*Fondation foudroyée* (Le cycle de Fondation, IV)
339.	Isaac Asimov	*Terre et Fondation* (Le cycle de Fondation, V)
340.	Jack Vance	*La vie éternelle*
341.	Guillaume Guéraud	*La Brigade de l'Œil*
342.	Chuck Palahniuk	*Peste*
343.	Paul Anderson	*Trois cœurs, trois lions*
344.	Pierre Corbucci	*Journal d'un ange*
345.	Elizabeth Hand	*L'ensorceleuse*
346.	Steven Brust	*Taltos*
347.	Stéphane Beauverger	*La cité nymphale* (La trilogie Chromozone, III)
348.	Gene Wolfe	*L'ombre du Bourreau* (Le livre du Nouveau Soleil, I)
349.	Robert Charles Wilson	*Blink Lake*
350.	Alain Damasio	*La Zone du Dehors*
351.	James Patrick Kelly	*Fournaise*
352.	Joëlle Wintrebert	*Le créateur chimérique*
353.	Bernard Simonay	*La Vallée des Neuf Cités*
354.	James Tiptree Jr	*Par-delà les murs du monde*

355.	Gene Wolfe	*La Griffe du demi-dieu* (Le livre du Nouveau Soleil, II)
356.	Gene Wolfe	*L'épée du licteur* (Le livre du Nouveau Soleil, III)
357.	Wayne Barrow	*Bloodsilver*
358.	Ted Chiang	*La tour de Babylone*
359.	Clive Barker	*Le royaume des Devins*
360.	Michael G. Coney	*Péninsule*
361.	Theodore Sturgeon	*Un peu de ton sang*
362.	Robert Charles Wilson	*Spin*
363.	Gene Wolfe	*La citadelle de l'Autarque* (Le livre du Nouveau Soleil, IV)
364.	Francis Berthelot	*Khanaor*
365.	Mélanie Fazi	*Serpentine*
366.	Ellen Kushner	*À la pointe de l'épée*
367.	K. J. Parker	*Les couleurs de l'acier* (La trilogie Loredan, I)
368.	K. J. Parker	*Le ventre de l'arc* (La trilogie Loredan, II)
369.	K. J. Parker	*La forge des épreuves* (La trilogie Loredan, III)
370.	Thomas Day	*Le trône d'ébène*
371.	Daniel F. Galouye	*Simulacron 3*
372.	Adam Roberts	*Gradisil*
373.	Georges Foveau	*L'Enfant Sorcier de Ssinahan* (INÉDIT)
374.	Mathieu Gaborit	*Bohème*
375.	Kurt Vonnegut Jr	*Le pianiste déchaîné*
376.	Olivier Bleys	*Canisse* (INÉDIT)
377.	Mélanie Fazi	*Arlis des forains*
378.	Mike Resnick	*Ivoire*
379.	Catherine L. Moore	*Les aventures de Northwest Smith*

380. Catherine L. Moore — *Jirel de Joiry*
381. Maïa Mazaurette — *Dehors les chiens, les infidèles*
382. Hal Duncan — *Évadés de l'Enfer !* (INÉDIT)
383. Daniel F. Galouye — *Le monde aveugle*
384. Philip K. Dick — *Le roi des elfes*
385. Poppy Z. Brite — *Contes de la fée verte*
386. Mélanie Fazi — *Notre-Dame-aux-Écailles*
387. J.G. Ballard — *Le monde englouti*
388. Jean-Philippe Jaworski — *Gagner la guerre*
389. Mary Gentle — *L'énigme du cadran solaire*
390. Stéphane Beauverger — *Le Déchronologue*
391. Robert Charles Wilson — *La cabane de l'aiguilleur*
392. Christopher Priest — *L'Archipel du Rêve*
393. McSweeney's — *Anthologie d'histoires effroyables*
394. Robert Heinlein — *Marionnettes humaines*
395. Norbert Merjagnan — *Les tours de Samarante*
396. Jean-Philippe Depotte — *Les démons de Paris*
397. Stephen Fry — *Le faiseur d'histoire*
398. Kelly Link — *La jeune détective et autres histoires étranges*
399. J.G. Ballard — *Sécheresse*
400. Fabrice Colin — *Comme des fantômes*
401. Ray Bradbury — *Les pommes d'or du soleil*
402. Laurent Genefort — *Mémoria*
403. Maïa Mazaurette — *Rien ne nous survivra*
404. Foin Colfer — *Encore une chose… (H2G2, VI)*
405. Robert Charles Wilson — *Mysterium*
406. Serge Lehrman — *Le Haut-Lieu et autres espaces inhabitables*
407. Isaac Asimov — *L'homme bicentenaire*

408.	Catherine Dufour	*L'accroissement mathématique du plaisir*
409.	Ian McDonald	*Brasyl*
410.	James Patrick Kelly	*Regarde le soleil*
411.	Alfred Bester	*L'homme démoli*
412.	Jack Vance	*Les chroniques de Durdane*
413.	Alfred Bester	*Terminus les étoiles*
414.	Isaac Asimov	*Cher Jupiter*
415.	Carol Berg	*L'esclave*
416.	Ugo Bellagamba	*Tancrède*
417.	Christopher Priest	*Le glamour*
418.	Catherine Dufour	*Outrage et rebellion*
419.	Robert Charles Wilson	*Axis*
420.	Nick DiChario	*La vie secrète et remarquable de Tink Puddah*
421.	Thomas Day	*Du sel sous les paupières* (INÉDIT)
422.	Pierre Pelot	*La guerre olympique*
423.	Jeanne-A Debats	*La vieille Anglaise et le continent*
424.	Karl Edward Wagner	*Kane* (L'intégrale, I)
425.	Karl Edward Wagner	*Kane* (L'intégrale, II)
426.	Karl Edward Wagner	*Kane* (L'intégrale, III)
427.	Jean-Claude Dunyach	*Le jeu des sabliers*
428.	Jean-Michel Truong	*Le Successeur de pierre*
429.	Ray Bradbury	*Un remède à la mélancolie*
430.	Roger Zelazny	*Seigneur de Lumière*
431.	Clifford D. Simak	*Voisins d'ailleurs*
432.	Ian McDonald	*Roi du Matin, Reine du Jour*
433.	Thomas Day	*Sympathies for the devil*
434.	Hal Duncan	*Velum*
435.	Hal Duncan	*Encre*

Ce volume a été composé
par IGS-CP à L'Isle-d'Espagnac (Charente)
et achevé d'imprimer par Novoprint
à Barcelone, le 12 août 2013
Dépôt légal : août 2013
ISBN : 978-2-07-045237-8/Imprimé en Espagne.

250724